작은 하루에 의미를 담아

오늘도
●마침표
하 ●나

오늘도 마침표 하나

초판인쇄	2022년 05월 23일
초판발행	2022년 05월 27일

지은이	송숙현 외 9명
발행인	조현수
펴낸곳	도서출판 더로드
마케팅	최관호
IT 마케팅	조용재
교정교열	강상희
디자인 디렉터	오종국 Design CREO

ADD	경기도 고양시 일산동구 백석2동 1301-2
	넥스빌오피스텔 704호
전화	031-925-5366~7
팩스	031-925-5368
이메일	provence70@naver.com
등록번호	제2015-000135호
등록	2015년 06월 18일

정가 16,000원
ISBN 979-11-6338-261-4 03810

작 은 하 루 에 의 미 를 담 아

오늘도
●마침표
하●나

송숙현 외 9명 지음
미선이 백란현 송진설 신재환 안현진
염동식 이승한 정선묵 최주선

도서출판 **더 로드**
The Road Books

"쓰기를 통해 삶의 균형을 잡아갑니다"

내가 생각하는 글쓰기란?

[나를 바로 보는 것]으로 '나'와 '역할' 사이에서, '가정'과 '사회' 안에서 중심을 잡고 균형을 잡아가는 과정이라는 생각입니다.

"당신의 꿈은 무엇인가요?"

'꿈'이라는 단어에 가슴 뛰었습니다. 세 아이의 엄마가 아닌 대한민국 주부 대표로 성장하고 싶었습니다.

문제를 개선하고 성장하여 대한민국 모든 주부에게 도움이 되는 역할을 할 수 있기를 희망했습니다. 10년 목표를 설정하고, '꿈이 있는 아내'로 6여 년을 열정을 불태우며 생활해 왔습니다. 다른 사람보다 속도가 느립니다. 역할에 눌려 제자리에서 동동거려야 하는 때도 많습니다. 그럴 때면 문제에 빠져 헷갈리기도 합니다. 그럼에도 '나'를 놓치지 않으려 노력합니다.

오늘 하루에 의미를 두고, 즐거움에 집중하는 삶을 살아갑니다. 지치지 않는 열정으로 끊임없이 반복합니다. 삶의 균형을 위해 필요한 반복입니다.

랄프 왈도 에머슨을 좋아합니다.

'자기 자신을 믿는 것. 즉, 자기 신뢰야말로 성공의 제1 비결이다.'

'세상의 중심에 너 홀로 서라.', '내 안에서 모든 것을 구하라.'

경험하고 행동하는 과정에서 내게 큰 힘이 되었던 가언을, 깊이 이해하기 위해 열심히 공부했습니다.

주부로 살면서 성장하는 삶을 살아야 했기에 '나를 위한' 교육을 많이 받았습니다. 세 아이를 키우며 나로 성장하는 삶에서 모든 중심은 '나' 였습니다. 변화를 위해 새로운 도전과 경험을 즐겼습니다. 그 과정에서 다양한 기회와 만났습니다. 2019년 10월부터 2020년 2월까지 조성희 마인드 스쿨 카페에서 AM 작가로 활동했습니다.

함께하는 이들과 긍정적 메시지를 나누는 시간이었습니다. 글쓰기의 힘을 느낄 수 있었습니다. 문제에서 벗어난 긍정적 일상을 선물하고 싶었기에, 의도적으로 좋은 것만 보고 들었던 것 같습니다. 상대를 위하는 글쓰기를 하면서 내가 더 긍정적 에너지를 받았습니다. 마인드 수업을 통해 끌어당김의 법칙을 이해했습니다. 생각이 현실이 된다는 끌어당김의 법칙의 기본은 긍정적인 정신자세입니다. AM 작가를 하면서 생각이 현실이 되는 경험을 많이 했습니다.

조성희 대표와 켈리 최 회장의 콜라보 강연이 있었습니다. 스텝으로 함께 하게 되었고 켈리 최 회장과 미팅도 했습니다. 말과 태도에서 다름이 느껴졌습니다. 내 삶의 주인으로 살면서 바르게 성장해 반드시 꿈을 이루어야겠다고 다짐했습니다.

"빨리 가려면 혼자 가고, 멀리 가려면 함께 가라." 강연장에서 들었던 켈리 최 회장의 말입니다.

다양한 역할을 수행하며 '꿈'을 이루기 위해서는 함께하는 이들이 중요하다고 했습니다. 함께하는 이들이 늘어감에 따라 목표가 선명해지는 것 같았습니다. 성장에 속도가 붙었습니다. 성공자를 만나는 기회도 늘었습니다. '꿈은 이루어진다.'는 말이 나를 위한 말처럼 느껴졌습니다. 원하는 것을 이루어가며 성장하던 그때, 자이언트 북 컨설팅 특강을 듣게 되었습니다. 자신의 삶을 이야기하는 이은대 대표의 강의에 감동했습니다.

'나도 나의 이야기로 감동을 주고 싶다.' 는 생각이 들었습니다. 경험이 늘어갈수록 꿈의 목록도 늘어갔습니다. 막연함은 실제로 행동하는 자를 만남으로 자극을 받습니다. 만나는 사람을 바꾸라는 말에는 그런 자극에 의미가 큽니다. 글쓰기 수업을 통해 자극받고 책 쓰기에 도전해 보기로 했습니다. 자이언트 북 컨설팅의 가족이 되어 정식 수업에 참여했습니다. 열심히 행동해온 만큼 하고 싶은 이야기가 많았습니다. 도전, 경험, 비전, 행동, 꿈, 이상 등을 이야기하고 싶었습니다.

첫 수업을 듣고 목차를 받았습니다. 하고 싶던 이야기에서 벗어난 묻어두고 싶던 이야기였습니다. 2박 3일 몸살 했습니다. 제대로 아프고 나서 전화했습니다.

"대표님, 제가 책 쓰기를 너무 쉽게 봤네요. 죄송합니다."

"송숙현님, 책 쓰기 말고, 글쓰기 하세요. 숙현 씨는 써야 합니다."

쓰기보다 듣기가 먼저라는 생각이 들었습니다. 배움을 통해 성장해 왔습니다. 더 나은 삶에서 배우는 것에 기쁨을 느낍니다. 글쓰기 수업에서 있는 그대로 사실만을 말하는 삶에 감동

합니다. 수업 시간마다 삶의 태도를 배웁니다. 자신의 아픔을 있는 그대로 말하고 쓰는 모습을 보여 줍니다. 더하거나 빼는 것 없는 삶이라 느껴집니다. 지난 시간을 돌아보기에 충분합니다. 바르게 진심을 나누는 삶을 배웁니다.

글쓰기 하라는 말의 깊은 뜻을 몰랐습니다. 글쓰기를 통해 삶에 균형이 잡힐 줄도 몰랐습니다. 날마다 기록합니다. 경험을 적습니다. 성장한 모습은 초라한 모습에서 시작되었음을, 글쓰기를 통해 알아차립니다.

'나는 날마다 모든 면에서 점점 더 나아지고 있다.' 에밀 쿠에의 말입니다. 성장하는 삶에 집중하느라 오늘 하루의 소중함을 자주 잊습니다. 날마다 점점 더 나아지는 노력으로 성공을 꿈꾸느라 삶의 균형을 잃기도 합니다. 성장했고 발전했기에 욕심부리는 것을 알아차리지 못합니다. 글쓰기를 통해 자주 초심과 마주합니다. 자이언트 북 컨설팅 공저 프로젝트를 통해 진정으로 원하는 삶을 돌아보게 되었습니다. '대한민국 주부에게 도움이 되는 역할을 하겠다.'

함께 하는 9명의 작가의 삶에서, 같음과 다름을 모두 보았습니다. 오늘 하루의 소중함과 가치를 느꼈습니다. 언젠가 간절했던 하루가 있었습니다. 누구나 꿈꾸는 하루도 있었습니다.

'작은 하루에 의미를 담아, 오늘도 마침표 하나' 라는 큰 주제는 나를 포함한 10명의 공저 작가의 일상입니다. 같은 주제를 가지고 전혀 다른 스토리가 만들어졌습니다.

우리는 어쩌면 목표나 성공을 위한 삶을 위해 위대하고 소중한 '오늘 하루'를 놓치고 가는 것이 아닌가 생각해 보았습니다. 공저 프로젝트를 위한 글쓰기를 통해 알게 된 값진 선물입니다.

목표 달성을 위한 새로운 도전, 다른 경험, 다른 만남 등으로 날마다 모든 면에서 점점 더 나아지는 삶을 살고자 합니다. '오늘 하루'의 소중함을 기억하기 위한 글쓰기를 통해, 삶의 균형도 유지하며 살아가려 합니다.

2022년 3월 봄날에...

대표 저자 **송숙현**

차례 | Contents

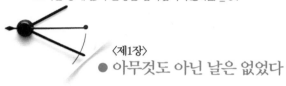

〈제1장〉
● 아무것도 아닌 날은 없었다

〈제2장〉
● 이런 날에는 차라리 죽고 싶어

〈제3장〉
● 나도 제법 괜찮은 사람인 건가

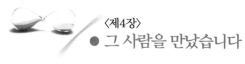

〈제4장〉
● 그 사람을 만났습니다

〈제5장〉
● 쓰다 보니 쓸 만한 하루였습니다

모든 순간이 미라클

미선이

독한 년, 수진이 입에서 이 말이 나왔을 때, 나는 입술을 꽉 깨물었다. 반박할 수 없었다. 365일 중에서 360일을 취해 살았다. '이슬만 먹고사는 여자'는 나를 두고 하는 소리가 아닐까 생각한 적도 있다. 미친년에 가까웠다. 그런 내가 하루아침에 술을 끊었다. 나는, 미친년에서 독한 년으로, 달라지기 시작했다.

특별한 계기가 있었던 것은 아니다. 지금쯤이면 다이아몬드까진 아니더라도 큐빅 정도쯤은 되는, 반짝거리는 삶을 살 거라고 기대했다. 내 분야에서 인정받는 멋진 커리어 우먼을 상상했다. 하고 싶은 일이 무엇인지, 좋아하는 것이 무엇인지 정도는 뚜렷이 알 거라고 생각했다. 하지만 나의 성장은 20대 중반에서 멈춰 버린 것처럼, 30대 중반이 되어서도 여전히 불안정했다. 미래에 대한 불확실함은 나이가 한 살 한 살 늘어갈수록 나를 옥죄어왔다. 매일 아침이 오는 게 두려웠다. 내 미래는 더는 불이 들어오지 않는 전구처럼 어두컴컴한데, 눈부시게 빛나는 햇살을 맨정신으로 바라볼 자신이 없었다. 갑자기 그런 내 인생이 멋없게 느껴졌다.

'하루에 여섯 시를 두 번 만나는 사람이 성공한다.'
우연히 주워들은 이 한마디에 미라클모닝에 도전했다. 성공한 사람치고 게으른 사람을 본 적이 없다. 테슬라의 일론 머스크도, 애플의 팀쿡도, 故정주영 회장도 평생 새벽 기상을 했다고 한다.
우리 아빠도 마찬가지다. 정확히 몇 시에 일어나는지 물어본 적은 없다. 집에 늦게 들어오는 날이면 아침을 맞는 아빠와 마주칠 때가 종종 있었다. 짐작건대 새벽 네 시쯤 기상하셨나 보다. 꽤 오랜 기간 미라클모닝을 실천한 아빠는 아침에 일어나 책을 읽거나 공부했다. 2021년. 국제 포교사 시험에 합격했다. 아빠 나이 69세였다.
'아침형 인간' 유전자가 따로 있다는 이야기를 들었다. 확률은 50대 50. 아빠가 해낸 걸 보니 나도 자신감이 생겼다. 하지만 내 미라클모닝은 번번이 실패로 끝이 났다. 아무래도 아빠 쪽 유전자를 물려받은 건 아닌 것 같았다. 하지만 포기할 수 없었다. 인생 성공까진 바라지도 않는다. 더는 내 인생을 방관하고 싶지 않았다. 기상 시간쯤은 스스로 통제할 수 있는 내 인생의 주인이 되고 싶었다.

애초에 새벽 네 시 기상은 꿈도 꾸지 않았다. 내겐 너무나도 비현실적인 시간이다. 새벽 여섯 시 정도면 가능할 것 같다며 스스로 타협을 봤다. 알람을 세 개나 맞추고 잤다. 하지만 다음 날도, 그다음 날도 여섯 시에 일어나질 못했다. 이 정도면 알람시계가 고장이거나, 내 귀가 고장이거나 둘 중 하나는 망가진 게 분명했다.

나의 미라클모닝은 마치 뫼비우스의 띠처럼 도전과 실패를 무한 반복했다. 그러다 보니 셀프 자책은 늘 덤으로 나를 따라다녔다.

'난 도대체 왜 이 모양일까, 그냥 살던 대로 살까? 내가 무슨 부귀영화를 누리겠다고…'

온종일 알게 모르게 다른 사람으로부터 비난을 받는다. 방이 더럽다고 잔소리하는 엄마, 주황 불에서 멈췄다고 빵빵거리는 뒤차, 필요한 자료를 빨리 주지 않는다고 타박하는 직장 동료, 점심시간 만석인 식당에서 밥 좀 빨리 먹으라고 눈치 주는 사람까지, 거기다 30대 중후반으로 들어서면서 이제는 시집 좀 가라는 압박까지 받고 있다.

사람들의 비난은 타당할 때도 있고, 그렇지 않을 때도 있다. 다른 사람의 날 선 비난이 칼날이 되어 가슴에 콕콕 박혀서 숨 쉬기조차 힘들 때가 있다. 그중에서도 나에게 가장 심한 말을 하는 사람은 놀랍게도 다름 아닌 나 자신이었다.

비난에 약하다. 늘 다른 사람 눈치 보며 사는 내가 안쓰러웠다. 굳이 나까지 참전할 필요가 있냐는 생각이 들었다. 나에게 필요한 것은 자신을 향한 구박보다 칭찬이었다. 고래도 좋아하는 칭찬을 나라고 싫어할 리 없다. 나는 나 자신과 싸우는 대신, 사이좋게 지내는 방법을 선택했다. 나의 실패를 부각하고 반성하기보다는 어제보다 나아진 내 모습에 집중했다.

'오늘은 어제보다 10분 더 일찍 침대에 누웠네, 멋진데?'

'어제는 정말 많이 피곤한 하루였어. 그런데도 늦잠을 10분밖에 안 잤다니, 대단하다!'

스스로 건네는 칭찬은, 그 누구에게 받는 칭찬보다 훨씬 기분이 좋았다. 나 자신에게 더 좋은 사람이 되고 싶었다. 그렇게 서서히 나는 독한 년이 되어갔다. 죽을 때까지 아침 해가 뜨기 전에 못 일어날 줄 알았는데, 꾸준히 미라클모닝을 하고 있다. 기상 시간도 여섯 시에서 다섯 시로 앞당겼다. 그야말로 미라클이다.

밤 열 시 삼십 분, 하루 중 제일 초조해지는 시간이다. 삼십 분 후에 침대에 누워야 내일 아침 다섯 시에 일어날 수 있기 때문이다. 시간을 분 단위로 아껴 써 봤지만, 월급의 노예인 직장인에게 24시간은 '누가 나 몰래 시계에 장난을 쳐놨나?' 싶을 정도로 빠르게 지나간다. 그래도 다행이다. 오늘은 계획했던 일을 다 마쳤다. 시간에 쫓겨서 해야 할 일을 다 마치지 못하는 때도 있다. 그럴 때는 찜찜한 마음에 잠을 잘 이루지 못하는데, 오늘은 꿀잠 잘 수 있겠다. 뿌듯하다.

이제는 아침이 오는 것이 두렵지 않다. 새벽 기상을 시작하면서 친구들과 보내는 시간은 줄었지만 나 자신과 보내는 시간이 길어졌다. 여전히 내가 뭘 하고 싶은지 잘 모르겠다. 미래에 대한 확신도 없다. 하지만, 아침에 일찍 일어나 책도 읽고 일기도 쓰면서 내 마음의 소리에 귀 기울이다 보면, 곧 답을 찾지 않겠냐는 낙관의 주인이 되었다.

미친년이었다. 독한 년이었다. 미라클모닝을 통해 나는 '비전 있는 여자'가 되어가고 있다.

최고의 저녁 식사

백란현

이사를 했다. 다음 날 퇴근길 장을 봤다. 두부, 호박, 당근, 달걀, 비엔나소시지, 집에 오자마자 새 싱크대에 재료를 올려두었다. 집안이 조용하다. 혼자 저녁을 준비한다. 쌀을 씻어 안치고 멸치 다시물을 끓였다. 검색 창에 음식 만드는 법을 찾아 따라 했다. 비엔나소시지는 세 번씩 칼집을 넣었다. 잔 멸치는 150g, 아몬드 슬라이스는 50g 정확하게 계량했다. 달걀찜엔 당근과 파도 넣었다. 요리 시간이 오래 걸리는 만큼 노래도 한참 흥얼거렸다.

"엄마, 배고파."

7시, 큰딸 희수가 독서실에서 돌아왔다. 희수에게 얼른 저녁을 차려준다. 희수는 비엔나소시지를 여러 번 집어먹는다.

"오늘 저녁밥 최고야, 엄청 맛있다."

희수의 칭찬에 나의 입꼬리도 올라간다. 된장찌개와 소시지볶음, 특별하지도 않은 메뉴에 '최고' 글자를 붙였으니 분명 요리 솜씨를 두고 하는 말은 아닐 터다.

남편은 21평 9층 아파트에서 공부방을 시작했다. 공부방 가맹비 300만 원도 대출받아 마련했다. 매일 오후 2시부터 7시까지 운영한다. 5시쯤 퇴근하면서 여섯 살 희수와 두 살 희진이를 바로 집에 데려올 수 없었다. 병설 유치원에 있던 희수를 내 교실로 데려와 7시까지 머물다가 집에 갈 때도 있었다. 희진이는 어린이집에 늦게까지 돌봐달라고 부탁했다. 저녁 식사는 사 먹는 날이 훨씬 더 많았다. 희수와 희진이의 방학 기간에는 나와 함께 집 밖으로 나가야만 했다.
둘째 희진이가 일곱 살이 되어 방 안에서 숨죽이며 머무는 게 가능했을 때, 셋째 희윤이의 임신을 확인했다. 걱정이 밀려왔다. 출산 후 어떻게 아기를 돌보며 공부방 시간 동안 방구석에 갇혀 있을 것인가. 회원이 많아도 걱정, 줄어도 걱정이었다.

저녁 6시쯤 되면 희수와 희진이는 배가 고프다고 한다. 아빠 수업이 한 시간 뒤에 마치는 걸 알고 있지만 참기 어렵다. 희수가 냉장고 문을 열어 우유를 꺼냈다. 콘플레이크를 타서 작은 방으로 살금살금 가져갔다. 챙기는 김에 희수가 희진이 먹을 것도 살짝 방에 넣어주면 좋으련만. 여유 부리기엔 아빠 회원들에게 눈치가 보였을 것이다. 한 달 된 희윤이를 내 품에서 잠시 내려놓고 숨죽여 주방으로 향했다. 거실엔 고등학생들이 남편의 수업을 들으러 왔다. 첫째가 왔다 간 냉장고에서 내가 다시 열어 우유를 꺼냈다. 그릇 소리 요란하지 않게 하려니 손도 긴장된다. 자매의 움직임과 나의 그릇 소리가 회원이 떨어져 나가냐 마냐를 결정한다. 고등학생의 수업이다. 야간 자율 학습 시간과 맞바꾼 시간, 콘플레이크를 챙겨오려는데 방에서 희윤이 울음소리가 들렸다. 희진이가 동생 달래는 소리는 아무런 도움이 되지 않는다. 얼른 방에 들어가 희진이에게 그릇을 넘긴 후 희윤이를 안았다. 똥을 쌌나 보다. 욕실을 사용하려면 또다시 방문을 열고 나가야 했다. 그릇 소리에 비교도 되지 않을 소음을 회원들에게……

공부방 수업이 끝나면 마치 석방이라도 된 것 같았다. 그때부터 저녁 준비를 시작해서 9시 가까이 식사하기도 했으나 저녁을 사 먹는 일이 더 많았다.

그래서 "당신이 오전에 저녁에 먹을 것 준비 좀 해두면 안 돼?" 하고 가끔 물어보았다. 퇴근하자마자 내가 준비할 상황이 아니다. 남편이 오전 시간을 어떻게 보내는지 나는 모른다. 집을 치운 후 잠을 자다가 일을 하는 건지 아니면 교재연구를 하거나 공부방 홍보를 위해 일을 하는지. 홍보 준비를 하는 건 아닌 것 같다.

어느 겨울, 3주째 조퇴를 했다.
커피 덕분에 오전 수업을 무사히 마치고 병원 갈 준비를 하고 있었다. 교감 선생님이 조퇴 결재를 하면서 나에게 한마디 했다.
"백 쌤, 애 좀 잘 챙겨라, 왜 애가 맨 날 아프니?"
애가 셋이라 일주일씩 돌아가며 독감으로 입원을 했다. 병원에서 쪽잠 자고 출근하느라 잠도 부족했다. 여자 교감 선생님이면 육아에 대해 이해해 주실 줄 알았다. 교감이라면 3주째 조퇴하는 교사에 대해 말 한마디 해야 하는 임무를 가지고 있을 거라고 억지스럽게 이해해 보려고 했다. 하지만 교감 선생님의 말이 귓가에 맴돌았다. '애들 챙겨야 하는데, 교감 말 따위에 신경 쓸 시간이 어디 있노, 연가 안 내고 수업하러 왔다는 걸 강조했어야 하는데.' 애 잘 챙기란 말에 주눅이 든다. 밥을 사 먹여서 그런가 하는 생각도 들었다. 입원 기간에는 더더욱 식구들 밥을 해줄 수 없다. 나와 남편은 번갈아 집과 병원을 오가며 아이들을 챙겼다. 아이들이 모두 퇴원하면 집밥을 잘 챙기겠노라 다짐했다. 독감 난리를 치고 나니 겨울방학이 되었다. 점심도, 저녁도 음식을 골고루 챙기려 했으나, 방학 땐 공부방 회원들이 시간을 앞당겨 거실에 쳐들어온단다. 점심은 김밥이나 자장면으로 결정 났다. 집밥 결심은 하루도 가지 못했다.

초, 중, 고등학교 5분 안에 등교할 수 있는 통학 거리에 있는 아파트 매매 계약을 했다.
"엄마 내가 학교에서 돌아와 거실에서 쉬어도 되겠네, 다른 집처럼 평범하게 거실에서 TV 보며 쉬는 걸 꿈꿨어."
바로 직전에 살던 전세가 빠지지 않았다. 전세 해결이 되기 전까지 공부방은 그 자리에 머물기로 했다. 아빠 일터가 일시적으로 분리된다는 사실에 아이들은 환호했다. 아빠 공부방 짐이 바로 들어오지 않아서 거실에서의 자유를 누릴 수 있다. 희수, 희진이는 그동안 데리고 오지 못했던 친구들도 한두 명 하굣길에 데려왔다. 나도 퇴근길이 가볍다. 방구석에 갇혀 있지 않아도 된다. 집에 와서 바로 주방을 사용할 수 있다.

집에서만 머물던 남편도 공부방으로 출퇴근한다. 전세가 빠지기 전까진 자신만의 사무실이다. 아빠의 공부방 때문에 늦게 하원 했던 막내도 일찍 데려온다.

이사 후 첫날, 퇴근하자마자 장을 봐서 저녁을 챙긴 10월 12일, 희수와 나에게 최고의 저녁 식사가 되었다.

장 봐서 가족을 위해 상을 차리는 일은 일상일 터다. 이사 후 내가 식사를 챙기는 일상은 10년간 공부방 눈치 보는 삶이 있었기 때문에 감사한 시간이 되었다. 언제 좁은 집에 살았나 싶을 정도로 새 공간에서 빨리 적응했다. 그러나 지난날에 대한 삶을 잊지 않으려고 한다. 현재의 날을 소중하게 여긴다면, 지난날도 나를 자라게 한 동력이다. 10년 전, 9층 공부방, 놓치지 않으려 한다.

길상사가 선물한 시간

송숙현

매일 짧게라도 '혼자만의 시간'을 가진다. 커피 마시거나, 책을 읽는다. 일기를 쓰기도 한다. 자주·혼자 걷는다. 길상사에 들르기도 한다. 가깝고도 조용하다. 공기가 맑고, 걷기에도 좋아서다.

아이들과 일대일 데이트를 즐긴다. 각자 할 얘기가 있을 거라는 생각에서다. 동네 한 바퀴만 돌아도 재잘거리며 좋아한다. 30분 이내의 짧은 시간으로 기분전환이 충분하다.

은채가 귀에 대고 조용히 말한다.

"엄마, 우리 드라이브할까? 언니, 오빠 빼고 우리 둘이 가요."

"어디로 가고 싶은데?"

"길상사요."

2010년 초여름, 처음 길상사에 갔다. 큰딸 유치원 학부모로 만난 수연 언니와 함께였다.

우리는 공통점이 많았다. 육아, 살림하며 힘든 점, 홀시어머니, 부부갈등까지 대화거리가 많았다. 학부모로 만났지만, 언니 동생으로 가까워졌다. 가게 일과 살림, 육아까지 병행하던 나는 기댈 곳이 필요했다. 그런 나에게 언니는 숨통 같은 수다방이 돼 주었다. 아이들이 초등학교에 입학하자 함께 할 수 있는 시간이 늘었다. 등교시키고 언니네로 가거나, 커피 마시며 성북 천을 걷기도 했다. 언니는 힘들어하는 나를 대견하다고도 했지만, 안쓰러워하기도 했다. 들어주는 상대를 만나자 하소연이 늘었고, 그 편안함이 좋아서 자주 함께했다.

언니는 20대 초반에 길상사에서 일했었다고 한다. 법정 스님이 주지 스님으로 있을 때인데 '맑고 향기롭게'에서 사무를 봤다고 한다. 언니는 그때 얘기를 해 주면서 말했다.

"숙현아, 너를 위한 시간을 만들어 봐. 나도 스님한테 배운 거야. 조용히 혼자서 차 마시거나 그냥 따스한 햇볕 아래 가만히 앉아 있어 보는 거야. 10분이라도 나에게 집중해 보는 거지."

왜 그런 말을 하는지 이해되지 않았다. 혼자 있는 시간이 가지는 의미를 몰랐기 때문이다. 공감대가 같은 사람에게 마구잡

이로 퍼부어대는 하소연이 좋았다. 속 풀이가 돼서다. 내 말을
할 수 있다는 것만으로 위로받는 느낌이었다.

그러나 힘들다는 얘기는 힘든 일을 더 크게 만들었다. 인간관
계, 경제문제, 사소한 행동 하나하나에서 느끼는 불편함이 갈
수록 커졌다. 자신을 지치게 만드는 꼴이었다.

어느 날 아침, 수연 언니에게 전화가 왔다.

"우리 길상사에 가자, 걸어갈 거야, 운동화 신고 나와."

그날은 언니가 작정이라도 한 것 같았다. 걷는 동안 경치 구경
하라며 아무 말도 하지 않았다. 오랜만에 걸어서 그런지 콧등
에 땀이 맺히고 숨도 찼다. 절 입구에 들어서자 바람이 시원했
다. 서울 시내 중심가에 이렇게 멋진 절이 있다는 것이 신기했
다. 언니는 자신이 근무했던 사무실과 법정 스님의 처소를 보
여줬다. 절 내부를 크게 돌며 그곳의 역사를 설명해 주고 찻집
으로 데려갔다. 자신이 겪은 갈등과 해결할 수 없는 문제에 직
면했던 경험, 자신에 대해 바로 보는 시선에 관해 얘기해 주었
다. 장소가 달라서였을까, 언니가 하는 말이 다르게 들렸다.
진심이 느껴졌다. 나도 모르게 눈물이 흘렀다. 언니는 조용히
어깨를 두드려주고 밖으로 나갔다. 그렇게 제대로 혼자 앉아
있는 시간을 처음 가졌다.

큰딸 초등학교 2학년 때, 학부모 교육을 받았다. 주제는 "자기 주도 학습법"이었다. 아이에게 제공해야 할 학습법 교육에서 주도력 없던 나와 마주했다. 교육 끝나고 학부모들은 근처 카페로 이동했다. 나는 가게 일을 핑계로 혼자 다른 카페로 갔다. 교육 내용을 다시 보고 싶었기 때문이다. 주체성, 주도성, 주인의식, 정체성, 우선순위, 장기 로드맵 등 그동안 전혀 생각해 본 적 없는 내용으로 가득했다. 교육 자료를 보면서 나에 대해 진지하게 생각해본 시간이다.

길상사에서 혼자만의 시간을 가져야 한다는 언니 말에 진심으로 공감했지만, 그 방법을 몰랐다. 부모 교육을 통해 자신과 직면하는 방법을 소개받은 것 같았다. 나에게 먼저 하나하나 적용해 보기로 했다. 혼자 있는 시간이 늘수록 주도적인 선택도 늘어갔다.

아이들 동화책과 육아서만 알 때다. 마음에 드는 책 한 권을 만났다. [뿌리 깊은 나무]에서 출판되었던, '5~10살 때 집중력이 내 아이의 미래를 결정한다.' 라는 책이다. 부제로는 '하루 20분! 재미있는 놀이를 통해 집중력, 주의력 키우기 28일 프로그램' 이라고 되어 있었다. 아이의 감각이 깨어나야 집중력이 높아진다는 저자의 말에 감동했다. 방치하며 닫혀 있던 감각을 깨워주기로 마음먹었다. 자세한 설명과 1일~28일까지 나누어 짜인 프로그램은 완전 초보 엄마도 따라 할 수 있도록 자세하게 설명되어 있었다. 책에 나오는 내용대로 프로그램 지를 만들었다. 아이에게 모든 것을 설명했다. 아이 방 벽에 활동하고 표시하기 좋은 위치를 찾아 붙여 주었다. 실내 활동은 집에서 했다. 실외 활동은 길상사로 정했다. 감각을 깨우기에 적격인 장소라고 생각했다. 자연에서 들리는 소리, 느껴지는 감각을 활용하는 활동이 많았다. 만들기나 그림으로 표현해 보기, 이야기로 꾸며 보기, 몸으로 표현해 보기 등 다양했다. 아이를 통해 내가 느끼는 것이 더 많았다.

21살 된 딸은 지금까지 기억에 남는 경험 중 최고라 말할 정도다.

길상사에 자주 간다. 지난 시간에 감사할 수 있는 곳이다. 혼자 있는 시간이 익숙하고 편안해졌다.

사람들이 자주 묻는다.

"숙현이 너는 뭐가 그렇게 즐거워?"

복잡하거나 문제가 심각할 때면 혼자 있는 시간을 더 가진다. 내가 노력하는 부분이다. 어찌 즐겁기만 하겠는가? 혼자 있는 시간을 가지며 다르게 생각해 볼 뿐이다. 좋은 날이 많아서 즐거운 것이 아니다. 즐겁기로 선택하고 노력하는 것이다. 그 결과 좋은 일이 많아진다. 지나고 보니 나빴던 기억 속에도 좋았던 일은 있었다. 혼자 있는 시간에 집중하면서 알게 된 사실이다. 나는 매일 10분이라도 혼자 있는 시간을 가진다.

소중했던 하루들

송진설

 거창한 하루가 아니어도 괜찮다.

"과거로 돌아가면 다르게 살고 싶으세요?"라는
질문을 받았다. 힘들었던 지난날, 생각조차 하기 싫다. 돌아갈
수만 있다면, 다르게 살고 싶다.

"아니요, 그대로 다시 살고 싶어요."

퍼뜩 떠오른 과거는 인생에서 지워버리고 싶은데, 대답하려는
순간, 소중하게 느껴졌다. 지금의 내가 좋은 만큼, 힘들었던
지난날이 추억으로 여겨진다.

수학능력시험을 친 겨울, 처음으로 아르바이트를 했다. 부모
님이 감당해야 할 비싼 대학 등록금이 걱정되어 용돈이라도
벌어야 했다. 주유소 출근 첫날, 경유차, 휘발유차 구분하는

것부터 어려웠다. 매번 영하로 떨어지는 날씨에 칼바람까지 불었다. 이가 떨리고 무릎까지 후들거렸다. 밖에 서 있는 시간이 고통이었다. 바들바들 떨다가 차가 들어오면 환하게 웃으며 허리 숙여 공손하게 인사했다.

"얼마나 넣어 드릴까요?"

주유하는 동안 차 안 쓰레기도 버려주었다. 고맙다며 친절하다 칭찬해주었다. 정성껏 일한 대가로 받은 첫 월급날, 부모님 내의를 사서 집으로 들어갔다.

대학교에 입학하고 줄곧 아르바이트했다. 자취방 월세에 생활비까지 내 힘으로 하고 싶었다. 카페, 호프집, 꽃집, 음식점에서 일했다. 방학 때 옷 제조공장으로 출근했다. 단추를 박고, 라벨을 만들고, 실밥 제거를 하고 옷을 옮겼다. 식당 설거지도 했다. 두꺼운 고무장갑과 긴 장화로 무장을 하고 쏟아져 들어오는 그릇을 재빨리 깨끗하게 씻어 내어 준다. 밀려들어 오는 손님으로 쉴 틈 없었다.

학기 중에도 아르바이트에 많은 시간을 쏟았다. 선배의 추천으로 창업센터에서 일하게 되었다. 홈페이지 제작을 하고, 선배의 강의 보조도 했다.

4학년이 되었을 때, 이른 취업에 성공했다. 완구 회사에서 디자이너로 일하게 되었다. 제작까지 하는 회사로 주문받은 상품의 마감 날짜가 다가오면 수시로 공장에서 일했다. 제품을 박스에 담고 포장했다.

컴퓨터 앞에서 일하는 시간보다 현장에서 일하는 시간이 많았다.

디자인 경력을 쌓고 싶었다. 포트폴리오를 만들어 서울로 가 면접을 봤다. 문구 디자인 회사에 취업해, 하나씩 배워가며 잘 해야지, 마음먹었다. 생각과는 달리 연습인 하루는 없었다. 디자인에 따라 주문량이 달라졌다. 제작된 제품이 재고로 남지 않아야 하므로, 끊임없이 회의하고 시장조사를 했다. 전쟁이었다. 부족한 실력, 아침 일찍 출근하고, 늦은 시간까지 야근해도 감당이 되지 않았다. 회사에 피해만 주는 듯해, 죄책감에 시달려 퇴사를 결정했다.

다시 디자인 공부를 시작하고, 아르바이트도 시작되었다. 동대문 도매상가, 여성복 매장에서 일했다. 저녁 8시부터 아침 6시까지 판매를 했다. 이곳에는 우리나라 곳곳에서뿐 아니라 다른 나라에서 옷가게를 하는 사람들이 몰려들었다. 밤이 낮이 되는 곳, 아침 7시가 되면 퇴근했다. 지하철을 타면 아침을 시작하는 사람들과 마주쳤다. 같은 공간이지만 다른 공기를 느꼈다.

고생하는 부모님의 걱정을 덜어드리고 싶었다. 헛된 시간만 보내고 있는 듯해, 나 자신을 재촉하고 다그치며 앞만 보고 달려야 했다. 그 길에 놓인 하루는 소중하지 않았다. 바람처럼 지나가 주길 바랐다.

다이어리에 할 일을 적다 보면 빼곡히 채워졌다. 마무리할 때마다 체크하고, 끝내지 못한 항목을 보면 최선을 다하지 않은 것 같아 마음이 무거웠다. 잠을 줄이기로 하고 알람을 4시에 맞춘 후, 12시에 잠자리에 들었다. 시간 확보, 중요한 과제였다. 시작은 좋았다. 열의에 가득 차서 알람 소리를 듣고 바로 일어났다. 어제 읽던 책을 펼치면, 집중이 잘 되어 기억하고 싶은 문장에 밑줄을 긋고 노트에 필사했다. 열정적인 새벽을 매일 마주한다면, 성공적인 삶을 살겠단 생각이 들었다. 이대로 '전력을 다하자, 오늘 목표한 바를 반드시 다 해내자!' 수시로 되뇌었다.

7시, 시계를 보고 깜짝 놀라 벌떡 일어났다. 분명 4시에 알람을 맞췄는데, 듣지 못했다. 남매를 깨울 시간, 새벽 시간이 날아갔다. 결심한 지 얼마나 되었다고, 벌써 흐지부지 된 거 같아 마음이 편치 않았다. 종일 찜찜한 마음이었지만, 내일은 꼭 4시에 일어나겠다고 결심했다.

다음날도 마음먹었던 시간에 일어나지 못했다. 한숨이 나오고 인상이 저절로 찡그려졌다. 한 번 흐트러진 새벽 기상은 좀처럼 잡히지 않았다. 알람이 울리기나 한 건지, 나 자신이 못마땅했다.

'나 왜 이러지, 정신 좀 차리자!'

계획했던 하루를 시작조차 제대로 하지 못했다. 못난 사람 같아 좌절하며 또 하루를 시작했다. 딸 시은이가 걱정스러운 얼굴로 물어보았다. 엄마 표정이 좋지 않다고, 나도 모르게 자꾸만 인상이 찌푸려졌다.

마음에 들지 않는 오늘이 빨리 지나가기만 바랐다. 목표한 바를 이루지 못한 하루는 무의미한 날이라 여겨졌다.

어린 시절, 친정엄마의 새벽은 활기찼다. 쌀을 씻고 밥을 안쳤다. 압력밥솥에서 딸랑거리는 소리가 잠결에 들리고, 어느덧 아침밥상에 팔팔 끓인 된장찌개가 올라왔다. 부드러운 두부 덕분에 입안이 까끌까끌해 먹기 싫은 마음을 덜어주었다. 고등어구이는 웬만해선 빠지지 않았고, 이것저것 영양 가득한 밥상이 준비되었다. 새벽마다 분주한 엄마의 손길로, 정성 어린 아침밥을 든든히 먹고 힘찬 하루를 시작할 수 있었다.

아르바이트로 채워졌던 시간, 되돌아보며 후회를 많이 했다. 디자인 공부를 더 했더라면, 여행 다니며 경험이라도 많이 쌓았다면, 지금의 나는 달라졌겠지. 바꿀 수 없는 과거에 발목 잡혔다 생각했다.

아이를 키우며 알게 되었다. 하루, 그 자체만으로 충분하다는 것을.

뒤집기를 하기 위해, 뒤집지 못한 날. 서기 위해, 짚고 넘어지는 날. 걷기 위해 수없이 넘어졌다 일어나는 날들로 가득했다. 그 많은 날은 조금씩 성장하는 소중한 나날이었다.

작은 순간, 소중하게 느껴졌다. 인생에서 하찮은 순간 있을까 싶다.

기상 시간을 바꿨다. 새벽 5시, 시작이 가벼워졌다. 정성으로 내 인생 채워보려 한다.

내가 줄 수 있는 선물은

신재환

자동차 전조등이 도로에 가득하다. 다들 일하러 가겠지. 출근 좌석 버스 안, 창밖을 본다. 겨울 아침, 아직 하늘이 어둡다. 서울 외곽 순환도로로 접어들었다. 길 양쪽 컴컴한 두 개 능선이 지나간다. 청계 요금소로 들어서자 왼편으로 가로등이 보였다. 직사각형 전등 여러 개가 꽃 모양을 이루고 있었다. 거무스름한 하늘, 주황 불빛이 은은했다. 문득, 불공이 생각났다.

우리 반은 안동의 한 폐교로 여행을 갔다. 중3 여름 방학 때였다. 학생주임이었던 담임선생님과 미술 선생님이 인솔했다. 담임선생님 눈썹은 짙었고 휘날릴 정도로 무성했다. 미술 선생님은 각진 얼굴에 수염이 거뭇거뭇했다. 우리는 두꺼비와 마징가라고 불렀다. 땔감을 운동장 한가운데로 옮겨, 기다란 나무를 원뿔 모양으로 세웠다. 장작, 각목, 부서진 책걸상으로 틈새를 메웠다. 미술 선생님은 솜을 공처럼 뭉친 뒤 철사를 둘렀다. 농구공 크기가 될 때까지 반복했다. 단단해야 오래 타고 잘 내려갈 수 있다고 했다. 불공이 완성되자 미술 선생님은 학교 건물 옥상으로 올라갔다. 철삿줄 한쪽 끝을 옥상에 맨 후, 둥글게 말린 줄을 아래로 늘어뜨리자 밑에 있던 담임선생님이 받았다. 내려온 줄을 끌고 나뭇더미로 갔다. 줄을 연결한 뒤 불공을 내려보라고 소리치며 손짓했다. 옥상에서 오십여 미터 거리, 불공이 내려오다 멈추기를 되풀이했다. 삼사십 분 지났을까, 철삿줄은 팽팽해졌고 불공은 미끄러지듯 내려왔다. 담임선생님 이마에서 땀이 흘러내리고 있었다.

미술 선생님은 불공을 기름에 흠뻑 적셨고 담임선생님은 나뭇더미에 기름을 흥건히 뿌렸다.

"이런 캠프파이어는 어디에서도 볼 수 없을 끼다!"

담임선생님은 허리에 두 손을 올리며 말했다. 불붙여! 소리쳤다. 까만 밤하늘, 벌건 불덩이가 나타났다. 노란 달, 타오르는 불공, 달과 해가 함께 떠 있는 듯했다.

"하나아, 두울, 세엣!"

운동장이 쩌렁쩌렁 울렸다. 붉은 꼬리가 검은 하늘을 대각선으로 갈랐다. 불공이 나뭇더미에 순식간에 내리꽂혔다. 화르르, 불기둥이 밤하늘로 치솟았다. 운동장 한가운데가 대낮처럼 환해졌다. 학교 건물도 주황으로 일렁인다. 바람은 차지만, 얼굴이 화끈거린다. 손뼉을 치며 함성을 질렀다. 온 동네가 시끌벅적했다. 불기둥이 잠잠해지고 바람이 불었다. 불티가 붉게 반짝이며 이리저리 날아다녔다.

공터로 이동했다. 돗자리만 한 철판이 보였다. 한 아저씨가 고기를 굽는 중이었다. 담임선생님 친구였다. 키우던 멧돼지를 잡았다고 했다. 허연 연기와 구운 고기 냄새가 입맛을 다시게 했다. 우리는 한 줄로 서서 새끼 새처럼 입을 벌렸다. 아저씨는 목장갑 낀 손으로 고기를 차례대로 입에 넣어 주었다. 육즙이 입안에 가득 퍼졌고 육질이 쫄깃했다. 고기를 다 먹을 때쯤, 아저씨가 경운기에 시동을 걸었다. 세 명씩 짐칸에 누우라고 했다. 좁아서 어깨를 서로 맞대어 자리를 잡고 누운 채 하늘을 바라보았다. 별들이 하얗고 푸르게 빛나고 있었다. 아, 별이 쏟아진다는 말은 사실이었다. 은하수도 보였다. '푸른 하늘 은하수' 노래는 알고 있었지만, 직접 본 건 처음이었다. 별들이 끝없이 펼쳐진 하늘에 넓고 긴 길을 내고 있었다. 마음이 편안해졌다. 덜컹거려서 등이 바닥에 자꾸 부딪혔지만 상관없었다. 친구들, 밤하늘, 빛나는 별들과 은하수, 모두 마음에 담아 가고 싶기만 했다.

다음 날, 우리는 습지로 향했다. 6열 종대, 헤쳐모여! 어깨동무하고 쪼그려 앉아! 우리는 엉금엉금 기어갔다. 발은 푹푹 빠지고 옷 안으로 흙이 들어왔다. 앞으로 취침, 뒤로 취침, 머리부터 발끝까지 흙탕물을 뒤집어썼다. 넘어지고 뒹굴었지만, 친구들 모습을 보면 웃음이 났다. 어깨동무를 풀고 논 옆 수로를 따라 한 줄로 내려갔다. 몸에 묻었던 흙이 물에 씻겨졌다. 수로 끝에 다다르니 모래밭이 있었다. 모래 위에 드러누우라고 했다. 좌로 굴러, 우로 굴러, 모래알이 다닥다닥 온몸에 달라붙었다.

"하늘 보고 있는 힘껏 소리 지른다. 실시!"

목이 터져라 소리쳤다. 뭐가 그렇게 답답했던 게 많았던 걸까. 속이 후련했다. 햇볕은 따가웠고 몸은 축축했다. 모래알은 서걱서걱, 하늘은 파랗고 구름은 하얬다. 눈을 감았다. 바람이 좋았다.

마지막 날, 담임선생님과 나는 소각장으로 함께 갔다. 쓰레기를 구덩이에 쏟아부었다. 선생님이 집게로 쓰레기를 뒤적거리자 부탄 가스통 하나가 떼구루루 굴러 나왔다. 송곳으로 가스통에 구멍을 뚫으며 선생님은 말했다.

"뭘 하든지 마무리가 중요하다. 알겠제."

다 이해하지는 못했지만 잊지 않겠다고 생각했다.

유기농 비누를 선물로 받았다. 하얀 사각 종이 상자, 비누를 감싼 분홍 한지, 구슬만 한 분홍 꽃이 비누에 꽂혀 있었다. 정 대리가 퇴사하는 날 아침, 입사 면접 때 친절하게 대해줘서 고마웠다고 내게 준 선물이었다. 나는 까맣게 잊고 있었던, 3년 전 일을 정 대리는 아직도 기억하고 있었다. 그렇게 생각해줘서 내가 더 고맙다고 말했다. 정 대리의 경력은 맡을 업무와 조금 달랐다. 송 실장은 그 부분을 면접 내내 우려했다. 정 대리의 경력을 봤을 때, 배우면서 일해도 충분할 듯해서, 송 실장에게 내 생각을 말했고 정 대리에게 자신 있냐고 물어봤다. 그 말이 힘이 되었었나 보다. 나는 잊었던 하루였지만, 정 대리는 감사한 하루로 받아들였다. 향기가 가득한 유기농 비누 상자를 다시 열어보았다. 향긋한 꽃향기가 코끝을 자극했다.

다른 사람도 나처럼 비슷하지 않을까. 같은 상황이라도 하루를 즐겁게 보낼 수도 있고, 우울해하며 불만만 터트릴 수도 있

으니 말이다. 31년 전, 중3 여름 방학 때의 안동 여행, 누군가
에게는 그저 그런 하루였겠지만, 나에게는 잊지 못할 시간이
었다. 선생님도 이제 일흔을 바라보시겠지. 우리와 함께한 여
행, 어떻게 기억하고 계실까? 제자들을 위해 보낸 하루, 자신
의 젊은 시절을 뿌듯해하시지 않을까. 언젠가 나도 선생님 나
이가 될 것이다. 하루를 허투루 보낼 때도 있고, 정성으로 채
울 때도 있겠지. 그때, 나는 자신 있게 말할 수 있을까? 누군가
에게 평생 기억에 남을 하루를 선물한 적 있다고.

06

지나고 보면 모두 추억이다

안현진

시간이 흐르고, 아이가 자라니 여유로운 장보기
도 가능해졌다. 힘들다고 어서 가자는 아이도, 장난감 판매대
에서 실랑이할 아이도 없다. 선우와 윤우가 유치원에 다니기
시작하면서부터다. 이제는 돌 지난 딸을 유모차에 태우고 남
편과 함께 마트에 간다. 아이 한 명씩 카트에 태워 장 보던 일
은 추억이 되었다.

남편과 생협에서 사 온 간식을 정리했다. 좋아할 아이들 모습
이 떠올랐다. 아이스크림도 종류별로 세 개씩 샀다. 그중 하나
는 붕어싸만코처럼 안에 바닐라 아이스크림과 팥, 초콜릿 크
래커가 들어 있다. 사각형 모양이 빵 같은지 아이들은 '빵 아
이스크림'이라 불렀다. 이 아이스크림을 볼 때마다 생각나는
일이 있다.

선우, 윤우가 네 살, 세 살 되던 여름이었다. 전날, 남편은 저녁 약속이 있었다. 차를 가져갔는데 올 때는 혼자였다. 딱 기분 좋을 만큼 마셨다며 그대로 자러 들어갔다. 다음 날, 차 가지러 어떻게 갈 건지 물어봤다. 버스 타고 갔다 오겠다는 말에 다 같이 가자고 했다. 남편 없이 병원이나 터미널 역에 갈 때면 택시를 탔다. 어린아이 둘 데리고 혼자 버스 탈 엄두가 나지 않았다. 이참에 아이들과 버스 타는 연습을 해야겠다는 생각이었다.

씻고 옷을 입은 뒤 간단하게 가방을 챙겼다. 조금 전까지 시끄럽던 집이 조용해졌다. 방에 가보니 둘 다 이불을 감싸고 잠이 들었다. 푹 자야 아이들도 짜증 내지 않고 기분 좋게 따라다닌다. 일어날 때까지 기다렸다. 집을 나섰을 땐 이미 어둑해진 뒤였다.

남편과 버스 타는 것도 오랜만인데 네 식구가 다 같이 탄 건 처음이었다. '이건 사진으로 남겨야지!' 싶어 카메라를 꺼냈다. 버스 안에 플래시가 팡팡 터졌다. 남편은 창피하다고, 아들 둘은 눈부시다고 그만하라고 했다. 다행히 버스 안에는 손님이 몇 명 없었다. 흔들린 사진 속에는 모두 어색하게 입만 웃고 있다. 창밖을 구경하며 일곱 정거장을 갔다. 여행하는 기분이었다. 내릴 때가 되어 벨을 누르려는데 남편이 작게 소리쳤다.

"아, 키!"

'아⋯. 키⋯.' 속으로 한숨을 내쉬었지만, 내색하지 않았다. 나도 미처 챙기지 못했고 무엇보다 이미 일어난 일이었다. 목적지에 내려 주차해둔 곳으로 갔다. 눈앞에 차를 두고도 열지 못하다니. 아이들은 왜 안타냐 묻고, 우리는 한동안 차만 바라보고 서 있었다. 열쇠 생각을 왜 못 했을까 자책하는 남편에게 괜찮다고, 어쩔 수 있겠냐고 위로를 건넸다.

시계를 보니 밤 아홉 시가 다 되었다. 저녁도 안 먹고 나와서 다들 배가 고팠다. 24시 국밥집으로 갔다. 식당 안에 놀이방이 있어서 자주 가던 곳이다. 문을 열었더니 손님이 꽉 차 있었다. 앉을 곳이 마땅찮았다. 어떡하지 하다가 도로 나왔다. 두 아들은 배고프다고 칭얼대기 시작했다. 조금만 걸으면 장 보러 가는 자연드림이 근처에 있었다. 저녁은 집에 가서 먹고, 지금은 아이스크림을 먼저 사주겠다고 해서 달랬다.

10분 거리의 자연드림으로 방향을 돌렸다. 걷기 싫다, 배고프다, 힘들다 찡찡대는 아이들을 안고 걸리기를 반복했다. 다시 버스를 탈 생각이었기에 과자와 아이스크림만 샀다. '빵 아이스크림'을 손에 쥔 선우와 윤우는 그제야 웃었다. 그 모습에 우리도 잠시 마음이 편해졌다. 밖으로 나오니 비가 쏟아지고 있었다. 쏴아아 소리를 내며 세차게도 내렸다. 조금 기다려 볼까 하다가 점점 굵어지는 빗줄기에 마음을 바꿨다. 한 명씩 안고 길가에 있는 편의점까지 뛰어 우산을 사기로 했다. 그리고 택시를 타고 어서 집으로 가자고.

투명 비닐우산이 하나에 7천 원 했다. 둘 다 이 돈 주고는 못 사겠다 싶어 다시 내려놓았다. 편의점 처마 밑에서 신호등을 기다렸다. 초록 불로 바뀌면 빨리 길을 건너 택시를 잡기로 했다. 신호를 기다리는 동안 비는 더 많이 내렸다. 이제는 앞이 뿌옇게 보일 정도였다. 불이 바뀌면 바로 뛰어야 했기에 신호만 뚫어지게 보고 있었다. 그 와중에도 아이들은 엄마 아빠에게 안겨 아이스크림을 먹고 있었다. 드디어 초록 불로 바뀌고, 윤우를 안은 채 빗속으로 뛰어들었다. 그 순간, 등 뒤에서 선우의 자지러지는 울음소리가 들렸다. 눈을 가늘게 뜨고 뒤돌아보니, 아이 손에 아무것도 없었다. '아이고. 저걸 어째. 아껴 먹는다고 몇 입 먹지도 않았는데' 신호등의 숫자는 점점 줄어들었다. 빗물에 젖은 아이스크림을 주우러 돌아갈 수도 없었다. 어쩔 수 없이 다시 앞만 보고 뛰었다. 울음소리가 점점 가까이 들려왔다. 뒤이어 남편이 건너왔다. 선우는 계속 길 건너

편으로 손을 뻗으며 울었다. '잘 잡고 있어야지!' 아이 탓도 했다가 '아빠가 미안하다.' 사과도 했지만 그치지 않았다. 다이소에서 찰흙을 사주겠다는 말로 겨우 울음을 잠재웠다. 하지만 잠시뿐이었다. 찰흙을 손에 쥔 채 다시 훌쩍이기 시작했다. 그동안 비는 계속 내렸다. 비에 홀딱 젖어서 택시를 타기도 미안했다. 그래도 집으로 갈 수밖에 없어 택시를 잡았다. 앞 좌석에 앉은 남편은 입을 꾹 다물었다. 선우는 그때까지 훌쩍이다 그치기를 반복했다.

차를 가지러 즐겁게 떠난 길이었다. 비에 젖은 네 식구는 저마다 표정이 어두웠다. 선우는 자연드림에 갈 때마다 저기서 아이스크림을 떨어뜨렸다고 말했다. 남편은 그 말을 3년 동안이나 들어야 했다.

남편과 나는 '빵 아이스크림'을 보며 종종 그날 일을 얘기한다. "그래도 그때 너, 짜증 한 번 안 냈어. 고맙더라."
남편을 탓하거나 계속 우는 아이에게 짜증을 낼 수도 있었다. 그런데 화가 나지 않았다. 이 일을 겪고 있는 내가 제삼자처럼 동떨어지게 느껴졌었다. 상황과 나를 분리하니 감정에 휩쓸리지 않을 수 있었다. 다 내 탓이라며 미안해하는 남편과 속상해하는 선우가 안쓰러웠을 뿐이다. 4년 전의 나는 알았는지도 모른다. 지나고 나면 웃으며 추억할 우리 이야기가, 지금 하나 더 생기는 중이라는 걸. 한 번씩 소환되는 그날의 기억이 만화 속 한 장면처럼 남아있다. 우리 집은 오늘도 장르만 다른, 가족 만화를 찍고 있다.

07

작은 손재주와 엄마

염동식

손재주가 좋았다. 초등학교 다닐 때, 나뭇조각으로 뭔가 만지는 거를 좋아했다. 학교를 마치면 거의 매일 목공소로 갔다. 나뭇조각을 얻기 위해서다. 키보다 몇 배 높은 산더미에 올라 쓸만한 나뭇조각을 주워 모으기도 했다. 나름 구상했던 작품을 만들기 위해서다. 원하는 재료를 살 형편이 아니어서, 쉽게 구하고 가공이 쉬운 나뭇조각이 최고의 재료였다.

학교를 마치면 숙제는 했다. 그 외 공부는 기억조차 없다. 그 정도로 공부를 안 했다. 방구석에 앉아 구상도를 스케치하는 것이 유일한 취미였다.

우리 집은 한 지붕 여섯 가구 구조의 집으로, 마당을 같이 사용하는 구조였다. 그 마당은 거의 나의 작업대였다. 자루에 잔뜩 담아 둔 재료들을 펼쳐 놓고, 나름 머릿속으로 구상한 작품을 만들었다.

"너, 또 뭐해?"

지나가는 아줌마가 물어봤다.

"나중에 보세요!"

나 혼자 무엇인가 만들고 있다. 그동안 구상했던 작품을 만드는 날이다. 재료를 열심히 잘랐다. 나무 톱도 없어 쇠톱으로 자른다. 쇠톱으로 나무를 자르는 것은 나무 톱에 비해 힘들다. 오른손, 왼손 바꿔 가면서, 가로 20cm, 세로 10cm, 높이 10cm의 상자를 만든다. 이 정도만 자르는데도 땀이 난다. 몸체는 완성. 자, 이제 내부 부품을 만들어야 한다. 스티로폼으로 만든 5cm 정도로 동그란 부품 두 개, 전구를 연결한 부품, 소형 모터, 돋보기로 구성된다.

옆집 아줌마가 또 물어본다. 대답을 하는 둥 마는 둥, 내 할 일을 한다. 부품 대부분은 조립되거나 완성되었다. 와이셔츠에 있는 투명 봉투를 잘라, 비닐봉지는 필름처럼 길게 접착제로 연결한다. 파랑, 빨강, 검은색 볼펜으로 그림을 그리고, 우주선도, 사람도, 지구도, 외계인도, 글도 쓰고 그렸다. 이것이 영화 필름의 역할이다. 이 봉투를 스티로폼 두 개에 연결해서 감았다. 콘센트에 전기를 꽂았다. 전구에 불이 들어온다. 지금 생각하면 감전되거나 불이 안 난 것이 다행이었다. 어디서 난 용기인지.

전구, 필름, 돋보기를 통과하여 큰 도화지에 영상이 비친다. 벽에는 30㎝ 정도의 큰 영상이 보였다. '와, 성공했다!' 스스로 만족한다. 전구는 필름 쪽으로 전후 이동이 가능해 영상 초점이나 크기를 잡는 역할을 한다. 필름에서 정사각형 3㎝ 크기 1장이 화면 1개로, 30장 정도이다. 감독, 대본 모두 내가 제작한 1인 영화인 것이다. 움직이는 영상으로 구상했으나, 그 시절 내 기술로는 불가능해, 정지 영상으로 만족했다. 이것은 영사기였다.

동네 아이들한테 자랑했다. 놀이가 비슷했던 그 시절. 영사기는 재미있는 놀이였다. 30장의 정지 영화를 방송하니 난리가 났다. 동네 아이들이 몰렸다. 작은 쪽방에 모일 수 있는 인원은 5명. 줄을 서서 기다렸다.

상영이 시작되기 전, 불을 끄고 머리 위로는 이불로 덮어야 한다. 밝으면 안 보이기 때문이다. 볼펜으로 그린 영상이지만 확대하여 보니 나름 괜찮아 보였다. 아이들은 신기해하면서 재

있게 봤다. 지금 생각해도 괜찮은 이야기의 영화였다. 매트릭스와 비슷한 이야기였다. 우주의 외계인이 지구인과 싸우고, 지구인을 꿈으로 조종한다는 내용이었다.

한편이 끝나면 관객을 내보내고 다른 관객을 입장시켰다. 다시 재관람하는 아이들도 있었다. 물론 공짜는 없고 재관람은 50원으로 할인해줬다.

"자, 다음요!"

"50원에 안 될까?"

"절대 안 됩니다, 100원입니다. 안 돼요!"

"아, 안 되는데, 옆집이잖아!"

옆집 아줌마가 아들을 보여주기 위해 50원으로 할인 요청했다. 다른 아이들도 있으니 안 되는 척하다 입장을 시켰다. 줄 서고 대기할 정도로 인기가 좋았다. 열 편 정도의 시리즈 영화를 만들었다. 어릴 적 기준으로 사람도 모으고, 어떻게 하면 돈이 생기는 줄도 안 것이다.

1984년 중학교 1학년 때의 일이었다. 그 이후에도 동력 배, 책상, 책장 등을 만들었다. 나중에는 금속으로 155밀리 곡사포까지 만들었다. 몇 년 후 군대에 가서는 155밀리 곡사포 포병이 되었다는 사실. 어릴 적에 다수의 작품을 만들었지만, 영사기가 머릿속에서 아직도 떠나지 않았다. 지금도, 그때 영사기를 만들던 모습이나 장사하던 모습이 생생하다.

내가 3살 때 엄마가 돌아가셨다. 엄마라는 존재를 모르고 자랐다. 신기하지만 돌아가시는 1분 정도의 순간이 정지 영상 슬라이드 장면처럼 기억이 난다. 마치 내가 개발한 영사기처럼. 배위에서, 가슴 쪽에서 내가 우는 모습, 주변에 동네 사람들이 우는 모습이다. 딱 3컷이다. 이유는 모르겠지만 이 부분만 기억이 난다. 이런 환경에서 홀로 의지하고 위로받은 것이 만들기가 아니었을까, 친구가 아니었을까, 아이들의 집에 놀러 가면 엄마라는 존재가 있지만, 나에게는 없었다. 놀러 가자고 할 때 거부하곤 했었다. 남의 집에 가서 노는 거 보다 혼자서 이것저것 만들면서 시간을 보냈다. 혼자 구상하고, 만들어 내는 것이 공부보다, 더한 자신감으로 자긍심을 가졌던 것이 아닐까. 돌이켜 생각해보면, 그것은 엄마의 빈자리를 대신하는 원동력이면서, 단순한 놀이가 아닌 내 인생의 큰 영향을 주었던 것 같다. 그 영향으로 10년 후 컴퓨터 프로그래머로 일하게 되었다. 좋아했던 일이기에 밤을 새워가며 일하고, 컵라면, 맥주, 담배로 시간 가는 줄 모르고 컴퓨터와 함께 했었다.

그래서일까, 프로그래머 생활 3년이 지나면서 조용히 당뇨증세가 나타났다. 그 이후 인생 180도를 바꾸게 되는 또 다른 직업으로 운명이라 말할 수 있는, 지금은 국내 1위 당뇨 커뮤니티를 운영 중이다.

08

큰아들을 감동시킬
"찐 칭찬"이 필요하다

이승한

 "일상의 소중함"

이번에 작업하는 공저의 첫 번째 주제다. 책을 내고 싶었다.
마침, 글쓰기 수업에서 함께 책 쓸 사람을 모집하였다. 공저
첫 모임에서 각 장의 주제를 알게 되었다. 첫 장은 평범했던 일
상 중 의미가 있었던 날에 관하여 써야 한다. 어렵다. 주제만
주어지면 술술 쓸 줄 알았다. 지나간 날들을 생각해보지만, 소
중했던 순간만 기억난다. 회사를 처음 간 날, 아내를 처음
만난 날, 아이들이 태어난 날. 일상이라 할 수 없는 특별한 일
뿐이다. 취업하고, 결혼하고, 아이들 키우며 보통 사람들처럼
살고 있다. 평범하게 자란 나에게 소중한 일상이란 무엇인지
아무리 생각해도 모르겠다.

평범하면서 의미 있는 날을 찾아야만 했다. 한숨을 쉬며 집안을 돌아다녔다. 아빠가 거실에 있으니, 잠자리 들어간 큰아들이 나온다. 소파에 앉아 반쯤 뜬 눈으로 나를 쳐다본다. 열 시면 자는 아빠가 열두 시까지 심각한 표정으로 걸어 다니니 이상한가 보다. 답답해서 큰아들에게 아빠의 숙제를 말해주었다. 열네 살인 큰아들에게 일상의 소중함이 무엇인지 설명하기 어렵다. 역시나 큰아들은 고개를 갸우뚱대며 잘 모르겠다는 표정이다. 잠깐 생각하더니 벽에 있는 화이트보드를 가리키며 물어본다.

"아빠, 이 말 정말이야? 나 이거 보고 뭉클했어."

무엇을 보고 말하는지 몰랐다. 아들이 가리킨 화이트보드에 가보니, 말라버린 글씨로 '큰아들을 감동시킬 찐 칭찬이 부족하다.' 라고 적혀 있다. 내 글씨다. 하지만 이 말을 언제 적었는지 기억이 가물가물하다. 이 말이 여기에 왜 적혀 있을까?

자기계발서나 동기 부여 영상에서 "적으면 이루어진다."라고 이야기한다. 나도 이루고 싶은 꿈이 많아서 화이트보드를 샀다. 써 논 내용을 잊지 않고 보려고 거실 벽에 붙여 놓았다. 처음에는 아파트 사기, 책 읽기와 같은 삶의 목표를 적었다. 하지만 내 희망보다는 점점 해야 할 일들을 기록하게 되었다. 화장실 청소하기, 부모님 댁 가기, 신문값 내기 등등. 적으니 이루어지긴 하더라. 귀찮아서 안 하던 화장실도 청소했고, 주말에 부모님 댁에도 다녀왔다. 이러기 위해 산 화이트보드가 아니었다. 언제인지 모르겠지만, 화이트보드는 처리해야 할 일을 메모해 놓는 알림장이 되어 버렸다.

책에서 본 좋은 문장을 적어 놓기도 했다. 특히 아이들 교육과 관련된 내용이 눈에 띄면 화이트보드에 써 놓았다. 하지만, 그런 말도 불조심 포스터처럼 그저 스쳐 지나가는 문장이 되었다.

큰아들은 올해 중학생이 된다. 아빠, 엄마의 입바른 거짓말은 금방 눈치채고, 우리의 말하는 습관도 다 알고 있다. 머리가 커진 아들에게 잔소리를 해봐도 별로 효과가 없다. 이미 우리의 의도를 다 안다. 그렇다고 가만히 내버려 둘 수도 없다. 아이들의 부정적인 생각이나 나쁜 버릇을 어떻게 고칠 수 있을까 아내와 늘 고민하였다. 그러던 중 부모의 진심이 담긴 칭찬은 아이들에게 도움이 된다고 유튜브에서 봤나 보다. 아들들에게 "찐 칭찬"을 해주려고 화이트보드에 적어 두었었다. 하지만 다시 잊어버리고 말았다.

아들이 가리킨 문장을 읽어보았다. 이제야 큰아들 책상에 포스트잇이 왜 붙어 있는지 이해가 된다. 평일에는 아이들하고 말할 시간이 많지 않다. 아이들이 학원이라도 가면 잠자기 전에 애들 얼굴만 잠시 볼 수 있었다. 어떤 생각을 하는지, 무엇을 배우는지 궁금했다. 출근 전에 거실 테이블 위에 놓여 있는 아이들 교과서나 생각 글쓰기 노트를 펼쳐보고는 했다. 내가 몰랐던 아들의 모습을 알게 되었고, 아이들이 배우는 내용에 놀라기도 했다. 보면서 아들에게 하고 싶은 말이 생각나기도 했다. 잊어버릴까 봐 포스트잇에 적어서 노트 위에 붙여 놓고 출근했었다.

아들은 아빠의 이런 글을 책상 옆에 하나, 둘 모아 놓았다. 새벽에 잠깐씩 썼던 말이라 기억나지 않는다. 아들 방에 있는 포스트잇을 천천히 읽어본다. '원자, 분자의 설명이 잘 되어 있네. 세계의 구성 물질이 무엇인지 알아가는 학자들의 설명도 잘 되어 있고 재밌게 공부하는 큰아들이 모습이 보기 좋네. 아빠가' 초등학생이 벌써 화학을 공부하기에 놀랐었나 보다. '파이팅! 큰아들' 이라고 적힌 포스트잇도 있다. 큰아들이 힘들어하는 글을 보고 적었었다. 포스트잇 하나 쓰는데 10분도 안 걸린다. 나에겐 평범한 하루 중 무심히 지나간 작은 시간이다. 그러나 나의 잠깐은 큰아들에게 잊고 싶지 않은 순간들이 되었다. 화이트보드에 있던 "찐 칭찬"을 나도 모르게 하고 있었나 보다. 평범한 일상 중에 의미가 있는 날은 이런 걸까? 언제 적었는지 기억도 안 나는 몇 줄에 큰아들은 감동하였다. 평범하게 지나간 시간이 의미가 있는 순간으로 바뀌어버렸다.

떨어진 낙엽이 모여 나무의 양분이 되듯이, 포스트잇은 큰아들의 마음이 커가는 힘이 되고 있었다. 아빠의 이런 작은 일들을 소중히 간직해준 아들이 고마웠다. 다음 날 아침 잠자고 있는 큰아들 얼굴을 쓰다듬어 주러 갔다. 이불을 발끝까지 다 덮어주고 통통한 손을 살포시 잡으며 '원하는 일들이 다 잘 될 거야.' 라고 말해준다. 출근 전에 매일 해주는 평범한 행동이다. 이런 작은 일도 언젠가는 큰아들에게 "찐 칭찬"이 될 수도 있다. 이런 칭찬이라면 매일 해 줄 수 있다. 회사 가는 길에 떨어진 낙엽이 보인다. 집에 오면 서랍 속에 있는 노란색 포스트 잇을 꺼내 놔야겠다. 그것도 아주 많이.

09

매일 사막을 건넜던 두 다리,
인생의 든든한 버팀목이 되다

정선묵

전역 후, 변화가 절실했다. 산업디자인이라니, 생긴 걸 봐라. 디자인하게 생겼나, 수능 점수만으로 입학한 탓이었다. 도피처로 군대를 다녀왔지만, 상황은 달라지지 않았다. 매일 게임과 술로 하루를 소비했다. 회색빛 시간, 게으르고 나태했다. 처음으로 자신에게 질문을 던졌다.

"나는 진정 무엇이 하고 싶은가?" 그렇게 나는, 새로운 도전을 시작했다.

부모님의 만류를 뿌리치고 미국 라스베이거스에 정착했다. 어디 가서 남부럽지 않은 대접을 받아온 부모님, 큰아들이 서비스 일을 배우러 해외까지 가는 것이 못내 탐탁지 않으셨을 테다. 하지만 마음이 외치는 소리 "서비스해라" 이번만큼은 무시하고 싶지 않았다. 호텔경영학 공부에 도전하기 위해 아버지에게 세 장의 편지를 썼다. 투박한 글씨체로 나의 열정과 거친 포부를 꾹꾹 눌러 담았다. 자식 이기는 부모 없다고 아버지는 큰아들의 요청을 승낙하셨다.

야심 차게 미국 땅을 밟았다. 건조하고 메마른 바람이 나를 반겼다.

공부도 하기 전, 생존부터 걱정해야 할 판이다. 새벽 5시. 첫 수업을 들으러 가기에는 이른 새벽. 딱 1시간만 더 자고 싶다. 그러나 서둘러야 했다. 창고에서 자전거를 꺼낸다. 집부터 버스정류장까지 15km. 6시 전까지 정류장에 도착해야 통학 버스에 올라탈 수 있다. 한 시간에 한 대 오는 버스, 놓치면 끝장이다. 작열하는 사막 태양. 사막은 온실 화초 속에서 자란 20대 청년에게 그리 친절한 곳은 아니었다.

한국에서 집을 알아볼 때는 그리 멀지 않다고 느꼈다. 집주인도 20분밖에 안 걸린다고 했다. 미국인들의 거리 감각이 우리의 그것과는 기준이 다르다는 걸 나중에야 알았다. 집부터 학교까지 20분이 걸리긴 했다. 시속 120km를 쉬지 않고 달린다는 가정하에. 자동차는커녕 운전면허도 없었다. 골프 코스 안에 있는 아름다운 집. 나에게는 최악의 여건이었다.

혼자서 해결해야 한다는 두려움, 살면서 처음 마주했다. 부모님과 친구들, 미친 듯이 그리웠다.

사막을 온전하게 건너고 싶었다. 친구에게 빌붙어 보기도 하고, 주인아주머니에게 사정하기도 했다. 그것도 하루 이틀, 방법을 모색했다. 다행이다. 버스가 있었다. 문제는 버스정류장까지 어떻게 가느냐다. 자전거를 이용하기로 하자 간단히 문제가 해결되었다. "그래, 작은 것부터 하나씩 해결해 가자!"

몇 번 왕복해 보니 진짜 문제는 따로 있었다. 바로 여기가 사막이라는 사실이다. 살이 익을 정도의 화상으로 두어 번 고생했다. 수천 개의 침이 밤낮으로 찌르는 느낌, 다시 경험하고 싶지 않다.

사막에서는 일출과 동시에 더위가 작렬한다. 해가 있을 때는 다니지 않기로 했다. 결국, 해가 뜨기 전에 움직였다. 정류장에 도착하기 위해 난생처음 새벽 기상에 도전하게 되었다.

부모님의 피 같은 돈으로 신청한 수업, 단 1분도 놓치고 싶지 않았다. 별수 있나. 날마다 강행군이다. 수업은 4시면 끝났지만, 태양은 여전히 시뻘겋다. 해가 질 때까지 도서관에서 휴식을 취했다.

저녁 7시. 날이 제법 어둑하다. 사막의 낮은 이글거리더니 해가 진 사막은 죽음처럼 차가웠다. 버스정류장에 내렸다. 한 치 앞도 보이지 않았다. 남들은 오붓하게 저녁을 즐길 시간. 나의 하루는 아직 끝나지 않았다. 길게 호흡을 들이마신다. 어둡고 차가운 사막의 공기. 페달을 돌렸다.

하루 왕복 80km. 1년 정도 이동을 지속했다. 몸무게 10킬로 가까이 빠졌다. 피부는 거칠고 까무잡잡해졌다. 한 친구가 우스갯소리로 한 말이 기억난다.

"후버 댐 건설하러 왔냐?"

3월의 어느 새벽으로 기억한다. 여느 때와 같이 자전거를 끌고 나왔다. 산책하던 앞집의 노부부를 만났다. 그동안 언어가 짧아 깊은 소통을 나누어 본 적이 없었다. 그날따라 손짓으로 나를 불러 세운다. 따스한 인사말이 오고 갔다. 노부부가 나를 부른 이유는, 이른 아침 등교하는 나를 응원하기 위해서였다. 일면식도 없는 한국 유학생에게 건네는 따스한 위로 한마디. 척박한 영혼을 적시는 단비와도 같았다.

지금의 고생과 시간 정도라면, 어딜 가도 살아남을 거라는 한마디의 진한 감동이란!

자전거 페달을 밟으며 기분 좋게 내달렸다. 이 세상 누군가는 나의 존재를 알아주고 있다는 것. 어쩌면 우주가 나의 노력을 알아주고 있는 것이 아닐까, 작은 위로가 되었다.

그날은 어제와 같은 하루. 그러나 사막의 별처럼 반짝이는 하루였다. 이날 반복되는 하루의 의미와 한 줄기 용기를 얻었다. 버티며 지나갔던 하루는 그 나름대로 의미가 있었다. 지나고 나니 쓸만한 인생의 조각이다. 하나의 점이 의미가 되어 내 삶에 누적되었다. 나는 그렇게 안전지대를 벗어나 사막이라는 낯선 곳에 나 자신을 내던졌다. 익숙함과 편안함의 굴레를 벗어버리자 비로소 도약하기 시작했다.

저녁 7시, 오늘도 야근이다. 하루가 멀다고 찾아온다. 그토록 원했던 호텔 근무, 현실은 전쟁터다. 울리는 전화벨과 사내 메신저, 끝이 없는 회의와 숙제, 이제 6년 차 대리, 지루하고 재미없다. 아버지에게 보낸 편지 세 장의 열정은 온데간데없다. 넓은 사무실, 키보드 두들기는 소리만 무성하다. 쳇바퀴처럼 반복되는 일상이다. 잊을만하면 찾아오는 시련과 고통, 외로움과 고독함, 어두운 터널에 갇힌 느낌이랄까, 이따금 그 시절을 떠올린다. 사막 모래를 머금은 지난 4년의 세월, 강해졌고 성장했다. 터널이 길어봤자 사막만 할까, 머리를 휘저어 본다. 부정적인 생각 떨쳐낸다. 터널은 끝이 있기 마련이고 그치지 않는 비란 없는 법. 지금이 바닥이라고 느껴질 때, "이제는 곧 일어서겠구나" 하고 생각할 여유도 생겼다. 나를 무너뜨리지 못하는 모든 고통과 시련, 나를 비옥하게 만드는 거름이라고 생각하려고 한다.

그나저나 큰일이다. 팀장과 본부장, 집에 가지를 않는다.

10

당연함이 없는 세상

최주선

우박이다. 우박이 내리려고 그렇게 더웠나 보다. 남아프리카는 눈이 안 오는 대신 일 년에 두세 번 우박이 내린다. 지대가 높은 탓에 햇볕은 뜨겁다 못해 타버릴 듯하다. 무슨 심보인지 그런 날엔 시원하게 쏟아지는 비가 그립다가도 하염없이 쏟아지는 비 앞에선 다시 볕이 그립다. 올해는 유난히 남아공의 우기가 길었다. 이러다가 아프리카 날씨가 비만 오는 나라가 되는 건 아니냐며 푸념을 늘어놓았다.

얼마 전, 우리 지역의 꽤 많은 일대가 한순간에 정전이 되었다. 지역 변전소의 화재폭발로 예기치 않게 시작된 정전은 약 2주간 이어졌다. 한국 1970년대도 아니고, 대체 이게 무슨 일이냐며 투덜거렸다. 정확히 11일 동안 집 안은 전기 돌아가는 잡음 하나 없이 고요했다.

초등학교 입학 무렵, 집에 전기가 종종 나갔다. 두꺼비집 내려 가는 소리와 함께 불이 꺼지면 집에 있는 촛불을 몽땅 꺼내왔 다. 뚱뚱하고 큰 흰 양초에 불을 붙이는 아빠 손을 유심히 봤 다. 성냥 통의 거친 갈색 표면을 긁으면 성냥개비 끝에 불이 살 아나는 모습이 그저 신기했다. 생일 촛불을 켜는 거처럼 신이 났고, 어둠 속에서 밝게 빛나는 불빛이 신비로웠다.

그땐 동심이 있었지만, 주부인 지금은 정전이 될 때면 일상 대 부분이 마비되어 이만저만 불편한 게 아니다. 생활의 수많은 부분에 전기가 필요하단 사실을 미처 깨닫지 못했다. 장시간 냉장고가 안 돌아가니 음식물은 썩고, 냄새나기 시작했다. 몽 땅 버렸다. 그나마 김치를 살려보겠다고 얼음을 사다가 나르 기 바빴다. 그렇게 사다 나른 얼음은 하룻밤 새 다 녹아버렸 다. 냉동실에 한 봉지 넣어둔 얼음은 다 녹아 카펫까지 젖게 했 다. 한국의 다양한 음식 배달 문화가 평소보다 몇 배는 더 그리 웠다. 세탁기를 돌릴 수 없어 빨래 바구니의 옷가지를 욕조에 몽땅 부었다. 발로 옷을 밟고 손으로 비틀어 짜서 말렸다. 전 기 순간 온수 시스템인 기저에서는 찬물만 나왔다. 숨을 참고 찬물로 재빨리 씻었지만, 심장마비에 걸릴 듯했다. 호롱불 켜 고 냉장고도 없이 살았던 조상님들은 어떻게 살았던 건지 감탄이 절로 나왔다. 물론 그 시대는 발달하지 않았던 문화로 지금과는 아주 달랐지만, 그동안 별생각 없이 당연한 듯 사용했던 전기의 소중함은 피부로 느껴졌다.

한국에서 매일 바쁘게 직장 생활을 할 때 출근 전용 신발은 운동화였다. 일찍 일어나도 준비하다 보면 아슬아슬하게 버스 놓치는 일이 종종 있었다. 집 문 앞을 나서자마자 부리나케 달려 만원 버스에 몸을 실었다. 작은 키로 손잡이에 매달려 좌우로 쏠리지 않게 몸을 지탱한다. 내 몸이 그렇게 무거울 수가 없다. 걷고 싶은 날이면 교통비 아낄 겸 일거양득으로 살도 빼겠노라 1시간 되는 퇴근길을 뚜벅뚜벅 걸었다. 결혼하고 익산으로 이사한 후에야 6년 만에 지겨운 출퇴근 길을 벗어날 수 있었다. 퇴사하고 아침 일찍 안 나가도 된다는 생각에 여유롭게 방바닥을 뒹굴었다. 남편 출근길 배웅하는 것도 좋았고, 남편이 돌아오면 먹을 음식 만드는 것도 재밌었다. 남들 출근해서 일하는 시간에 거리를 활보하며 놀고 싶다던 소원도 성취했다. 혼자만의 시간이 좋았다. 1년간 혼자만의 시간을 가진 후 첫아이를 낳기 전까지만 해도 새로운 삶이 꽤 괜찮았다.

"넌 대체 뭐 하는 거니? 뭘 하면서 사는 거니?"

잊을 만하면 스스로 답 없는 질문을 던졌다. 육아 외에는 그 어떤 생산적 일도 진취적인 일도 할 수 없었다. 매일 아이들과 씨름하는 일상에 점점 진절머리가 났다. 밖에 나가서 일하는 남편이 괜스레 얄미웠다. 늘어진 티셔츠와 숭숭 빈 머리카락, 핏기 없는 얼굴에 아무리 때 빼고 광내도 볼품없는 내 모습 탓에 거울 보기가 싫었다. 모유 수유하느라 얼룩진 티셔츠의 자국을 볼 때면 젖소가 된 기분이었다. 경력 단절된 후에야 매일 붐비는 버스를 타고 갈 직장이 있던 사실이 얼마나 행복한 일이었는지 깨달았다. 그래도 왕년에 보육교사로 일 잘하는 고급 인력이라 자부했는데 쓸데가 없었다. 육아만 하는 내 모습이 처량하고 불쌍했다.

아이들이 좀 더 크고 나니, 내 마음에 여유가 생겼나 보다. 시간이 흐를수록 세 아이 어렸을 적 모습이 그리워진다. 휴대전화 사진첩을 종종 들추어본다. 구글 사진첩 연동해놓은 덕에 친절하게 같은 날 있었던 추억을 모아서 알려 준다. 처량하기 그지없었던 시간 속의 내 모습은 저만치 사라져버리고, 그 당시 아이의 사랑스러웠던 모습만 무척 그립다. 사진으로 남겨두길 잘했다. 아마도 다시 돌아갈 수 없어서 더욱 소중한 게 아닐까.

코로나로 이전의 평범했던 일상을 잃고 나서 깨달았다. 마스크 없이 누군가를 만나서 얼굴을 맞대고 수다 떨었던 날은 행복이었다. 친구와 어깨동무, 손잡고 팔짱 낀 채 키득거리는 시간이 행복이었다. 코로나에 걸려 후각과 미각을 잃고 냄새 맡을 수 없게 되었을 땐 더럽고 퀴퀴한 냄새조차 그리웠다. 콧속으로 냄새가 솔솔 들어와 다시 냄새 맡을 수 있게 됐던 순간, 혼자 무아지경 댄스를 추며 폴짝거렸다.

장기간의 정전을 겪어보고 알았다. 무의식중에 자동으로 손이 갔던 화장실과 주방 스위치도, 세탁기, 정수기, 밥솥, 냉장고, 청소기, 컴퓨터, 와이파이, 하다못해 휴대전화 충전까지도 뭐 하나 당연한 게 없다.

초등학생들끼리 버스 타고 다니는 일상이 아무렇지도 않은 세상에서 자랐다. 부모 없이는 아무 곳도 갈 수 없는 남아공 문화를 보면, 지극히 일반적이고 당연한 일상인 한국의 모습은 비정상적으로밖에 보이지 않는다. 버스나 지하철을 이용하는 일도, 겨울이면 내리는 눈도, 전기 걱정 없이 살아가는 일상까지 모두 당연하다 생각하고 살았다. 이전에 누렸던 평범했던 일상은 지금 이곳에서는 누릴 수 없는 것이다.

난 자리는 알아도, 든 자리는 모른다는 말을 실감하며 산다.

이런 과정을 겪고 난 후에야 비로소 내가 살았던 평범한 이전 일상의 조각들이 얼마나 소중한 시간이었었는지 절실하게 깨닫는다. 지나온 삶의 모든 순간에 당연한 것은 하나 없다. 고생했던 순간마저 이겨내고 나면 모조리 감사의 고백이 된다. 원래 당연한 것은 없다고 생각하면 모든 게 감사하다.

제2장

이런 날에는
차라리
죽고 싶어

01

눈에 보이는 것이 전부는 아니다

미선이

오랜만에 들어온 소개팅을 거절했다. 서른이 훌쩍 넘었다. 가릴 처지가 아니다.

"잘 나온 사진도 많으면서 도대체 왜 사진을 보내주기가 싫다는 거야?"

주선자는 나를 이해할 수 없다며 혀를 내둘렀다.

소개팅할 때 사진 한 장쯤은 당연히 미리 주고받아야 한다는 걸 알면서도 기분이 좋지 않다. 괜히 외모로 평가받는 기분이다. 잔뜩 예민해져서 뾰족한 말들이 나도 모르게 튀어나온다.

'얼굴이 명함도 아닌데, 도대체 왜 자꾸 사진을 보자고 하는 건지 이해할 수가 없네, 아직도 얼굴만 보고 소개팅을 하려고 하는 사람이 있다니, 한심하다 한심해.'

유치원 때부터 친구들보다 머리 하나가 컸다. 초등학교 4학년 때 이미 고등학교 1학년인 언니보다 컸고, 졸업할 때는 전교에서 5번째로 컸다. 엄마는 멀리서도 찾기가 쉽다며 좋아했지만 나는 한 번도 큰 키가 좋았던 적이 없다. 가족끼리 외식을 하러 가면 항상 "누가 언니예요?"라는 질문을 받았다. 엄청난 스트레스였다. 초등학생이 고등학생보다 더 '언니' 같아 보인다는 것이 기분 좋을 리 없었다.

초등학교 6학년 때 있었던 일을 잊지 못한다. 학원에 가려고 마을버스를 탔다. 당시 초등학생의 버스 요금은 100원이었다. 돈을 내고 자리에 앉으려는 순간 기사 아저씨가 큰소리로 호통쳤다.

"하여간 요즘 것들은 말이야. 아주 싹수가 노랗다니까, 어이 거기 아가씨, 성인이 초등학생 요금을 내면 어떻게 해, 모를 줄 알았어?"

버스에 타고 있던 사람들의 시선이 한순간 나에게로 향했다. 13년 인생 처음으로 수치심을 느꼈다. 아무도 나를 위해 나서주는 사람은 없었다. 이미 모두 나를 대학생이라고 생각하는 눈치였다. 당황스러웠다. 그렇게 많은 사람 사이에서 면박을 당한 것은 처음이었다. 눈물이 멈추질 않았다. 잘못한 것도 없는데 얼굴이 시뻘게진 채로 버스에서 도망쳤다. 이제 막 사춘기로 접어드는 한참 예민한 나이. 태어나 처음으로 죽고 싶다는 생각을 해봤다.

겉모습만 보고 사람을 오해하는 때도 있다는 것을 너무 어린 나이에 알아버렸다. 그래서인지 다른 사람 시선에 예민한 편이다. 웃지 않으면 '화났냐?'는 질문을 받을 때 가 있다. 첫인상이 '도도해 보인다.', '차가워 보인다.'라는 말도 들어봤다. 나를 잘 알지도 못하는 사람들이 내 겉모습만 보고 나를 판단할 때면 아직도 상처를 받는다.

출근하려고 집을 나섰다. 층층이 멈춰서는 엘리베이터를 보며 한숨이 나왔다. 한참을 기다린 후 문이 열리기가 무섭게 승강기에 올라탔다. 뒤쪽에서 누군가 콜록거리기 시작한다. 머리가 희끗희끗한 할아버지였다. 한눈에 봐도 건강하지 않아 보였다. 숨 쉴 때마다 가래 끓는 소리가 들렸고, 지하 2층으로 가는 내내 기침을 했다. 코로나가 다시 기승을 부린다던데, 혹시나 하는 마음에 좁은 엘리베이터 안에서 할아버지를 피해 구석으로 몸을 피했다. '딩동' 소리가 들리기 무섭게 엘리베이터에서 내리려는 찰나, 할아버지의 목소리가 들렸다.

"좋은 하루 보내세요!"

얼굴이 화끈거렸다. 대충 눈인사를 건네고 도망치듯 차에 올라탔다. 부끄러웠다. 이웃에게 살가운 인사 한마디 건네지 않는 내가, 도대체 무슨 권리로 남을 판단한단 말인가. 물건을 살 때는 또 어떤가, 며칠 전 마트에 갔을 때는 조금이라도 더 빨갛고 예쁘게 생긴 사과를 고르려고 스무 개도 넘는 사과를 요리조리 살펴봤다. 책을 고를 때도, 표지가 예쁜 책에 꼭 먼저 손이 간다. 겉만 보고 평가받는 것이 죽을 만큼 싫다고 해놓고, 정작 외형만 보고 판단하는 사람은 나였다.

잘 알지 못하기 때문에 눈에 보이는 것만으로 판단하는 경우가 종종 있다. 사과를 먹어보기 전까지는 어떤 게 더 맛있는지 알 수가 없다. 각자의 경험과 기준으로 색깔, 향기, 꼭지 등을 보고 맛을 예상해보는 수밖에 없다. 한입 베어 무는 순간, '아 나의 선택이 옳았구나!', 할 때도 있고 '이번 사과는 주스나 만들어 먹어야겠네.' 라는 생각이 들 때도 있다. 책도 마찬가지다. 표지가 예뻐서 책을 골라 들었는데, 막상 목차를 살펴보고는 슬그머니 다시 책을 내려놓게 되는 경우가 허다하다.

소개팅도 그렇다. 서로 잘 모르는 사이일 때는 겉으로 보이는 모습만으로 상대방을 판단할 수밖에 없다. 하지만 이야기를 나눌수록 사람의 진가가 드러나기 마련이다. 어떤 때는 상대방의 겉모습만 보고 섣부른 판단한 것에 대한 미안한 마음이 들기도 하고, 어떤 때는 예상했던 것과 전혀 다른 모습에 큰 실망을 할 때도 있다.

중요한 것은 내용물이다. 사과는 아무리 예뻐도 맛이 좋아야 최상급이고, 책은 아무리 표지가 화려해도, 글이 좋아야 좋은 책이다. 사람은 아무리 수려한 외모를 지녔어도, 결국엔 인성이 가장 중요하다. 눈에 보이는 것이 전부는 아니다.

'나의 일'과 '남의 일'을 구분하지 못해 오랜 시간 힘들어했다. 나의 겉모습에 대한 평가는 내가 어찌할 수 없는 '남의 일'이다. 하지만 그 이후 나에 대한 어떤 인상을 심어 줄지는 내 하기에 달린 '나의 일'이다. 내가 통제할 수 없는 일에 속상해하기보다는, 내가 할 수 있는 일에 더 집중해 보기로 다짐해본다. 집에 가서 친구에게 사진 한 장 보내줘야겠다. 이번 소개팅은 물 건너갔지만, 다음번에 기회가 온다면 그때는 "그 사람, 겉으로 보이는 모습이랑은 완전 다르더라."는 이야기가 듣고 싶다.

02

앞이 보이지 않았던 날

백란현

섬유공장에 취직했다. 날실과 씨실이 기계 속으로 들어가 천을 짠다. 100야드가 되면 기계를 멈추고 두루마리 천을 잘라내었다. 빗처럼 생긴 구멍 하나마다 다섯 가닥의 실이 들어간다. 실이 끊어지면 여분의 실로 끊어진 부분을 연결한다. 다시 기계를 돌린다. 소음이 심해 귀마개를 하였다. 기계 사이를 돌아다니며 생산되는 섬유를 살폈다. 기계가 멈추는 시간을 줄여야 한다. 야간 근무 첫날 아침, 퇴근 전에 공장 간부들이 작업 상태를 확인했다. 내가 관리하는 구역에 잘 돌아가고 있던 기계 하나를 정지시켰다. 천 가운데 세로 선이 연하게 보였다. 실 가닥수가 5개씩 들어갔어야 하는데 4개와 6개로 들어간 모양이다. 빨리 확인했어야 했다. '발견'이 내가 할 일이었다. 밤새 돌린 천 수십 야드는 불량처리가 되었다.

반장은 몇 번이나 높은 사람에게 죄송하다고 말을 했다.

새벽 3시쯤이면 필리핀에서 온 직원과 한 시간씩 교대로 쉴 수 있다. 대신 살펴볼 기계수는 두 배가 되었다. 탈의실 바닥에서 쪽잠을 잔 후에는 잠에 취해 일어나지를 못했다. 필리핀 아가씨가 탈의실 문을 열고 들어와서 나를 깨우는 일도 여러 번 있었다. 새벽 5시 30분부터는 바닥에 떨어진 실 더미를 쓸면서 졸기 일쑤였다. 자칫 위험할 수도 있었다.

열흘 치 일당 15만 원을 받았다. 농협에 가서 통장정리를 했다. 통장을 펼쳤다가 비닐에 넣기를 반복했다. 돈이 들어오는 순간 '일할 만하네' 생각이 들었다. 하루 만 오천 원을 벌었을 뿐이었는데 잠시 통장을 만지작거리고 있었다.

1학년 과대였다. MT에서 신고식도 나부터, 얼차려도 나 먼저 시켰다. 억지로 마신 막걸리는 입 밖으로 튀어나왔다. MT 이후 과 친구들은 선배들과 친해진 것 같았다. 이모 댁 천안과 공주를 통학하는 입장이다. 오후 6시 30분 공주 시외버스터미널에서 막차를 타야 한다. 선배, 동기랑 늦은 시간까지 어울릴 수 없었다. 동기들은 주말이면 대전으로 놀러 갔다. 월요일이 되면 몸에 걸친 물건들은 모두 새것이었다. 같이 공부할 수 있는 빈 시간에도 핸드폰이 없어서 같은 과 친구들과 연락을 할 수 없었다. 나는 삐삐를 급히 장만했다. 그날 나는 이모한테 혼이 났다.

"네 아빠가 돈을 못 벌어서 엄마 고생하는데 너 형편에 삐삐가 가당키나 하냐?"

역사교육과 선배한테 점수 좀 땄다면 서양사, 동양사 강독 자료 좀 얻었을 텐데. 전공 수업을 들을 때마다 나는 강의실에서 증발하고 싶었다. 강독 수업에서는 고어만 가득한 원서를 읽고 해석해야 했다. 어떤 순서로 시킬지 예측이 어렵다. 모두 고개를 숙이고 교재와 공책만 보았다. 나를 지목했다. social을 제대로 읽지 못했다. 이후 선배들은 나를 '소사이얼 학생'으로 불렀다. 한문도 마찬가지다. 나만 '강독' 수업이 힘들진 않았을 터. 2학년 선배들과 친해졌거나 동기들과 연락이 잘 닿았다면 해결이 가능했을지도 모른다.

교대 가겠다며 수능을 준비했다. 수능 친 다음 날, 공장 근무를 시작했다. 15만 원으로 진주교대와 공주교대 전형료를 냈고 차비로도 사용했다. 공주교대 면접이 있는 날에는 야간 근무 주간이었다. 밤새 일을 한 후 아침 8시에 퇴근했다. 왜관역에서 대전행 열차를 탔다. 대전에서 공주로 버스로 이동하여 공주교대 입학 면접을 봤다. 다시 고향으로 돌아와 밤 근무에 들어갔다. 그날 밤 어느 날보다 피곤했다. 이렇게 해야 하는 건가. 떨어질 게 뻔했다. 그런데 공주교대 면접을 다녀왔다. 포기하고 싶었다. 계속 공장에서 일할까 싶었다. 머리 쓰는 일도 아니었고 매달 월급이 들어왔다. 직원들 기숙사에도 놀러 갈 만큼 친해졌다. 역사교육과에서 인간관계에 대해 주눅 든 마음을 다리미질해 주는 것 같았다.

아빠랑 돈 때문에 자주 싸웠던 엄마가 떠올랐다. 딸 대학 등록금이 없어 딸에게 공장에서 일하라고 한 엄마의 심정은 어떠셨을까. 엄마도 6·25전쟁 이후 맏이로 태어나 다섯 동생을 위해 공부를 뒤로하고 일을 하셨다. 자식들 교육에 돈 걱정 없이 밀어주고 싶었던 마음은 엄마가 가장 간절했을 터다.
교대에 합격할 희망이 보이지 않자 엄마는 나를 설득했다. 없는 살림에 천안 공주 통학하지 않게 자취시켜주겠노라고. 자취방은 어떻게 구하시려고 그러셨을까.

공장 일이 익숙해지고 월급을 네 번 받았을 때 진주교대 합격 소식을 들었다. 역사교육과 복학 전까지 일 년 이상 다니려고 했었으나 바로 사표를 냈다. 공장 언니들에게 미안했다. 새 직원 들어올 때까지 나 때문에 일을 더 해야 하는데도 잘 됐다는 말만 했다.

지금도 급여 통장을 보관하고 있다. 통장에는 20년도 더 지난 추웠던 입시 기간. 공주교대 떨어질 것을 알면서도 다녀온 그날, 앞이 보이지 않았다. 그러나 매번 집 전화가 새것이었던 우리 집에서는 독립하고 싶었다.

스무 살 경험을 통해 '인내'를 배웠다. 교대 4년의 생활도 만만치 않았다. 진주교대 입학하자마자 영어, 미술, 체육 등 과목별 수업 때문에 능력의 한계를 경험했다. 재수해서 들어온 학교다. 3교대 근무를 하면서 교대 입학을 갈망했었다. 나의 스무 살 시절, '앞이 보이지 않았던 경험'은 교대 4년을 버티는 힘이 되었다. 인생에서 버릴 경험은 없다.

03

초가을의 아픔

송숙현

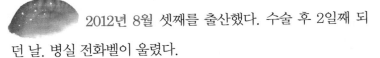 2012년 8월 셋째를 출산했다. 수술 후 2일째 되던 날. 병실 전화벨이 울렸다.

"송숙현님, 여기 신생아실인데요. 지금 올라오실 수 있어요? 아기 수유해야 해서요."

"네, 올라가겠습니다."

몸이 약해진 상태로 임신해서 고생을 많이 했다. 주변에서 출산을 반대하는 사람도 있었지만, 고민할 문제가 아니라고 생각했다. 다행히 아이는 건강하게 태어났다. 제왕절개 수술을 해서 움직이는 데 불편했다.

신생아실에 도착하니 옆 병실에 가 있으라고 했다. 간호사가 아이를 안고 들어왔다. 아이를 받아 품에 안는데 울컥했다. 건강해서 고마웠다.

매년 초가을이면 비염과 몸살로 힘들다. 2010년 초가을에도 같은 증상으로 누워 있었다. 열이 오르는 건지 오한이 나기 시작했다. 종합 감기약과 쌍화탕을 먹고 견뎌보려 했다. 얼굴에 열이 올라 뜨거운데 손발은 얼음장이다. 겨울 이불을 꺼내 덮었다. 온수 매트도 켜고 온도를 높였다. 약 기운에 잠들었다가 놀라서 깼다. 더 참으면 안 될 것 같았다. 시계를 보니 저녁 6시가 넘었다. 한창 바쁠 시간이었지만 남편에게 전화했다.

"자기야, 바빠? 나 많이 이상해, 병원에 데려가 줘."

"지금 바쁜데, 어떻게 가냐?"

서운함에 눈물만 났다.

남편은 결혼 전부터 어머니와 마트를 운영 중이다. 아침 7시에 오픈해서 밤 12시까지다. 새벽 운동 다니는 어머님이 오픈하신다. 남편은 오후부터 마감까지 한다. 결혼하고 함께 생활하면서 어떻게 해야 할지 몰라 당황했다. 친정 부모님도 장사를 하셨다. 일은 당연히 함께 하는 거라고 알고 있었다. 다른 업종, 다른 패턴이었다. 어른에게 잘해야 한다고 배웠고, 남편과도 잘 지내고 싶었다. 아침에 어머님과 시작하고 남편과 함께 마무리까지 하게 되었다. 가게 특성상 식사 한 끼 함께 하기 어려웠다. 어머님은 손이 빠르고 음식 맛이 좋다. 서툰 손놀림으로 따라가기 버거웠다. 아버지가 일찍 돌아가셔, 혼자서 아들 셋 키우며 일과 살림을 병행하셨다. 모든 일 처리가 빠르고, 정도 많고 나눠주는 것도 잘하신다. 그러나 마음과 다르게 말투가 무뚝뚝하고 차가워, 상대가 오해하기 일쑤다. 받는 고마움보다 들리는 말이 먼저다 보니 상처가 된다. 서운함이 커지고 모든 게 어렵게 느껴졌다. 소통 없이 지내는 시간이 길어지고, 불편한 말에 나도 모르게 주눅 들고 지쳐갔다.

두 아이가 생기고 자라는 과정에서 생활 방식을 바꾸고 싶었다. 남편에게 여러 가지를 제안했다. 시간도 나누어 쓰자고 했지만, 남편은 별문제 없다고 생각했다. 누구의 탓이라고 할 수 없는 상황에서 힘들어졌다. 나는 상대를 탓하며 짜증내고 있었다. 죄책감을 느꼈고, 자주 아팠다.

밤 10시가 돼서야 전화가 왔다.

"지금이라도 병원에 가자. 지금 갈게, 옷 입고 있어."

고열에 지쳐 늘어져 있던 나는 대답도 하지 못했다. 남편에게 업혀서 차에 실려, 야간 진료가 가능한 신설동에 있는 동서울 병원으로 향했다. 의사는 청진기를 가슴에 대보고 열도 체크했다.

"상태가 좋지 않네요. 의뢰서 써 드릴 테니 대학병원 응급실로 가세요."

남편은 놀라는 듯했다. 우리 부부는 아무 말도 하지 않은 채 고대병원 응급실로 갔다. 응급실은 붐볐다. 간호사는 의뢰서를 확인하고 침대로 안내했다. 바로 링거를 꽂아주었고 의사 선생님이 왔다. 진료 후 입원하라고 지시했고 엑스레이를 찍었다. 다음날 결과를 확인한 의사는 심각한 폐렴이라고 했다.

"이 정도 상태라면 죽을 수도 있었어요. 왜 이렇게까지 참으셨어요. 2주 이상 입원하셔야겠네요."

의사가 돌아가고 혼자 침대에 앉아있었다. 뒤통수 한 대 맞은 느낌이었다. '죽음' 이라는 단어는 나를 냉정하게 만들었다. 남편에게 말했다.

"가게 일도 바쁘고 아이들도 챙겨야 하니 병원에 오지 마. 아이들한테도 아픈 모습 보이기 싫어. 아이들 잘 부탁해."

혼자 병실에 있는데 억울하고 분한 감정만 올라왔다. 스트레스가 원인이라는 말에 여전히 상대를 탓하게 되었다. 아무리 생각해도 상황이 바뀌지 않을 것 같았다. 방법을 바꿔야 했다. 상담을 받아보기로 마음먹었다. 입원한 상태에서 알아보고 예

약했다.

개인 상담을 통해 위로받았다. 그 후 관계 안에서 내가 바뀌어야 하는 객관적인 얘기를 들었다.

상황 개선을 위한 피드백으로 '나-전달법'을 소개받았다. 내 감정을 상대가 이해할 수 있도록 전달하는 방법이다. 감정을 스스로 아는 것이 중요하다고 했다. 알아야 표현할 수 있기 때문이다. 먼저 솔직해지는 것이 관계 개선에 도움이 된다. 느끼는 감정부터 체크했다. 상대에게 집중되어 있었다. 불안하고 두려운 상태가 많았다.

말과 행동에 많은 영향을 받는 것이 감정이라고 한다. 아파보니 그 말이 더 와닿았다.

두 아이를 키우는 동안 원하는 것을 몰랐다. 바쁘게 돌아가는 일상에서 그냥 살았다. 내가 낳은 아이니까 당연히 예뻐하고 있다고 생각했다. 돌이켜보니 많은 짜증과 화를 냈다. 상담을 통해 감정을 살피기 시작하자 상황이 다르게 보였다. 셋째를 출산하고 말부터 바꾸는 노력을 했다. 아이가 느낄 수 있는 말을 해주고, 있는 그대로 표현하려 애썼다. 감정은 의지(意志)를 갖고 노력하면 바꿀 수 있다는 말을 믿지 않았다. 오랜 시간 힘들었기에 처음 들을 때 거부감이 들었다.

'에이, 설마, 그게 가능해?'

이제는 믿는다. 말과 행동을 바꿈으로써 내 삶이 달라지고 있기 때문이다. 심지어 건강해졌다. 자주 웃고 자주 걷는다.

이제 초가을에 아프지 않고 지나간다.

04
•

내가 뭐라고!

송진설

주눅 들어 살지 않겠다. 외면했던 내 감정. 들여다보고 그대로를 인정하고 싶다.

공부 잘하는 사촌이 부러웠다. 사랑과 기대를 한 몸에 받는 듯보였다. 부모의 자랑이 된다면 얼마나 뿌듯할까.

초등학생 때였다. 전화벨이 울린다. 저녁 식사 준비 중이던 엄마가 전화를 받았다. 이모였다. 반가워하며 인사를 한다. 한참동안 얘기를 나누고 전화를 끊었다. 주방으로 돌아서던 엄마와 눈이 마주쳤다. 저녁을 먹으며 엄마가 말했다.

"연희가 공부를 잘한다네. 반에서 일 등이란다."

방학이 되어, 이모네가 놀러 왔다. 저녁을 먹고 안방에 모여텔레비전을 보았다. 인기 예능 프로그램이었던 가족 오락관. 국민 MC 허참의 진행으로 스피드 퀴즈를 하고 있었다. 텔레비

전 소리와 말소리, 유쾌한 웃음소리까지, 시끌벅적했다. 구석에 앉아 텔레비전을 보고 있었다. 반대편에서 사촌이 공부하는 모습이 보였다. 어른들은 웃다가도 한 번씩 사촌을 바라보며 칭찬했다. 집중하는 모습이 멋져 보였다.

'나도 칭찬받고 싶다!'

칭찬을 기대하기엔 잘하는 게 없었다. 내가 뭐라고, 욕심쟁이 같았다. 갑자기 아빠가 나를 보며 말했다.

"우리 진설이도 공부 잘해."

갑자기 시선이 나에게 쏠렸다. 얼굴이 화끈거리며, 어색하고 부끄러워 견딜 수가 없었다. 무뚝뚝하고 엄했던 아빠의 칭찬에 기분은 좋았다. 칭찬에 걸맞은 내가 되고 싶었다.

중간고사 시험 기간이었다. '나는 공부 잘하는 애다.' 마음속으로 되뇌었다. 처음으로 밤늦게까지 문제집을 풀었다. 시험 전날 밤, 코피가 쏟아졌다. 시험 결과는 평균 90점을 넘었다. 아빠는 치킨을 시켜주고 오예스도 사줬다.

1년 반마다 이사해, 전학을 세 번이나 했다. 공부는 뒷전이 되고 학교생활에 적응하기에도 바빴다. 기특한 딸이 되기 위해 착한 딸이 되기로 했다.

이가 썩어 아팠지만 꾹 참았다. 몇 날 며칠 밤을 참고 참다 더는 참을 수 없어 한밤중에 엄마를 부르며 펑펑 울었다. 놀라 달려온 엄마는 이를 살펴보더니 내일 병원 가자고 했다. 급한 대로 진통제 한 알을 꺼내 주었다. 겨우 잠을 잘 수 있었다. 학교에서 돌아오자마자 치과에 갔다.

"많이 썩었네요, 치료하는 데 오래 걸리겠어요."

머리가 희끗희끗한 치과의사가 치료비 얘기를 했다. 아무 말 없이 가만히 듣고 있는 엄마 표정이 어두웠다. 의사는 비용이 부담되면 발치하는 방법도 있다고 말했다. 제일 저렴한 방법이라며 결정하라고 했다.

"저, 뺄게요."

의사와 엄마가 나를 쳐다보았다. 빼달라고 다시 말했다. 어릴 적부터 집안 형편이 좋지 않았다. 아빠는 우리 여섯 식구만 먹여 살리는 게 아니었다. 큰 비용이 드는 치과 치료가 부담될 것으로 여겨졌다. 의자에 다시 누웠다. 천장을 가만히 바라보며 입을 크게 벌렸다. 의사의 손놀림에 썩은 이가 뽑혔다. 한순간 아팠던 이가 빠졌다. 계단을 내려와 건물을 빠져나왔다. 집으로 가다 걸음을 멈춰 치과 간판을 쳐다보았다. 의사의 얼굴이 떠올랐다. 빠진 이 자리가 휑해, 괜히 의사가 원망스러웠다.

영구치였다.

중학교에 다닐 때였다. 엄마와 가방을 사러 갔다. 매장에 들어서니 예쁜 가방이 많았다. 요즘 유행하는 거라며 몇 개의 가방을 추천해주었다. 윤정이가 맸던 가방이다. 엄마의 눈길을 따라 가격표를 보았다.

"가방이 좀 비싸네요!"

방수 기능에 고급 재질이고, 디자인도 최신 유행하는 거라 그렇단다. 좀 더 저렴한 것도 있다며 다른 가방을 보여주었다.

'어떤 가방이 제일 저렴할까?'

한쪽 구석에 놓인 가방이 눈에 들어왔다. 가격이 저렴했다. 가방 위쪽은 카키색, 아래쪽은 갈색인 길쭉한 가방이었다. 칙칙한 색깔이 마음에 들지 않았다.

"저, 이 가방 살래요. 마음에 들어요."

집으로 돌아와 조용히 책상 옆에 가방을 내려놓았다. 다음 날 아침 가방을 메고 학교에 갔다. 정문으로 들어가는 윤정이 뒷모습이 보였다. 가방이 예뻤다.

고등학교 때였다. 소풍날이 다가왔다. 경주 세계문화엑스포. 많은 공연과 전시가 기대되었다. 친구들은 소풍 갈 생각에 들

떠 있었다.

"소풍날 뭐 입을 거야?"

기대에 부푼 목소리로 연희가 물었다.

"나, 소풍 못 가."

얼마 전 수술한 엄마가 회복 중이었다. 누워있는 엄마를 보며 소풍 갈 생각하면 안 되었다. 연희는 아쉬워했다. 소풍 가서 선물 사 오겠다며 위로해 주었다. 소풍날 집에 있는 나를 보며 엄마가 물었다.

"엄마 괜찮은데, 가지 그랬어?"

머릿속에는 '내가 뭐라고!' 라는 생각이 가득했다. 무엇이든 양보해야 마음이 편했다. 내 삶의 주인공은 나라는 생각을 하지 못했다. 누가 뭐라 하지 않는데도 눈치가 보였다.

'나는 뭐든 괜찮아!'

마음을 들여다보려 하지 않았다. 서운한 마음이 들어도 꾹꾹 눌렀고, 화가 나는 마음이 들어도 꾹꾹 참았다. 그런 감정을 느낀 나 자신이 나쁘게만 느껴졌다. 기쁜 일이 있어도 마음껏 좋아할 수 없었다. 감정이 무뎌지길 바랐다.

마음속으로 참기만 하면 되는 줄 알았는데, 아니었다. 나의 감정을 어떻게 표현해야 하는지 모른 채 어른이 된 듯하다. 마흔 중반이 되어서야 누구의 눈치도 보지 않고, 나의 감정을 온전히 느끼고 싶다고 바라게 되었다.

'마음이 어떠니?'

들여다보고 살펴주고 싶다. 숨기기만 했던 감정을 편안하게 드러내려 하니 어렵기만 하다. 눈물부터 쏟아졌다. 외면하기만 했던 감정과 마주하는 시간. 어렵지만 소중한 나와 만나는 시간이다.

그림책을 보며 눈물을 많이 흘렸다. 보살피지 않았던 내 마음이 자꾸 말을 걸어왔다. 외면하며 돌아섰지만, 종일 내 주위를 맴돌았다. 마음은 나에게 간절히 바라고 있었다. '그냥 느끼는 그대로' 인정해 주기를.

괜찮다, 괜찮다, 울어도 괜찮고, 화내도 괜찮다. 내 마음을 알아주며 토닥여주고 싶다. 나에게 주는 가장 귀한 선물이 될 것 같다.

숨 쉬는 것만으로도

신재환

손이 떨려 마우스를 잡을 수가 없었다. 가슴이 두 근거렸고 숨쉬기 곤란했다. 주먹을 여러 번 쥐었다 폈다 하며 숨을 한번 크게 내 쉬었다. 마우스를 잡고 소스 코드를 열었다. 하나하나 확인하니 복구할 정보가 스무 개 이상이다. 할 수 있을까? 프로그램을 새로 만들고 제품에 내려받는다. 프로그램을 재가동시켜 정보를 추출한 뒤 조정한다. 제품에 수정된 정보를 주입하고 완료된 제품을 검사한다. 혼자 며칠은 걸릴 일이다. 왜 미리 생각하지 못했을까, 프로그램 문제만이 아니었다. 복구할 제품도 스무 개나 되었다. 실수로 세 개는 이미 분해해 버린 상태, 남은 열일곱 개도 살릴 수 없었다. 한숨이 나오고 숨이 가빠졌다. 팔다리가 저릿저릿 해와 깍지를 끼고 힘을 주어도 소용없었다. 몸이 떨리고 가슴이 내려앉았다.

왜 그래요? 함께 온 김 과장이 물었지만, 대답할 수 없었다. 오전 아홉 시, 해결할 수 있다고 보고했다. 지금은 열한 시, 오후 한 시까지 보내야 하지만 불가능했다. 연구소장 얼굴이 떠올랐다. 몸이 늘어지며 힘이 빠졌다.

영업 윤 팀장에게 전화해 어떻게 해야 할지 도움을 구하는 내 목소리가 떨렸다.

"할 수 있다고 하지 않았어요? 오후에 비행기 뜬다고요, 빨리 결정해줘요. 빨리!"

대꾸할 힘도 없었다. 윤 팀장은 내 말을 듣지도 않고 전화를 끊어버렸다. '나보고 결정하라고?' 막막했다. 비행기 출발 시간을 미룰 수밖에 없었다. 공장으로 가야 했다.

소낙비가 쏟아지고 있었다. 박스에 제품을 담았고 노트북 가방을 어깨에 멨다. 박스를 안고 건물 밖으로 나가니 쏟아지는 비로 앞이 보이지 않을 정도였다. 자동차까지 뛰어가 짐을 차에 내려놓았다. 온몸이 비에 젖었지만, 제품과 노트북은 무사했다. 핸들에 두 팔을 얹고 몸을 기댔다. 숙취로 김 과장은 조수석에 드러누워 버렸다. 손이 떨리고 있어 운전대를 꽉 붙잡았다. 들키기 싫어서였다. '네 시간만 참자, 네 시간만 참자' 이가 딱딱 부딪치며 온 몸이 덜덜 떨렸다.

2019년 7월 한여름, 공장은 여름휴가를 떠나는 날이었다. 나의 불찰로 공장 직원 세 명이 퇴근했다가 다시 들어왔다. 휴가를 떠날 가족이 집에서 기다리고 있다고 했다. 함께 일해본 적 있던 사람들이다. 나와 눈도 마주치지 않았고 인사도 받지 않았다. 다 내 잘못이다. 노조위원장이 급히 달려와서 잔업 사유를 상세하게 물어봤다. 생산팀장은 어떻게 이따위로 일하냐고 언성을 높였다. 밤 열 시가 넘도록 작업은 이어지고, 나는 죄인이 된 것 같았다.

그날 밤, 숙소에서 밤을 꼬박 새웠다. 아침에 김 과장이 전화해서 밥 먹자고 했지만 갈 수 없었다. 가슴이 옥죄이고 간이 쪼그라드는 듯했다. 앉아 있을 수도 없었고 누워 있지도 못했다. 방 안을 서성이기만 할 뿐, 밖으로 나갈 엄두가 나지 않았다. 문 여는 것조차 버거웠다. 김 과장이 없었다면 복귀하지 못했을지도 모른다.

여전히 잠이 오지 않고 집에서도 머릿속은 말갛고 옅은 노란빛으로 가득했다. 잠을 자도 두 시간을 넘기지 못했고 생각은 걷잡을 수 없었다. '인생 실패하는 건 아닐까, 제품에 문제 생기면 어떻게 하지, 고객이 이슈 제기하면, 보고는 어쩌지, 실장, 연구소장, 상무 차례로 책임 추궁하겠지, 남은 연차를 모두 쓸까, 휴직계를 낼까, 회사를 그만둘까, 생활비는, 동현이 학원비는, 부모님에게는 뭐라고 말하지' 숨쉬기 힘들고 몸이 땅으로 꺼질 것 같았다.

그날 일은 예정된 거나 마찬가지로 시간문제일 뿐이었다.
"신 차장, 넌 일하는 마인드 자체가 글러 먹었어!"
왜 그 일을 해야만 하는지 내가 질문한 뒤였다. 송 실장은 담당 아닌 일을 지시했었다. 한 시간 동안 잔소리를 들었다. 인간성을 들먹이며, 삶이 어쩌고저쩌고 떠들었다. 그런 말 할 자격도 안 되는 인간, 자리로 돌아와 앉아도 진정되지 않았다. 앞자리 박 차장이 보여 차 한잔하자고 했다. 박 차장에게 송 실장 욕을 하며 회사 탓을 했다. 얼굴이 달아올랐고 목소리가 높아졌다. 공감을 얻고 위로를 받고 싶어서 내 탓이 아니라고 되풀이해서 주장했다. 박 차장은 가만히 듣기만 한 후 내가 차분해지자 말을 건넸다.
"윗사람들이 그렇죠, 뭐, 그냥 그러려니 하시죠."
발끈해서 어떻게 송 실장 편을 들 수 있느냐, 회사에 충성하려고 그러는 거냐며 소리쳤다. 다시는 상종하지 않겠다고 다짐했다. 퇴근해서도 분이 삭지 않았다. 왜 나만 보고 난리인 거지? 일하지 않고 노는 사람이 얼마나 많은데, 내가 얼마나 노력했는데.

아내가 말을 걸어도 피곤하다며 외면하며, 아들이 같이 놀자고 해도 엄마에게 이야기하라고 했다. 방에 처박혀 새벽까지 술만 마셨다. 사람이 싫고, 회사와 세상은 다 썩어 보였고, 나만 옳다고 생각했다. 결국엔, 내가 못난 것이 다 부모님 탓 같은 생각에 마음은 밖으로만 향하고 있었다.

옅은 노란 스웨터를 입은 할머니 한 분이 천천히 걸어왔다. 도서관 직원에게 다가서 무언가 말하려 했다. 인상을 찌푸리고 있었고 표정이 심각했다. 무슨 큰일이라도 났나 하는 생각에 소독제로 닦던 책을 놓고 귀를 기울였다. 목소리는 차분했지만, 걱정이 묻어 있었다.

"휴지통에 뚜껑이 없어요. 직원하고 이야기해봐도 소용없어요."

오므린 입술을 떨며 두 손을 앞으로 모으고 간곡하게 말했다. 어떤 사람이 휴지통에 침을 뱉었다고 했다. 더럽다며 눈을 질끈 감으며 뚜껑 없는 게 말이 되냐고 한숨을 내 쉬었다. 느리고 조용한 목소리로 뚜껑을 덮어 달라고 여러 번 부탁했다. 직원이 몇 번이나 알겠다고 하고 나서야 뒤돌아섰다.

한 발 한 발 조심스럽게 입구로 걸어가는 할머니의 모습에 마음이 아팠다. 목소리라도 컸더라면 그렇지 않았을 텐데, 잘못한 일도 없었고 큰일도 아니었다. 움츠린 어깨가 안쓰러워 갑자기 울컥했다. 손이라도 붙잡고 말해 주고 싶었다.

"할머니, 괜찮아요, 아무 일도 아니에요."

호흡은 지금을 사는 훈련이었다. 일은 뜻대로 되지 않았지만, 숨쉬기만은 통제할 수 있었다. 불안해지면 심호흡하며 숫자를 세었다. 수백, 수천이 될 때까지, 아침에 일어날 때, 출퇴근하는 동안, 일하는 중간에도, 호흡에 집중하며 견뎠다. 들숨과 날숨을 하다 보면 마음이 평온해졌다. 나를 피하지 않고 바로 바라볼 수 있었다. 그 순간만은, 일어나지 않은 일을 걱정하지 않았고, 지난 일을 후회하고 자책하지도 않았다.

2년이 지났지만, 아주 오래전 일인 듯하다. 소스 코딩에 집중하다가 시간이 훌쩍 지나버릴 때도 있다. 찌뿌둥하게 보낸 주말, 월요일 출근이 활력을 주기도 한다. '이래서 일이 있어야 해.' 라고 혼잣말을 할 때도 있다. 회사에서의 시간도 내 시간이라 여긴다. 심호흡에 집중하듯 오늘 하루에 초점을 맞추려 한다. 숨 쉬는 것만으로도 지금을 살 수 있다.

06

다 내 탓인 것 같아

안현진

안 좋은 일도 덕분인 일이 될 수 있다. 생각하기 나름이다. 아토피 있는 아이를 키우며 배운 점이다.

선우가 유치원에 간 첫날, 선생님에게서 전화가 왔다. 간식으로 피자가 나왔는데 못 먹는다고 안 먹더라는 것이었다. 친구들은 다 먹는데, 선우만 참고 있는 모습이 그려졌다.

일곱 살이 되어 처음 유치원에 보낸 데는 두 가지 이유가 있다. 첫 번째는 아이가 어린이집에 가고 싶지 않아 했다. 두 번째는 아토피가 있어서다. 최대한 외부 음식으로부터 자극을 줄이던 차였다. 선우가 여섯 살 되던 여름, 학교에 가고 싶다고 말했다. 적응은 잘할 거라는 믿음이 있었다. 그보다는 먹이지 않던 음식을 접하게 되는 게 더 걱정이었다. 아이들은 옆에서 사촌 형들이 과자를 먹어도 먹지 않았다. 먹으면 가려운 걸 아니 스스로 참았다. 생협과 마트. 어디서 산 음식이냐에 따라 몸에서 반응하는 게 달랐다. 치킨, 피자, 케이크도 생협에서 사 먹으면 가려워하지 않았다. 음식 기준을 어떻게 잡아야 할지 남편과 의논했다. 아기 때부터 쌓아온 면역력을 믿고 조금씩 허용하기로 했다. 선우가 유치원에서 돌아왔을 때 물었다.

"선우야, 오늘 간식으로 피자 나왔는데 안 먹었어?"

"응, 가려울까 봐 피자는 안 먹고 요구르트만 먹었어."

"많이 먹고 싶었겠다, 간식 시간에 나오는 건 먹어도 돼, 많이 먹으면 가렵지만 조금은 괜찮아, 친구들이랑 같이 맛있게 먹어."

활짝 웃는 선우를 보며 가려워 잠 못 이루던 아기 때 생각이 났다.

둘째를 낳은 8월은 육아의 또 다른 문이 열렸던 날이다. 집으로 돌아온 순간부터 정신없이 하루가 지나갔다. 아이 한 명만 보면 되던 지난날이 먼 과거처럼 느껴졌다. 두 시간마다 깨서 우는 신생아와 아토피가 심해 잠 못 이루는 선우까지. 몸과 마음이 가장 힘들었던 때였다. 아토피에 좋다 하는 민간요법도 해보고, 잘 본다는 병원을 찾아다녀도 좋아지지 않았다. 아침이면 이불에 피가 묻어 있었다. 세탁기에 이불을 넣을 때마다 가슴에 큰 돌덩이 하나가 얹혀 있는 듯했다. 선우의 몸은 동전 크기만 한 반점으로 울긋불긋 뒤덮여있었다. 살이 접히는 부분은 긁어서 진물이 났다. 아이가 가려워 어쩔 줄 몰라 울 때면 나도 따라 울었다. 밖에 나가면 선우를 보고 한마디씩 했다.

"어유, 가려워서 어째, 아토피인가 보네요?"

"엄마가 임신 중에 뭘 잘못 먹은 거 아냐?"

"애 가졌을 때 피자나 라면 많이 먹었어요?"

표정 관리가 안 되고 금세 눈이 빨개졌다. 빨리 그 자리를 벗어나고 싶다는 생각뿐이었다. 밖에 나가고 싶지 않았다. 선우의 성화에 못 이겨 외출하고 온 날이면 어김없이 내 기분은 가라앉았다. 멍하게 앉아 아이 노는 모습을 바라봤다. 눈물이 툭 떨어졌다. 머릿속에는 '내 탓이야, 내 탓이야, 다, 내 탓이야.'란 말만 맴돌았다. 차라리 내가 세상에 없어져 버렸으면 좋겠다는 생각도 들었다.

병원을 찾으면 스테로이드 연고만 처방해주었다. 갈 때마다 단계가 올라갔다. 자꾸만 높아지는 스테로이드 연고는 방법이 아닌 것 같았다. '선우만 가렵지 않을 수 있다면, 밤에 푹 잘 수만 있다면 뭐든 해보겠어.' 절박한 마음으로 인터넷 속을 찾아 헤맸다. 그러다 알게 된 자연요법이 아이와 잘 맞았다. 면역제품 먹기, 수시로 온몸에 로션 발라주기, 파우더 가루로 목욕하기, 식단관리 하기를 병행했다. 유기농 먹거리 구매를 위해 생협 조합원이 되었다. 아이 피부에 닿는 자극도 최소화했다. 세탁 세제를 친환경 제품으로 바꿨다. 세탁기를 분해해 세탁조를 청소했다. 놀이 매트 위에는 면 패드를 깔았다. 알레르기를 잘 일으키는 고기, 계란, 우유도 일시적으로 다 끊었다. 채소부터 몸의 반응을 보며 반찬 가짓수를 늘려갔다. 외식은 절대 안 될 일이었다. 가족 식사 모임이나 결혼식 뷔페에서도 아이 도시락을 따로 챙겨 다녔다.

태열이길 바랬던 윤우도 백일이 지나면서 아토피 진단을 받았다. 연년생 형제의 육아가 힘든 게 아니었다. 아토피로 괴로워하는 두 아들을 보는 마음이 더 힘들었다. 좋아질 거라는 믿음을 가지고 매일 사진을 찍고 일지를 썼다. 하루가 온통 아이 중심으로 흘러갔다. 눈 뜨면 보습해주고, 하루에 두 번 목욕시키고, 집밥을 해 먹였다. 첫 아이 낳고는 빼려고 해도 빠지지 않던 살이 쭉쭉 빠졌다. 성인이 된 이후 가장 몸무게가 작게 나갈 때였다. 조금씩 좋아지는 모습을 보면서 마음에 얹고 있던 돌덩이도 점점 내려놓게 되었다.

지금은 아이들 피부가 깨끗하다. 간지러워하거나 얼굴에 붉은 기가 돌면 무얼 먹었는지부터 물어본다. 그럴 때면 원인이 되는 음식이 나온다. 케이크, 치킨, 과자, 초콜릿, 음료수 등이다. 그래도 전처럼 심하게 올라오거나 가려워하지 않는다. 피부가 진정되는 시간도 짧아졌다.

결혼 전 내 인생은 평탄한 편이었다. 공부하고 대학 가서 원하던 간호사가 되었다. 졸업 후에는 곧바로 취업해 일했다. 5년을 만난 남자친구와 아이가 먼저 생겼을 때도 결혼이 일사천리로 진행되었다. 시댁 식구들도 좋았다. 크고 작은 일이 있었지만 내 인생은 순조롭게 흘러간다고 생각했다. 하지만 아토피가 있는 아이 육아는 달랐다. 어떻게든 좋은 쪽으로 받아들이려는 긍정 회로가 먹통이 됐다. 나라도 나를 지켜주고 보듬어줬어야 했는데 그러질 못했다. '나 때문이야, 아이가 아픈 건 다 내 탓이야.' 나조차도 아토피의 원인을 내게서 찾았다. 유일하게 남편만이 내 탓이 아니라고 했다. 새 가구, 페인트, 벽지와 같은 환경 문제일 수도 있고 피부가 약한 자기 영향일 수도 있다고 했다. 남편이 아니었다면 그 시기를 잘 지나올 수 있었을지 자신이 없다. 생각해 보면, 아토피 덕분에 아이들이 건강한 먹거리를 먹으며 자랄 수 있었다.

"지금 먹고 싶은 거 조금만 참으면, 엄마가 자연드림 가서 과자랑 아이스크림 같이 사줄게."

선우와 윤우는 열에 아홉 번은 참았다. 음식 앞에서 참는 아이가 안쓰러웠지만, 절제력도 함께 길러졌다고 생각한다. 힘들고 안 좋은 일 뒤에도 배우고 얻는 게 있었다. 전처럼, 일어난 상황에 나를 탓하기보다 이 시기도 잘 지나갈 수 있을 거라는 믿음이 생겼다.

유치원에서 집으로 돌아올 때, 선우는 이야기하기 바쁘다. 친구와 있었던 일, 선생님에게 칭찬받은 얘기를 한다. 그리고 오늘 먹은 맛있는 음식에 대해 말한다.

"엄마, 오늘은 초코 쿠키랑, 망고주스가 나왔어, 엄청 맛있었어!"

"이야, 맛있었겠다!"

'오늘은 또 무얼 먹었다고 자랑할까?' 아이를 데리러 가는 길이 궁금해진다.

07

기억상실증과 글

염동식

새벽 3시, 책상에 앉아 관심 분야 뉴스를 읽고 이메일을 확인한 후 하루 일정을 세운다. 읽지 않은 글, 댓글, 문제가 될 만한 글 등을 검토 후 조치한다. 이제 내 글을 쓴다. 제목은 대부분 '상큼한 아침입니다.'로 시작한다. 20년간 나의 활동은 게시물 30,000개, 댓글 290,000여 개이다. KBS 라디오, 동아일보 등 50개 정도의 언론사에 기사도 실렸고 기고도 했다. 나는 커뮤니티 운영자다. 이렇게 하루를 시작한다.

새벽 6시에 운동을 나간다. 합정역 5번 출구를 지나 절두산 천주교 순교 성지를 오른다. 성지를 오르면 항상 30여 개의 계단 위에서 한강을 바라보며 하루를 생각한다. 내가 영화 록키 주인공이 된 기분으로 '오늘도 파이팅이다!'를 외친다. 물론 혼자 조용히. 왕복 5km 때론 8km 같은 장소를 운동한다. 1일

총 1만 보, 주말에는 2만 보가 목표였다. 비가 와도 우산을 쓰고 걸었다. 20년 전부터.

아침 9시 본격적으로 커뮤니티 관리를 위한 일과를 시작한다. 게시물 관리, 글쓰기, 댓글, 쪽지, 이벤트, 전화 미팅까지 정신없다. 점심 식사, 저녁 식사 그리고 때론 술 미팅, 여기까지 마무리하면 일과를 마친 뒤 저녁 9시 전에는 잔다. 새벽 3시 활동 시작을 위해서다. 이것이 2020년 6월 전까지만 나의 일상이었다.

나는 '당뇨인'이다. 당뇨 이전에도 부지런했지만, 당뇨는 찾아왔다. 몸을 너무 혹독하게 써서다. 게으른 사람이 당뇨가 온다고 말하곤 한다. 그것보다는 칼로리 섭취가 과해서, 수면이 부족해서, 술이 과해서, 유전적으로 올 수도 있다. 부지런한 운동선수도 걸린 경우도 많다. 특히 우리나라 같은 동양인은 인슐린 호르몬 분비 역할을 하는 췌장이 약하다. 이로 인해 서구화된 식생활로, 서양인 대비 당뇨가 올 확률이 높아진다. 당뇨가 왔다면 식사, 운동, 약물요법이 삼위일체다. 그중에서 식사요법이 가장 중요하고 그다음이 운동요법이다. 당뇨인의 상위 30% 정도만 관리한다고 한다. 운동요법은 실천하기 쉽지 않다. 당뇨는 꾸준한 실천이 중요해, 포기하지 않고 할 수 있는 운동으로 걷기를 선택했다. 20년을 걸었다. 당화혈색소 평균 6.5%, 이 정도면 관리 잘 한편에 속한다. 적어도 70살까지는 건강할 줄 알았다. 이미 당뇨는 왔지만, 운동하면서 관리했기에 자신이 있었다.

하지만 2020년 6월 8일. '어, 이게 무슨 글자지!' 화장실을 가는데 글자의 뜻을 모르겠다. 문 앞의 '화장실' 세 글자가, 글자인 줄은 아는데 읽지를 못하는 것이다. '화'가 모양은 '화'로 보이지만 읽지도, 뜻도 모른다. 밖을 내다봤다, 간판을 봤다, 뭐라고 쓰여있다. 그것이 간판이라는 것은 알고 글자라는 것은 알지만, 무슨 뜻인지는 역시 모르겠다. 치매인 줄 알았다. 심각했다. 병원에서 피검사, MRI 촬영, 글 읽어 보기 등 밤늦게까지 검사를 받았다.

다음날 오전 신경과 진료실에서 설명을 들었다.

"살짝 '뇌졸중', '기억상실증' 증상이 있습니다."

"이 정도면 천만다행입니다. 말을 연습하고 글을 열심히 읽으세요!"

MRI로 찍은 뇌를 보여주면서 의사 선생님이 설명해 줬다. 수술은 안 하고 약을 처방받았다. 3일쯤 복용하니 글은 속으로 읽기가 가능했다. 말로 읽기는 힘들다. 매일 글을 읽었다. 소리 내어 읽기는 몸이 힘들었지만 그래도 읽었다. 대화, 카톡, 글, 말 등 글자를 생각할 수 있는 도구는 다 활용했다. 3개월 정도 지나니 글을 쓰고, 읽는 것은 약간 자신감이 생겼다. 새로운 도전이 필요했다.

의사 선생님이 글을 많이 읽고 생각하라고 했다. 도전은 글과 관련된 것이어야 했다. 10년 전부터 하고 싶었던 책 쓰기가 생각났다. 실천은 못 하고 있었다. 아니, 몇 번 도전하다 실패했다. 2020년 11월 말에 책 쓰기 강의를 찾던 중 우연히 무료 특강을 들었다. 다른 강의와 달랐다. 내가 찾아왔던 강의였다. 현재 머리 상태로 가능할까, 단어도 잘 기억 못 하는데, 고민 끝에 듣는 중, 바로 신청했다. 12월부터 강의가 시작되었다. 정신이 멍하긴 했지만 집중하고 들으니 이해가 되었다. 그때는 몸이 금방 좋아질 줄 알았다. 너무 성급한 마음이었다. 생각을 고치고 글을 읽고 쓰는 데 집중했다. 정신이 멍해 다 이해도 불가능했지만, 책 쓰기 강의는 계속 들었다. 1년이 지나서야 멍한 증상이 사라졌다. 이제 완벽하지는 않지만 글쓰기도 가능하다.

 아직도 세 글자처럼 '세' 인지 '새' 인지 구별을 못 하는 단어가 많다. 다수의 단어, 글자를 순간 쓰기가 힘든 경우도 있다. 글을 한참 생각하거나 사전에서 찾아 쓰고 있다. 글자도 힘드니 대화도 마찬가지다. 전자책 단말기를 활용해 음성으로 듣고, 말로 읽고 있다. 60% 수준으로 회복되었다. 20년을 관리한 당뇨는 우습게 느껴졌고, 말로 표현이 힘들 정도였다. 그날의 기억이 생생하다. 고통은 없었지만, 현재 상황에 대한, 미래에 대한 두려움이 쓰나미처럼 몰려왔었다. 이제는 일보다 휴식을 우선으로 생활한다. 새벽 운동도 안 한다. 20년 전에 담배도 끊었지만 이제 술도 끊었다. 수시로 움직인다. 책을 읽을 때도, 책상에서 작업할 때도 그렇다. 매일 6,000보를 목표로 걷고 있다. 움직일수록, 책을 읽을수록, 글을 쓸수록, 말하기, 쓰기가 좋아진다. 말은 아직 막힘이 있어 느리지만 지장은 없다.

이 증상은 당뇨 합병증의 한 부분일 수도 있고, 다른 이유로 올 수도 있는 병이다. 나의 경우는 복합적으로 온 경우라 할 수 있다. 1년이라는 회복의 시간이 필요했다. 글쓰기가 나의 정신 건강 회복에 큰 도움이 되었고 원동력이 되었다. 아직 글쓰기가 힘들지만 《오늘도 마침표 하나》를 쓰면서 자신감을 얻고 있다. 나에게 기억상실증은 글을 쓰라는 하늘의 뜻이다. 20년간 당뇨인에게 도움을 주었지만, 나 역시 도움을 받았다. 나처럼 젊은 나이에 당뇨를 시작한 사람에게 도움을 주고 싶다. 이런 일을 겪지 않도록 경험을 기반으로 책을 쓴다면 어떨까 생각 한다. 다시 건강을 유지할 기회를 준 것에 감사드린다. 한 장 을 쓰고 넘어갈 때마다 정신적 건강 회복, 글을 바라보는 관점 이 발전하는 나 자신이 느껴진다. 20년 동안 한곳을 향해 살아 온 삶이다. 두려움 속에서 벗어나 의무감으로 오늘도 글을 쓰 고 걷는다. 내일도 글을 쓰고 걸을 것이다. 앞으로 20년을 더.

08

산은 혼자 오르는 줄 알았다

이승한

올해 나이 마흔일곱, 아들 둘을 키우고 있다. 살다가 힘들 때면 늘 부모님이 생각난다. 회사에서 끊임없이 야근했을 때, 아이들이 걱정되어 불안할 때마다 부모님에게 하소연하고는 했다. 항상 들어주시고 위안을 주시는 부모님이 정말 고마워진다. 아버지, 어머니가 내 옆에 있다는 것을 언제 알았을까. 아마도 취업하면서인 듯하다. 지금과 비교할 수는 없겠지만, 나 때도 회사 들어가기는 하늘의 별 따기였다.

2004년에 취업 준비할 때는 "설마" 했었다. 서류를 넣기 시작하자 "역시나"였다. 지원할 때마다 떨어졌다. 합격자 발표 날에 열어 본 메일에는 "지원자님의 건승을 빌겠습니다."라고 적혀 있었다. 불합격 메일을 볼 때마다 심장이 쿵쿵대며 떨렸다.

한 번에 붙을 거란 생각은 안 했지만, 서류조차 통과하기가 이렇게 힘들 줄은 몰랐다.

취업 공지가 뜰 때마다 계속 지원했다. 하지만 "축하합니다."라고 적혀 있는 메일은 오지 않았다. 취업 원서를 여름부터 넣었는데 벌써 찬 바람이 불어온다. 서류를 받는 회사도 점점 줄어든다. 한숨만 나왔다. 면접 보러 다녀야 하는데, 여전히 카페에 올라오는 안내 사항만 보고 있었다. 지금까지의 내 삶이 모두 부정당하는 느낌이었다. 나는 나에게 비난만 했다. '전공 공부 더 할걸, 토익 고득점을 받았어야 했는데, 게임 그만하고 자격증이라도 하나 더 따 놓을걸. 바보 이승한'. 버스를 타고 한강 대교를 건너가는데 교량에 붙어 있던 자살 방지용 미끄럼 패드가 보인다. 버스 밖만 물끄러미 바라보고 있었다.

면접도 몇 개 보지 못했는데 시간만 흘러가고 있었다. 합격자 발표가 있는 전날에는 떨어졌을까 봐 잠도 잘 안 왔다. 다음 주에 소니 서류 합격자 발표가 있었다. 워크맨, 플레이스테이션2와 함께 자란 나다. 면접 위원에게 강렬한 인상을 주고 싶었다. 평범한 자기소개로는 경쟁자들을 제치고 취업할 수 없다. 내가 얼마나 소니에 들어가고 싶은지를 보여줘야만 했다. 마침 "손이 가요 손이 가. 새우깡에 손이 가요."라는 새우깡 광고가 생각났다. "소니가요 소니가. 세계 최고 소니가"라고 바꿔 불러보았다. 리듬도 잘 맞는다. 내가 얼마나 입사하고 싶은지 잘 보여 주는 듯했다. 취업할 수 있다면 무슨 일을 못 하겠는가. 일요일 오후에 내 방에서 노래를 부르다 잠깐 잠들었나 보다. 갑자기 눈이 떠진 채 침대에 그대로 누워있었다. 갑자기 부모님이 방문을 열고 들어오신다. 왜 오셨는지 물어볼 틈도 없이 아버지가 먼저 말씀하신다.

"괜찮니?"

일요일 오후에 잠깐 자다 깼을 뿐인데, 왜 그런 질문을 하실까? 부모님은 내 방에서 들려오는 비명소리에 놀라서 오셨다고 했다. 잠깐 잠들었을 때 내가 소리를 질렀나 보다. 이 정도로 스트레스를 받고 있는지 몰랐다. 부모님도 취업이 어려운 줄은 알고 계셨다. 아들이 정장 입고 나가는 모습도 몇 번 보지 못하셨으니 눈치는 채셨으리라. 하지만 내가 별말 없었으니 옆에서 지켜만 보고 계셨다. 자식이 힘 들어 할까 봐 묻지 않으셨다. 답답하셨을 거다. 일부러 말하지 않은 것은 아니다. 좋은 소식만 부모님께 알려드리고 싶었다. 하지만 전해 드릴 일이 없었다. 그렇게 서로 모른 척 취업을 준비하고 있었다.

갑자기 아들이 방에서 비명을 지르니 부모님은 얼마나 놀라셨을까? 내가 일어난 모습을 보고 안심이 되셨나 보다. 아버지, 어머니는 너무 걱정하지 말라고 하시면서 방을 나가셨다. 제 정신이 드니 부끄럽기도 하고 부모님께 죄송스러웠다. 빨리 취업하고 싶은 마음에 불안하지만, 아들 비명소리를 듣고 달려오신 부모님을 보니 마음이 든든해졌다. 어떻게든 취업은 되리라.

그 다음 주, 소니 서류 합격자 발표가 나왔다. 노래는 안 불러도 되었다. 풀이 죽어서 집에 들어가니 아버지가 술에 취한 채 앉아 계셨다. 아버지는 선생님이시다. 술, 담배도 안 하신다. 얼마나 자식 걱정이 되셨으면, 1년에 한두 번 드시는 술을 그 날 마시셨을까? 붉어지신 얼굴로 아버지가 말씀하신다.

"내가 좋은 데는 취업 못 시켜줘도, 작은 회사는 소개해 줄 수 있다. 힘들어하지 마라."

눈앞이 흐릿해져서 아무 대답도 못 한 채 방으로 들어갔다.

다행히 제일 마지막에 지원한 회사에 합격해, 지금까지 잘 다니고 있다. 이제는 쉽게 말할 수 있지만, 그 당시에는 자살 방지 미끄럼 패드가 눈 안에 들어왔다. 한숨만 쉬며 자기소개서만 고치고 있었다. 부모님은 그날을 기억하고 계실까 모르겠다. 부끄러워서 부모님께 물어보지 못했다. 하지만 걱정하지 말라고 나를 다독여 주시던 부모님의 모습이 지금도 생생하다.

이 세상에서 가장 오르기 힘든 산은 어딜까? 에베레스트, K2, 아니다. 지금 내가 오르고 있는 산이다. 동네 뒷산일지라도 내 앞에 있는 산이 가장 힘들다. 취업이라는 가파른 산을 나 혼자서만 오르는 줄 알았다. 거친 숨을 내쉬며 나무만 붙잡고 서 있기도 했다. 하지만 부모님이 항상 뒤에 계셨다. 앞에서 혼자 걸어가는 자식을 보며 내 뒤를 아무 말 없이 따라오고 계셨다. 부모님이 함께 있다는 것을 비명을 지르며 깨어난 그 날에서야 알았다.

이제는 두 번째 직업을 찾아야 할 나이다. 지금의 취업은 전형 방법도 없다. 어디서부터 준비해야 할지도 모르겠다. 밤에 자다가 갑자기 깬 적도 많다. 하지만 부모님 생각을 하면 어떻게든 방법을 찾을 것 같다. 이제는 자식이 소리 지른다고 못 오시 겠지만, 내가 힘들어하면 언제든 괜찮다고 말해주시리라. 두 렵지만 오늘도 앞만 보며 산을 오른다.

09

나만의 속도로 중심 잡기. 둘러 가기. 느리지만 빨리 가는 방법이다

정선묵

최적의 기회를 잡았다. 마음에 두고 있던 여자 선배와의 라운딩. 외국어 능력부터 태도, 외모까지 완벽하다. 최근 골프에 흠뻑 빠진 모양이다. 실력은 걸음마 수준.

때마침 쉬는 날이 겹쳐 라운딩을 제안했다. 곱게 물든 10월의 가을날, 그녀와 소풍을 떠났다. 날이 화창하여 잔디에서 마음껏 자연을 즐겼다. 운동을 마치고 근처 맛집에서 점심을 먹었다. 숯불 향 지글거리는 오삼불고기 정식, 완벽한 하루다.

속도는 빠르게 줄어들고 있었다. 시속 80km, 70km, 50km. 급작스럽다. 핸들을 쥔 손에 힘이 바짝 들어간다. 힘껏 액셀러레이터를 밟아 보지만, 요지부동이다. 점점 떨어지는 속도. '침착하자!' 한 차선씩 옮겨가는 것에 집중했다. 이윽고 갓길,

안심은 금물이다. 중부 고속도로 한복판, 초 단위로 버스와 자동차가 지나간다. 바람의 압력에 차는 수시로 출렁거렸다.

집에 돌아가는 길, 뜻밖의 악재를 만났다. 차 고장이라니, 예상치 못했다. 선배의 시선이 느껴진다. 체면이 이만저만이 아니다. "괜찮을 거라는" 선배의 말이 되려 마음을 심란하게 했다. 전혀 괜찮지 않았다. '왜 하필 지금'인지 생각해 보지만, 언제는 시련과 고난이 예고하고 왔던가. 근처 서비스센터에 고장 수리를 접수했다. 산 지 이제 겨우 2개월, 뽐내보려고 어렵게 빌린 자동차다. 진작 정기 점검 좀 받았으면 어디가 덧나나. 애꿎은 어머니를 탓해본다.

전화벨이 울린다. 정비 센터다. 도착까지 1시간, 각종 장비 챙기느라 평소보다 배는 걸린단다. 오후 2시, 어느새 고속도로는 주차장이다. 착잡하고 속은 타들어 간다. 남자의 가오와 자존심, 이미 무너진 지 오래다. 선배는 오후 약속을 취소했다. 미안한 마음만 점점 커져만 갔다.

1시간이 지났지만, 기사의 행방은 오리무중. 차 안은 시간이 멈춘 듯, 고요하고 삭막하다. 선배는 언제부터인지 눈을 감고 있다. 쫄딱 망했다. 나름 1분 1초 아끼기 위해 열심히 살았다.

새벽 기상도 하고 시간 계획표도 작성했다. 빡빡하게 계획된 삶. 예측하지 못한 사건 앞에서 무용지물이다. 계획과 실천은 제법이지만 대응은 젬병이었다. 하릴없이 소모해버린 도로 위의 1시간, 오만가지 생각이 머리를 괴롭혔다. 나에 대해 실망했고, 선배에게 미안했다. 설상가상으로 기사는 우리를 발견하지 못하고 지나쳤다. 1시간 더 시간이 소요되고 머리는 지끈거렸다. 최근 명상을 시작하며, 찬 기운은 올리고 따뜻한 기운은 내린다는 수승화강(水升火降)의 묘리를 깨우쳤다고 생각했는데 한참 멀었다. 머리에 화(火)가 가득 들어찼다.

다른 방안을 모색했다. 더 기다리느니 지나가는 차에 몸을 던지는 게 낫겠다 싶었다. 어머니에게 전화를 걸었다. 이런 일이 한두 번이 아니었나 보다. 수화기 너머로 능숙하게 대안을 제시하신다. 보험사에 연락해 견인 출동 서비스를 요청했다. 나중에 안 사실이지만 어머니는 두 번 멈춰 선 경험이 있었다. 하이카 출동 서비스에 전화한 지 약 20분. 견인차가 모습을 드러냈다. 마치 산 정상의 구조 헬리콥터를 만난 기분이다. 차를 싣고 방배동 센터까지 2시간이 더 소요되었다. 이미 하루는 엉망이 되었고 선배도 남은 일정을 모두 취소했다. 일주일이 지나고 점검 결과에 대한 연락을 받았다. 차는 멀쩡하고 기름이 바닥났다는 이야기를 전달받았다.

통제되지 않는 시간을 싫어한다. 그래서 시간 단위로, 하루 단위로 계획표를 작성해야 마음이 놓인다. 계획대로 흘러가는 삶이 행복하고 운이 좋은 인생이라고 생각했다. 예기치 못한 일과 사건 등이 모두 불행한 삶을 만드는 원인이라고 생각했다. 시간을 정복하려고 욕심을 부려 점점 확보되는 시간에 자만했다. 그러나 일찍 깨달았어야 했다. 인생과 시간은 통제되지 않는다는 것을.

단순한 진리다. 책임지는 자세로 빠르게 수습했더라면, 알량한 자존심 버렸더라면, 그리 많은 시간 허비하지 않았을 터이다. 이미 지나가 버린 일. '만약에' 라는 의미 없는 질문을 되뇐다. 미리 차량 점검을 했더라면, 골프장 가는 길에 주유소를 들렀더라면, 출발 전에 깜박이는 주유 부족 신호를 인지했더라면,

시간을 아끼려고 빠른 길을 선택하다 아낄 시간조차 없는 인생이 될 뻔했다.

빠른 세상에 눈이 휘둥그레질 지경이다. 사회와 직장, 모두 '신속히' 움직이기를 원한다. "뒤처지면 죽는다"라는 생각으로 살아왔다. 어찌어찌 따라왔건만 세상의 속도는 더욱 빨라지는 듯하다. 과연 나는 이 속도를 유지할 수 있을까?

우연히 글쓰기를 만났다. 쓰다 보니 생각이 깊어졌고 삶은 한층 느려졌다. 모든 하루에 의미를 부여하다 보니, 느리게 가는 삶의 지혜가 스며들었다. 지나고 보니 비참한 하루, 절망스러운 하루, 모두 쓸만한 글감이라는 사실을 깨달았다. 서서히 나의 속도를 찾아가고 있다. 한결 여유롭다. 무대 변두리, 여유롭게 조망하는 삶, 나름 괜찮다.

성장과 성공을 위해 많은 가치를 희생했다. 나만의 시간, 엄마와의 산책, 연인과의 데이트 등, 주변을 살피기보다 앞만 보며 달렸다. 맹목적으로 돌진하는 치타의 삶, 아직은 한창 달려야 한다고 주변의 소음은 가득했다. 눈을 감고 귀를 닫았다. 남을 위한답시고 내뱉는 조언과 충고를 무시했다. 삶의 중심에 있던 욕망을 내려놓으니 신기하게 마음이 편안해졌다.

어디선가 들은 적 있다. 미래를 예측하는 가장 좋은 방법은 직접 미래를 만드는 거라고. 세상 속 나 자신을 지키기 위한 가장 좋은 방법은 나만의 속도로 살아가는 것이다.

고속도로 일 차선을 질주하던 삶, 고난과 시련이 시도 때도 없이 내 인생에 노크했다. 예상치 못한 불행도 여러 번 찾아왔다. 이제는 굳이 이겨보겠다고 맞서지 않는다. 옆에서 조망하는 삶. 여유와 빈틈이 느껴진다. 경쾌하고 가볍다.

속도에 함몰되기보다 속도의 중심을 잡으며 살아가려고 한다. 때로는 눈앞의 지름길보다 돌아가는 지혜를 아는 사람이 되고 싶다.

10

난 그것밖에 안 되는 걸까

최주선

중학교 1학년 입학식 첫날, 교실 문 앞에 섰다. 교실을 둘러봤다. 아직도 기억난다. 내 자리는 창가 쪽 가운데였다. 50명 중에 46번, 초성 순서대로 정해진 자리였다. 자리를 잡고 앉아 어색한 분위기 속에서 괜히 창밖을 바라보며 선생님이 빨리 오기를 기다렸다. 그때, 갑자기 내 앞자리에 앉은 45번 친구가 휙 돌아 내게 종이 한 장을 건네곤 다시 휙 하고 고개를 돌렸다. 형광펜으로 알록달록하게 꾸민 '서태지' 석 자와 본인 이름인 '최선영' 글자가 눈에 들어왔다. 아래에는 '우리 친하게 지내자' 라고 적혀 있었다. 당시 꽤 인기가 좋았던 만화 점프 트리 A+에 나오는 여자 주인공을 빼닮은 아이였다. 그 이유에서였는지 선영이는 점프 트리 A+ 만화책을 끼고 살았다. 만화 주인공처럼 피부는 하얗지 않지만 깡마른 체형에 허리까지 길게 땋은 양 갈래머리가 똑 닮았다. 정갈하게 빗어 땋은 머리 사이로 곱슬한 머리카락이 쭈뼛거렸다. 작고 까무잡잡한 얼굴에 긴 속눈썹이 유난히 눈에 띄었다. 번호 순서대로 주번, 우유 당번이 정해졌다. 그 후 45번 친구와 자연스럽게 가까워졌다.

"으이그, 키도 작고 뚱뚱하고 못생긴 게, 나 정도는 돼야지, 뭐 귀엽게 봐주긴 할게."

"진짜 답답해 죽겠네. 이 멍청이!"

농담인 듯 낄낄 웃으면서 종종 던지는 말이었다. 게다가 그런 말을 할 때면 길게 땋은 양 갈래머리를 양손에 쥐고 빗자루로 먼지 쓸 듯이 내 얼굴을 쓸어댔다. 한두 번도 아니고 '뚱뚱하고 못생긴 게'라는 말과 '멍청하다'라는 말을 밥 먹듯 했다. 그리곤 뒤에 귀엽다는 말도 붙였다. 꼬맹이 때 주변 사람으로부터 농담 반 진담 반 나중에 키만 크면 미스코리아 되겠다는 말을 꽤 많이 들었다. 초등학교 때에도 인기투표에서 순위 밖으로 밀려난 적도 없었다. 이 친구를 만난 후로 동그란 내 얼굴과 작고 통통한 몸이 미치도록 싫었다. 그런 말을 들을수록 내가 진짜 그렇게 생겨서 그런 말 듣는다고 각인하는 계기가 됐다.

"내가 이뻐, 쟤가 이뻐?"

다른 친구와 비교하며 나에게 질문했다. 무슨 연인관계도 아니고 이런 질문을 던질 때마다 솔직하게 말하면 가자미눈을 뜨고 눈이 찢어질세라 나를 쳐다봤다. 다시 말하라고 채근하기도 했다. 고로 나는 그 상황을 모면하기 위해 당연히 '네가 이뻐' 라고 말할 수밖에 없었다. 어느새 친구가 아니라 갑을관계로 변하고 있었다. 둘이 있을 때도 다른 친구들과 있을 때도 자기는 '공주' 나는 '시녀' 라고 대놓고 말하기 시작했다. 매점에 가자고 해서 가면 교복 주머니에 손을 찔러 넣은 채 몸을 비틀었다. "잘 먹을게." 말하면 나는 주섬주섬 주머니에서 돈을 꺼내 당연한 듯 계산했다.

어느 날, 내 자리 옆에 떨어진 쪽지 한 장을 주웠다. 꼬깃꼬깃 접힌 종이를 그냥 버릴 수도 있었지만, 버리면 안 되는 건지 혹시 몰라 펼쳤다. 거기엔 생각지도 못한 내용이 쓰여 있었다.

'너 주선이 착하고 귀엽다며 근데 왜 자꾸 그렇게 말해?'

'그게 귀여운 거냐? 멍청한 거지, 작고 뚱뚱한 게 못생겨 가지고.'

충격이었다. 차라리 보지 말걸, 그렇게 하는 말을 처음 들은 건 아니었지만 다른 친구와 주고받은 쪽지 내용을 확인하고 나니 기가 막혔다. 그것밖에 안 되는 취급을 받는 친구 관계라니, 왜 나한테 친하게 지내자고 했을까? 처음부터 친해지지 말았어야 했다. 가슴에 대못을 박힌 듯했다. 2학년으로 올라갈 때는 제발 다른 반이 되게 해 달라고 간절히 기도했다.

비슷한 시기 교회에서도 충고를 즐기는 친구가 있었다.

"네가 그러니까 안 되는 거야. 너는 그래서 안 돼."

뭔가 석연치 않은 구석이 있을 때마다 서슴지 않고 그렇게 말하며 검지를 좌우로 흔들었다. 학교에서는 멍청이, 바보, 뚱뚱하고 못생긴 애 취급을 받고 교회에서는 뭘 해도 안 되는 애 취급을 받았다. 나를 인정해 주고 사랑해주는 친구도 있었지만, 나를 막 대하는 친구가 있다는 사실은 비참했다. 이미 바닥을 친 자존감은 돌아올 생각을 안 했다. 남들이 하는 칭찬은 인사치레로 들렸고 누군가가 나를 예뻐해 주면 진심으로 안 느껴졌다.

나를 막 대하는 관계에서 떨어져 나왔다면 괜찮았을까? 속으로는 제발 다른 반이 되었으면 좋겠다고, 다시는 보고 싶지 않다고 소리쳤지만, 겉으로는 전혀 내색하지 않았다. 가서 무릎을 꿇고 빌까, 내가 뭘 잘못했지, 어디서부터 잘못된 걸까, 일단 무조건 미안하다고 해볼까? 이런 생각은 꼬리를 물었다. 그런 취급을 받고 싶지 않으면서도 오히려 그 관계가 깨질까 봐

잘못한 게 없어도 먼저 사과했다. 실제로 친구는 별것 아닌 일로 내 앞에서 불같이 화를 내며 절교를 선언하기도 했다. 그 친구 앞에서 무릎을 꿇고 사과를 하면서도 내가 왜 그러고 있는지 한심하게 느껴졌다. 의도하지 않은 행동으로 오해받아 말이 와전되기도 했다. 내 힘으로 해결하려 할수록 말은 말을 만들었다.

절친한 친구들 사이에서 오해받아 멀어졌을 때, 더는 누군가에게 소중한 사람이라고 느껴지지 않았을 때면 상상만으로 나를 극한 상황으로 몰아넣었다. 모든 게 즐겁지 않았다. 이렇게 살아서 무엇 하나 싶었다. 내가 큰일을 당하면 한달음에 달려와 줄까, 내가 죽으면 장례식장엔 와 줄까, 와서 그동안 나한테 못되게 군거 땅 치고 후회하며 눈물은 흘릴까? 별별 생각을 다 했다. 지금껏 인생에서 죽고 싶다고 생각했던 적이 거의 없었다. 지금 생각해 보니 처절하게 힘들어서 죽고 싶다고 생각했을 때는 전부 힘든 인간관계가 얽혀있었다.

처음 알았다. 대학교에서 전공 관련으로 심리학 수업 때 내가 착한 게 아니라 착한 아이 콤플렉스라는 걸 알았다. 내가 착해서 거절을 못 하고 비위를 맞추는 줄 알았다. 내 비교의식이 누구 때문에 생겼고, 자존감이 낮아진 이유도 누구 때문이라 탓했다.

그러나 탓하면 안 되는 거였다. 그 친구들도 나와 같이 성장 과정 중에 있었다는 사실을, 세상의 모든 사람이 모두 나와 맞을 수 없다는 사실을, 모두 다 나를 좋아할 수 없다는 사실을 깨달았다. 힘든 경험은 성장하면서 크고 작은 만남을 통해 반면 선생이 되어주었다. 나이를 먹었고 시간이 흘렀기 때문에 문제가 해결되는 게 아니었다. 시간 속에서 자란 내가 이 모든 문제를 이겨낼 수 있도록 단단해진 거였다.

세상엔 나를 싫어하는 사람도 있지만, 나를 사랑하고 인정해주는 사람도 있다. 그러나 모두가 내 편이 아니며 내 적도 아니다. 그저 나와 함께 하는 사람들과의 관계 속에서 내 할 도리와 최선을 다하면 된다. 인생을 살다 보면 무수한 사람 가운데 나와 마음이 맞는 사람과 만나기 마련이다. 때론 과감하게 '아님, 말고' 정신으로 사는 것도 필요하다.

제3장

나도 제법 괜찮은 사람인 건가

01

빳빳한 새 돈

미선이

아빠는 늘 양복 안주머니에 빳빳한 새 돈을 가지고 다닌다. 명절도 다 지났는데, 지갑도 아닌 봉투에 신권을 넣어 다니는 이유가 궁금했다. 길거리에서 구걸하는 사람이 보이면 주려고 한다는 사실은 한참 뒤에야 알게 됐다.

"돈 받은 사람이 주머니에 집어넣으면 어차피 구겨질 돈인데 뭐 하러 일부러 신권을 주는 거야?"

"이왕이면 새 돈 받으면 기분이 더 좋잖아?"

2019년 봄, "서울 밤도깨비 야시장"이라는 플리마켓에 판매자로 참가한 적이 있다. 매주 금요일, 토요일 밤만 되면 여의도 한강 변을 따라 푸드 트럭과 수공예 작품을 선보이는 점포들이 쭉 들어섰다. 야시장이 열리는 날이면 지하철 출근길 못지 않은 인파가 몰려들었다. 우리나라에 데이트하는 연인들, 외국인 관광객들은 다 여기 있는 건가 싶을 정도였다. 나는 직접 만든 귀걸이를 팔았는데, 첫날 매출이 150만 원도 넘었다. 귀걸이 하나에 8천 원에서 1만 원을 받고 팔았으니, 못해도 150개는 판매한 셈이다. 이렇게만 하면 금방 부자가 될 것 같은 기분이었다.

태어나 처음으로 물건을 팔아봤다. 돈 버는 일은 재미있었지만 늘 예상하지 못했던 일들이 벌어지곤 했다. 벚꽃이 만개했는데도, 4월 한강 변은 꽤 추웠다. 오후 4시부터 자정까지 버티려면 롱 패딩은 필수였다.

날씨가 조금 따뜻해지고, 더는 롱 패딩이 필요하지 않을 때부터는 벌레들의 습격이 시작됐다. 야시장의 특성상 조명을 켜 놓고 장사를 하는데, 온갖 벌레들이 조명 주위로 몰려들었다. 태어나 처음 보는 벌레들이 대부분이었다. 전기 파리채를 들고도 벌레가 무서워 소리만 질러댔다. 오죽하면 귀걸이를 구경하던 손님들이 벌레를 잡아준 적도 있다. 지금은 나무젓가락만 있으면 못 잡는 벌레가 없다.

바람이 심한 날엔 날아간 귀걸이를 주우러 다니느라 정신이 없었고, 갑자기 비라도 내리면 나보다도 귀걸이가 젖을까 걱정이었다. 미세먼지 때문에 야시장이 취소되는 날이 가장 슬펐다. 일주일 내내 주말에 팔 귀걸이를 만들었는데 허탈했다.

내가 만든 귀걸이는 꽤 인기가 좋았다. 지인들도 총출동해 매출을 올려줘서 벌이가 나쁘지 않았다. 하루는 엄마와 이모가 여의도까지 출동했다. 콧바람 쐬고 싶어서라지만 나를 보러 온 거겠지.

"귀걸이 한번 보고 가세요."

열심히 호객행위를 하고 있는데, 갑자기 이모가 내 머리를 쓱 넘기더니 눈물을 흘리기 시작했다. 9시가 되도록 밥도 못 먹고 있는 내가 안쓰러웠나 보다. 난 괜찮다고 하고 엄마와 이모의 등을 떠밀어 보냈다. 이번엔 친구 지현이가 왔다. 갑자기 나를 보고 대성통곡한다.

"미선아. 너 진짜 고생한다."

온실 속 화초로 자랐다. 차디찬 밤공기를 맞으며 지나가는 사람들에게 말을 건네는 모습이 낯설어 보였나 보다. 물론 나도 처음 겪는 일들이 쉽지만은 않았다. 하지만 새로운 일에 도전하는 나 스스로가 꽤 대견했다. 지금은 귀걸이를 팔지 않는다.

앞으로도 노점에 나가는 일은 없을 것 같다. 하지만 이때의 경험은 나에게 돈 주고도 못 배울 큰 깨달음을 준 것은 분명하다. 무모한 나의 도전이 없었다면 나는 비바람을 막아주는 파라솔이나 천막의 중요성을 알 길이 없었을 것이다. 또 한여름 더위와 한겨울 추위와 맞서 고군분투하는 사람들의 감사함을 느낄 수 없었겠지.

새로운 일에 도전하려고 하면 꼭 말리는 사람이 있다. 아이러니하게도 말리는 쪽은 주로 가까운 사람들일 확률이 높다. 힘들게 뻔한 길을 왜 굳이 가려 하느냐고. 이해는 한다. 하지만 한번 사는 인생인데, 고생 좀 하면 어떤가? 배우는 게 훨씬 많다면 도전 그 자체로도 의미 있다고 생각한다. 실패할 것이 두려워 아무것도 도전하지 못하는 것만큼 안타까운 일이 없다. 돈이 구겨질 것이 두려워 지갑 속에만 고이 모셔두는 사람은 없을 것이다. 얼마나 더 많은 도전을 해야 내가 원하는 삶을 살 수 있게 될지는 모르겠다. 하지만 나는 앞으로도 새로운 도전 앞에 주눅들 생각이 없다. 신권으로 재발행 되기까지 지폐는 한없이 구겨지고 망가져야 한다. 비록 지금은 흙먼지를 뒤집어쓰고 꾸깃꾸깃한 지폐 같은 모습을 하고 있지만, 이러다 언젠간 새 인생으로 다시 태어나지 않겠냐는 낙관론자라 다행이다.

빳빳한 새 돈은 이유 없이 사람들을 기분 좋게 만든다. 여러 도전 끝에 새로운 나로 다시 태어나는 날, 나 역시 다른 사람들을 미소 짓게 만드는 그런 사람이 되고 싶다.

호흡 잘하는 음악가

백란현

플루트를 꺼냈다. 목요일 7시. 문화센터 봄 학기 레슨을 받기 시작했다. 셋째 희윤이를 키운 지 3년. 집과 일터만 왔다 갔다 하는 생활에서 벗어나고 싶었다. 나를 돌보는 시간이 필요했다. 남편이 7시에 일을 마치면 악기를 챙겨 버스를 탄다. 5분 후 버스에서 내려 10분 이상 걷는다. 서둘러 와도 레슨 시간은 10분밖에 남지 않았다. 문화센터 관계자가 강의실 정리하러 오기 직전까지 레슨을 받는다. 8시가 조금 넘으면 센터를 나선다. 레슨 시간뿐만 아니라 이동 시간까지 모두 나를 위한 시간이다.

여름 학기가 시작되었다. 처음 배우는 아저씨는 반짝이는 플루트를 꺼내 레슨 받고 있었다. 선생님이 나를 불렀다.

"란현 씨, 연주해보세요."

입안에 바람을 가득 채우고 취구에 입김을 불어 넣었다. 바람 새는 소리 없이 깔끔한 음이 나왔다.

"동규 씨, 플루트 호흡은 란현 씨처럼 하세요. 할 수 있겠지요?"

호흡법 칭찬을 받고 보니 학창 시절 다른 과목에 비해 음악을 좋아해 적극적으로 참여한 기억이 떠올랐다.

초등학교 전교생 독창 대회에서 두 번 1등을 했다.

5학년 1991년 10월 한글날 기념 교내 독창 대회에서 '그리운 언덕'을 부르고 금상을 받았다. 학교 대표로 군 음악 경연대회에 참여하기 위해 매일 선생님과 독창 연습했다. 두 손을 모으고 왼쪽 오른쪽, 몸으로 리듬을 표현했다. 가사의 전달이 중요했기에 선생님은 노래를 위한 발음 연습도 시켰다. 부모님은 빨간 원피스와 흰 스타킹을 사주셨다. 대회 장소인 성주초 강당 안에 들어가는 순간 심장이 쿵쾅거렸다. 키 작은 내가 무대 위에서 심사위원 3명과 시선이 마주쳤다. 좌우로 천천히 몸을 흔들어야 하는데 몸이 굳었다. 대회 이후 선생님은 목소리가 작았다고 아쉬워했다.

1년 후 6학년이 되어 교내 음악 경연대회 독창 부분에 나갔다. '바닷가에서'를 크게 불렀다. 최우수다. 1등이니까 이번에 학교의 명예를 걸고 수상하고 싶었다. 그런데 독창 영역에는 학교 대표를 내보내지 않았다.

초등 시절 노래 부르는 걸 좋아하다 보니 중학교 3년간 교내 합창부를 지원했다. 미리 나누어준 악보를 보고 혼자 연습했다. 합창 수업시간을 손꼽아 기다렸다.

고등학교에는 기말고사에 음악 감상 시험이 있었다. 테이프에 담긴 클래식을 반복해서 듣고 기억해야 했다. 나는 테이프에 담긴 곡을 통째로 외웠다. 클래식 음을 입으로 흥얼거렸다. 음악 시험 10분 전, 친구들은 나를 둘러쌓다. 나는 움직이는 오디오였다. 학창 시절 음악 수업 덕분에 학교 가는 길이 가벼웠다.

대학생 때 다니는 교회에서 플루트 단체 레슨 공지를 했다. 성인이 되어 피아노를 다시 하려니 실력이 늘지 않았다. 피아노 말고 다른 악기를 배우려는 막연한 생각을 갖고 있었다. 플루트 공지를 보는 순간 악기부터 마련했다. 임용고시 강의 결제를 위해 가지고 있던 돈으로 플루트를 샀다. 관악기가 나랑 잘 어울린다고 생각했다.

김해에 발령을 받은 후 등록한 교회에는 월 5만 원만 내면 배울 수 있는 플루트 강좌가 생겼다. 악기도 바꿨다. 미 플랫이 깔끔하게 나는 악기로 구입했다. 함께 레슨 받았던 동기들 덕분에 성가대 플루트 반주자로 설 기회를 얻었다. 바이올린과 첼로 전공자 사이에서 '어린아이처럼'을 연주한 추억은 지금도 생생하다. 예배시간 중간에 부르던 찬송가는 4절까지 있어서 숨이 찼다. 자주 음을 놓치기도 했지만 전공자가 아니란 걸 밝혀서 그런지 부담 없이 협연했다. 몇 번의 협연 후 첫째 희수 임신으로 플루트 연습은 그만두었다.

둘째 희진이가 네 살이 되었을 때 플루트 문화센터 수업을 신청했다. 한 달도 되지 않았는데 임진주 레슨 선생님은 공연하자고 했다. 을숙도 문화회관 대관료와 드레스 대여비, 현수막 등의 운영비를 n 등분으로 나누었다. 선생님은 선곡해주었고 협연할 조도 정해주었다. 많은 수강생이 두 번씩 무대에 오를 수 있었다. 그 당시 나는 연주 자체보다는 부산에 가서 연둣빛 드레스를 골랐던 순간을 잊을 수 없다. 부산 지하철을 타고 초량 근처 드레스 대여 매장에 방문했다. 먼저 대여한 팀원들 때문에 선택할 종류가 많지 않았다. 하늘과 연두 드레스를 입어보고 연두를 선택했다.

2013년 8월 31일 연주회 당일 미용실에서 한 화장과 올림머리

덕분에 프로 연주자처럼 보였다. 거울을 비추며 머리 모양과 화장한 모습도 사진으로 남겼다. '거위의 꿈'을 독주했고 '사랑의 인사'로 협주를 했다. 특히 '거위의 꿈'은 연주하면서 내가 날아오를 것 같았다. 연주회 시간 동안 네 살짜리 본다고 지친 남편은 빨리 집에 가자고 했다. 옷도 갈아입고 악기도 챙겨야 하는데 나는 연주 현수막을 한참 바라보았다.

또, 임신으로 플루트 연습을 관뒀다. 아이 셋을 챙겨야 하고 직장도 다닌다. 가끔 교실 안에서 플루트를 꺼내 불어볼 수도 있었으나 퇴근 시간 전에 업무를 끝내야 하므로 마음의 여유를 가지지 못했다.

희윤이가 네 살 때 다시 꺼냈다. 그동안 배우다말다 반복해서 연주 실력이나 늘까 걱정스러웠지만 다른 수강생에게 호흡법을 시범 보이고 나니 악기 연주에 자신감이 생겼다.

"란현 씨 셋째 낳은 후 호흡이 좋아졌네요. 악기 불 때 힘들어하지 않고. 그동안 꾸준히 연습했어요?"

임진주 선생님은 레슨 가는 날마다 호흡 칭찬을 했다. 1년간 꾸준히 문화센터를 다닌 덕분에 악기 잡는 법과 연주 자세도 교정 받았다.

코로나19 이후 수납장 깊은 곳으로 들어간 플루트 대신 '마이크'를 잡았다. 10년 만에 주일예배 찬양 팀에 들어갔다. 다른 사람과 협력하여 노래하고 싶었다. 1월 2일 다섯 명의 멤버가 예배시간에 마이크를 잡았다. 피아노, 신디, 베이스, 드럼이 목소리를 받쳐주는 것 같았다. 찬양팀을 위해 출입구 쪽에 작은 모니터가 달려 있었다. 노안이라 가사가 잘 보이지 않는다. 2주째부터는 미리 가사를 외워서 찬양팀에 함께 하고 있다.

마스크 쓰고 2년간 학교 수업을 했다. 마스크 쓴 채 마이크 잡고 노래하는데 수업 시간보다 숨쉬기가 수월했다. 나는 호흡을 잘하는 플루트 연주자였다.

그동안 잊고 지냈다. 이 글을 쓰면서 플루트 호흡 칭찬받은 일이 생각났다. 지나친 사소한 점 하나가 되살아나자 음악에 대한 추억도 하나씩 발견할 수 있었다. 음악에 대한 꾸준한 관심만큼은 괜찮은 사람이다.

03

10년 후를 상상하며
일상을 연결한다

송숙현

나와 역할 사이에서 헷갈렸다. 서툴고 부족한 점이 많았다. 세 아이의 엄마로 살면서 다양한 역할에 눌리기 일쑤였다. 죽음이란 말에 놀라고 2013년 버킷 리스트를 작성했다. 영상을 참고하여 리스트를 적었다. 65개 정도였다. 2022년 현재, 거의 모든 항목을 다 지웠다. 리스트는 더 추가되었다.

"기적은 행동하는 자에게 찾아온다."

켈리 최 회장의 말이다. 행동하며 이루어낸 것으로 기회를 만들어간다.

나는 열정이 많고 웃음도 많다. 잊고 있었다. 무표정한 얼굴로 반복되는 일상을 살았다. 달라지기로 마음먹었다. 어떤 것부터 시작해야 하는지 막막했다. 버킷 리스트가 도움이 되었다.

인터넷을 검색해 검색 창에 '자격증'이라고 쳤다. 수 없이 다양한 자격증이 있었지만, 선택하기 어려웠다. 그러다 '웃음치료'라는 단어가 눈에 들어왔다. '뭐, 이런 자격증도 있어?' 호기심에 클릭했다. 말 그대로 웃음을 통해 치료하는 자격증이라고 했다. 신선했다. '웃는다고 달라질까?' 하면서도 궁금해 전화 걸어 문의했다. 8시간씩 이틀 이수하면 되는 거라고 했다. 신청하고 현장에 갔다. 기절하는 줄 알았다. 무턱대고 손뼉 치며 웃어대는 시간이 고역이었다. 누가 봐도 미쳐 보였다. 앉아있기 불편했다.

두 번째 날. 나는 나의 교만함에 반성했다. 자기소개 시간이 있었고 참여자들이 한 명씩 소개를 이어갔다. 암 환자, 사별한 사람, 아들을 잃은 엄마, 남편에게 매 맞다 헤어져 우울증인 사람, 그 외에도 다양한 사연이 많았다. 모두가 지푸라기라도 잡고 싶은 심정인 사람들이었다. 나만 힘들다고 생각했다. 나만 억울한 듯 슬퍼할 때다. 겪어보기도 전에 불편한 것만 보며, 내 멋대로 판단했다. 자기소개 후 남아있는 시간 동안 누구보다 열정적으로 참여했다. 자격증을 받고 집으로 돌아오는 지하철에서 다짐했다.

'반드시 지금보다 나아져서 도움 되는 사람이 되어야겠다.'

그러기 위해서는 내 환경에서 내 역할부터 바르게 해야겠다고
생각했다.

'있는 것에 감사하라.' 이해하기 어려운 말이었다. 조금 더 이
해되었다.

큰딸 중학교 입학을 앞두고 TMD 교육 그룹에서 주최한 [네
진로를 디자인하라!]에 참여했다. 진로 페스티벌로 총신대학
교에서 진행되었다. '자녀와 함께 하는 행복한 진로 여행' 이
부제다. 부모교육도 있었다. 각 분야 30명의 롤 모델과 함께하
며, 대학생이 된 것처럼 스스로 멘토를 골라 수업에 참여하는
방식이다. 강당에 모여 행사가 진행되었다. 1층에는 청소년, 2
층에는 학부모가 자리했다.

전문 MC가 진행했다. 강사와 연주자, 30명의 멘토, 모든 관계
자가 인사를 했다.

첫 강의자로는 '바람의 딸 걸어서 지구 세 바퀴 반' 의 저자 한
비야 작가였다. 무대에 입장한 한비야 작가는 청소년을 향해
외쳤다.

"여러분, 공부하느라 힘들죠? 제가 누구인지는 아나요?"

"네."

"제가 걸어보고, 뛰어보고, 날아다녀 봤는데요, 그래 봐야 지구 안 이었어요. 지금 공부하며 힘든 시기 일 거예요, 시야를 넓게 가지라고 말해주고 싶어요."

종일 진행된 행사에서 한비야 작가의 말이 오래도록 기억에 남았다. 지금도 생생하다.

진로 페스티벌의 핵심은 장기 로드맵이었다. 인생 전체를 펼쳐서 생각하라고 했다. 멀리 보고, 넓게 생각하고, 다양하게 경험하라고 했다. 진로에 대한 색다른 경험이었다.

2015년 12월. 강남구 역삼동 아주 빌딩에서 행사가 있었다. 사업자들의 연말 행사였다. 참여자는 200명 정도 됐다. 진행자가 청중을 향해 외쳤다.

"여러분, 10년 후 목표가 확실하신 분 있나요? 발표할 기회를 드릴 테니 손들어 주세요. 선착순 5명입니다. 나오세요!"

순간 현장이 조용해졌다. 서로 눈치만 보고 있었다. 가슴이 쿵쾅거리기 시작했다.

'10년 후 목표, 뭐가 좋을까? 나는 뭐가 되고 싶은 거지, 손을 들까, 말까?' 내적 갈등이 심해지고 있을 때 진행자가 한 번 더 외쳤다.

"네, 저기 뒤에 단발머리에 뿔테 안경 쓴 여자분 앞으로 나와 주세요. 또 다른 분 없나요, 없어요?"

진행자가 재촉하는 소리에 손을 번쩍 들었다.

"네, 거기 가운데 긴 머리에 검정 코트 입으신 분, 앞으로 나와 주세요. 그리고 다시 한번 묻겠습니다. 선착순 5명입니다. 2명 나왔어요. 오늘이 자신의 인생을 바꿀 기회입니다. 없습니까?"

더 참여하는 사람은 없었다. 무대로 나가니 심장이 터질 것 같았다. 많은 사람 앞에서 발표하는 것이 오랜만이었다. 앞사람이 발표하는 동안 정신을 차리고 내 생각을 정리했다. 차례가 되었다. 진행자가 마이크를 넘겨주었다. 어디서 그런 용기가 생긴 걸까, 큰 소리로 말했다.

"네, 저는 10년 후 2025년, 이화여대 강당에서 강의하고 싶습니다. 저는 주부이고, 세 아이의 엄마입니다. 10년 동안 열심히 공부하고 성장해서 대한민국 주부들에게 도움이 되는 삶을 살고 싶습니다."

발표가 끝나고 엄청난 박수가 쏟아졌다. 이미 그런 사람이 된 것 같은 기분을 느꼈다.

생각이 현실이 된다는 말에 매달렸다. 지난 기억에 빠지게 될 때가 많아서다. 같은 환경에서 다른 행동을 할 때면 장애물이 많다. 기회가 되면 달려가서 교육받았다. 나에게 맞는 기회를 찾아다녔다.

'나'로 독립하고 싶었다. 다른 경험도 많이 했다. 일상이 버거울 때면 조바심이 나기도 한다. 같은 자리를 맴도는 것 같아서다. 그럴 때면 10년 후를 상상한다. 밤마다 원하는 것에 집중해서 듣고, 적고, 상상했다. 누군가에게 도움이 되는 사람으로 성장하겠다고 다짐했던 날을 기억한다.

그냥 뱉었던 말로 10년 후를 그리며, 오늘에 집중한다. 더 나은 멘토를 만나 배우고, 도움이 되는 사람으로 성장하기 위해 일상을 연결한다.

별처럼 빛나는 눈빛이 좋아
그림책을 읽어주었다

송진설

소설이 좋고, 에세이가 좋다. 그림책은 더욱 좋다. 이야기를 읽기 시작하면 마음이 포근해진다. 따뜻한 밥 한 공기로 배를 든든히 채운 듯하다. 이야기는 힘이 세다. 한순간 푹 빠져버린다. 아이에게 이야기를 들려줄 때도 느낀다. 빠져드는 순간 눈빛이 달라진다. 반짝반짝 별처럼 빛난다. 그 모습 어여뻐서 자꾸 읽어주고 싶다.

"축하합니다. 임신입니다."
아이를 간절히 원했다. 의사의 말을 듣는데 꿈만 같았다. 설레는 마음을 주체할 수 없었다. 집으로 가는 내내 모든 풍경이 황홀했다. 세상에서 제일 좋은 엄마가 되고 싶어 준비를 시작했다. 먼저 책을 샀다. 태교와 육아에 관련된 책이었다. 책마다 아이에게 그림책을 읽어 주라 했다. 그때 마음먹었다.

'그림책 육아를 하겠어!'

아들은 책꽂이에서 그림책 한 권을 뽑아왔다. 좀 전에 읽어준 그림책이다. 보고 또 봐도 재미있나 보다.

"읽어 줘, 읽어 줘"

책 읽어달라는 말은 세상 달콤한 말이다. 무릎에 앉히고 읽어 주기 시작했다. 나는 티라노사우루스가 되었다가 트리케라톱스도 된다. 실감 나게 읽어주려 목소리를 바꾸고 효과음도 넣는다. 엄마의 정성을 알아주는 듯, 또 읽어달라는 말을 한다. 그럴 때면 날개 달고 훨훨 날아갈 듯 기쁘다.

잠잘 시간이다. 남은 힘이 없었다. 잠이 쏟아져 머리만 대면 곯아떨어질 것 같은데 두 녀석은 잘 생각이 없어 보인다. 문화 센터에서 트니트니 놀이를 하고 왔다. 선생님께 배운 앞구르기를 연습한다. 이불 위에서 머리를 바닥에 댄다. 엉덩이를 하늘 높이 세웠다가 발가락에 힘껏 힘을 주고 두 발을 들어 올린다. "으쌰!" 드디어 성공했다.

"엄마 나 잘하지?"

"우와, 해냈네, 대단해!"

눈꺼풀이 감기려 한다. 자고 싶었다. 마음속에서 나른한 목소리가 들려온다. 다른 날보다 더 피곤한 날이었어, 오늘만 그냥 자도 되지 않을까. 남매에게 슬며시 얘기했다.

"이제 그만 잘까?"

"아니야, 아니야, 책 읽어 줘, 열권만 읽어줘."

거실로 달려가 책을 가지고 돌아온다. 두 손에 책 탑이 쌓여 있었다. 얼른 받아 들었다. 졸더라도 읽어주겠다고 마음을 바꿨다. 우리는 하나인 양 딱 붙어 앉았다. 읽어주기 시작한다. 이야기가 시작되면 우리는 우주로 떠나기도 했고, 꽃밭으로 소풍 가기도 했다. 나도 모르게 졸았다.

"내가 읽어줄게." 첫째가 책을 가져간다. 그림을 보며 읽어준다. 더욱더 재미있다.

유치원에서 '부모와 함께하는 교육' 으로 재능기부 프로그램을 진행한다고 했다.

"엄마가 그림책 선생님 하면 되겠다!"

친구들에게 벌써 자랑을 했다고 한다. 우리 엄마는 그림책을 재미있게 읽어준다고. 아이들 앞에서 어깨를 으쓱하며 말했을 모습을 떠올렸다. 미소가 지어졌다. 그림책 읽어주러 유치원에 갔다. 원장 선생님을 먼저 만났다. 한 번씩 아이들 반에서 수업하는데, 친구들 모두 집중을 잘한다고 했다. 걱정되는 마음이 조금은 놓였다. 정다운 반으로 들어갔다. 아이들은 준비된 모습으로 기다리고 있었다. 화면에 그림책 속 그림을 띄우고 읽어주었다. 얼핏 보니 아이들이 이야기 속에 빠져든 모습이었다. 모두 빛나고 있었다. 이야기를 싫어하는 아이는 없었다.

오빠가 책을 읽으면 동생 시은이도 옆에서 책을 펼친다. 나란히 앉아 책 읽는 모습을 보면 흐뭇해진다. 남매와 도서관에 자주 갔다. 두 녀석에겐 보물섬이었다. 문을 열고 들어서면 표정이 환해진다. 좋아하는 그림책 제목을 검색하고, 찾아 나선다. 의자에 앉아 한 권씩 읽어 내려간다. 한참이 지나도 일어날 생각을 안 한다. 이야기에 푹 빠졌다. 가만히 옆에 앉아 바라보았다. 책 읽어달라며 들고 올 때가 생각난다. 다 읽어주고 나면 "또 읽어줘, 또 읽어줘"라고 말하던 때가 떠오른다. 행복한 순간이었다. 지금도 엄마가 읽어줄 때 더 재미있다고 한다. 하지만 어느새 자기만의 공간에서 책에 빠져든다.

책이 사람을 만든다고 한다. 함께 읽은 책이 아이를 따뜻한 사람으로 만들어 주길 바라본다. 힘들고 어려운 문제에 부딪힐 때면 책이 나침반이 되어 길 안내자가 되어 주면 좋겠다. 인생이란 모험. 뜻대로 되는 일보다 뜻대로 되지 않는 순간이 더 많았다. 다른 사람의 삶이 녹아있는 책, 두 손에 꼭 쥐고 헤쳐나갔으면 좋겠다.

이야기를 통해 남매의 마음속, 따뜻한 세상이 될 거라 믿는다. 그 온기가 다른 이들의 세상에도 닿길 바란다. 혼자가 아닌, 함께 살아가며 행복한 여정이 되길 엄마의 마음으로 빌어본다. 별처럼 빛나는 눈빛이 자꾸만 생각나 그림책을 펼쳐 읽어주려 한다.

싹 다 갈아 주세요

신재환

 "차가 좀 긁혔습니다."

여자의 목소리가 약간 떨렸다. 밥 먹던 숟가락을 식탁에 놓고 외투를 걸쳤다. 슬리퍼 차림으로 집을 나섰다. 저녁이라 어둑 어둑했다. 아파트 입구 차단기 근처, 내 차 앞에 SUV 차가 비 스듬히 서 있었다. 초보 운전 딱지가 붙은, 언뜻 봐도 새 차였 다. 한 아저씨가 팔짱을 낀 채 서성였다. 오십 대로 보였다. 내 차 범퍼를 이리저리 들여다보는 여자도 있었다. 이십 대 초반 인 듯했다.

"죄송합니다. 죄송합니다."

여자는 연신 허리를 굽히며 사과했다. 얼마나 긁힌 거지? 어두 워서 잘 보이지 않았다. 아저씨가 불쑥 그녀 앞을 가로막고 나 섰다.

"딸이 처음 운전하다 보니…. 운전석 문만 조금 긁혔어요."

말하고 나서 멀뚱멀뚱 나를 바라보기만 했다. 나는 머뭇거리고 있었다. 자동차 사고를 거의 겪어본 적 없어서였다. 핸드폰 플래시를 켜고 차 왼쪽 트렁크부터 범퍼까지 훑어보았다. 운전석 뒷문 손잡이, 운전석 문짝, 앞바퀴 근처, 범퍼까지 긁어버렸다.

"여기 뒷문 손잡이랑 앞바퀴 휀다도 긁혔네요."

범퍼는 말하지 않았다. 내 말에 아저씨는 대답하지 않고 자동차만 물끄러미 내려다보았다. 자기 차 쪽으로 보험 직원을 데리고 가 뭔가를 속삭였다. 딸과는 완전히 다른 태도였다. 언짢았다. 다시 플래시를 켜 더 자세히 들여다보았다. 범퍼가 긁히긴 했는데 마음에 걸리는 게 있었다. 주차장을 빠져나오다가 벽에 부딪히기도 했고, 보도블록 턱에 걸린 적도 있어서였다. 싹 다 갈아달라고 해버려? 고쳐달라고 하면 해 줄 수밖에 없는 상황이긴 했다. 하지만, 그러지 못했다. 어쩔 줄 몰라 하는 그 딸 때문이었다. 12년 전 아내와 내 모습이 스쳤다.

전세 만기 즈음이었다. 신혼 때 2년 동안 안양 평촌역 근처에서 살았다. 집주인이 들어와서 살아야 하니 집을 비워달라고 했다. 전세난이 심했다. 동네나 근방에는 전세가 없었다. 안양 구시가지까지 알아봤다. 전세가 하나 있었지만, 어두워서 마음에 들지 않았다. 군포에도 찾으러 다니다 아내가 산본 13단지에서 하나 찾았다고 했다.

"딱 하나 남았어. 얼른 백만 원 보내요. 안 그러면 다른 사람이 가져갈지도 몰라."

부동산 중개인 여자가 재촉했다. 회사에서 돈을 바로 보내버렸다. 집 먼저 봤어야 하는 거 아니냐고 아내가 말했지만, 알아서 하겠으니 걱정하지 말라고 큰소리쳤다.

중개인 전화가 와 전세 계약하자고 했다. 날짜가 문제였다. 집주인이 이사 날을 정하지 않아서였다. 중개인은 나중에 날짜를 바꿀 수 있다고 했다. 다른 사람이 채 갈 수도 있다며 서두르라고 했다. 한 달 동안 두 곳밖에 못 봤던 형편이어서 중개인 말대로, 살던 사람 이사 날짜에 맞추기로 했다. 전문가니까 믿고 계약서에 서명해 버렸다. 집주인에게 계약한 사실을 알려주며, 날짜는 조정할 수 있으니 최대한 빨리 알려달라고 했다. 이 주 정도 지났던 걸로 기억한다. 집주인이 이사 날짜를 말해주었다. 계약서 날짜와 달랐다. 중개인에게 연락했을 때,

"무슨 말도 안 되는 소리 하는 거예요? 계약서에 날짜 안 보

여?"

라며 중개인은 한심하다는 듯 코웃음 쳤다. 그날 저녁, 아내와 부동산으로 달려갔다. 날짜를 바꿔 달라고 다그치자 중개인은 그런 말 한 적이 없다고 했다. 낯빛 하나 바꾸지 않고 내 눈을 피하지도 않았다. 계약서대로 하는 건 상식이다, 배운 사람들이 그런 사실도 모르는 거냐며 여자는 눈썹 하나 까딱하지 않았다. 할 말을 잃고 몸만 부들부들 떨렸다. 우리 계약금 천만 원.

무료 법률 상담을 했다. 계약금을 날릴 판이었다. 받으려면 소송할 수밖에 없다고 했다. 집주인에게 날짜를 조정해달라고 부탁했다. 알아보겠다고는 했지만, 답이 없었다. 저녁에는 인터넷을 검색했다. 어떻게든 다른 방법을 찾아야 했다. 진전은 없었고 시간만 흘렀다. 잘못하면 계약은 파기되고 이사할 집도 못 구할 수도 있었다.

다른 전세를 알아보기로 하고 두 살 난 동현이를 업고 아내와 수원을 돌아다녔다. 성균관대역 근처에서 전세를 찾았다. 전철 소리 때문에 전세가 잘 나가지 않는 지역이었다. 전세가 부족한 상황이라서 그곳도 언제 나갈지 모른다고 했다. 중개인 아저씨가 선하게 웃으며 말했다. 있었던 일을 모두 털어놓고 아저씨를 붙잡고 하소연하고 싶었다. 전철 지나가는 소리가 주기적으로 끊임없이 들렸다. 잠투정이 심해서 칭얼대던 동현이. 잘 키울 수 있을까. 계약금을 잃더라고 살 집은 있어야지. 일주일만 기다려 달라고 부탁했다. 다른 사람이 계약하려고 하면 연락 달라고 하고 중개인에게 공손히 인사하고 부동산을 나왔다. 동현이를 꼭 안았다. 밤바람이 차가웠다.

집주인 전화가 왔다. 평일 점심때였다. 날짜를 조정해주겠다고 했다. 눈물이 나와 전화기에 대고 몇 번이나 감사하다고 말했는지 모른다.

12월에 신혼살림을 시작했다. 그 집에서 살았던 2년 동안, 집주인은 두 번 우리 집으로 왔다. 매년 1월 새해 인사로 한 손엔 치약 비누 세트가 항상 들려 있었다. 차 한잔 드시고 가라고 해도 손을 내저었다. 선물 세트를 멋쩍게 내밀며 말했다.

"복 많이 받고 잘 사세요."

"범퍼는 원래부터 이랬어요. 말씀드린 부분만 보험 처리해주세요."

"범퍼는 원래 그랬다는 거죠?"

아저씨는 내 말을 반복했다. 보험 직원 쪽을 보며 다짐하듯 또 말했다. 웃는 것 같기도 했다. 참 싫다. 어떻게 사과 한마디도 하지 않을 수가 있나, 딸이 뭘 보고 배우겠냐는 생각도 들었다. 세상이 그러니까 이해는 갔지만, 떨떠름한 건 어쩔 수 없었다. 딸은 여전히 어깨를 움츠린 채 서 있었다. 다가가서 말해 주었다.

"안 다쳐서 다행이에요."

집에 돌아왔다. 아내가 소파에서 스마트폰을 보고 있었다. 아내를 내려다보며 자초지종을 말해 주었다. 어깨에 힘도 조금 들어갔다.

"여보, 그건 당연한 거야, 어이구, 여하튼 잘했어."

미소 지으며 내 눈을 바라봤다. 일어서더니 내 어깨까지 토닥토닥 두드려 준다.

나, 칭찬받은 건가?

06

사랑을 나누는 사람

안현진

 직장에서뿐만 아니라 육아에서도 초심이 중요하다. 힘들 때마다 '처음 마음'이 나를 잡아준다.

"정선우, 정윤우, 엄마가 뛰지 말라고 몇 번 말했어, 방에 들어가 있어!"

아이들이 어깨를 늘어뜨리고 방으로 들어간다. 결국 소리치고 말았다. 5분도 안 지났는데 조용하다. 방에 가보니 둘 다 잠이 들었다. 새우처럼 옆으로 몸을 말고 있다. 이불을 덮어주고 그 옆에 앉았다. 조금 전에 내가 한 말과 행동을 떠올려봤다. 뛰지 마라, 소리 좀 그만 질러라, 싸우지 마라, 울지 마라. 죄다 하지 말라고 말한 것투성이다. 무릎을 세워 고개를 파묻었다. 한숨과 함께 눈물이 떨어졌다. '도대체 나는 왜 이것밖에 안 될까, 육아 책은 읽어서 뭐 해, 책대로 안 되는걸, 오히려 책이랑 반대로 하고 있잖아, 나는 뭘까, 왜 살까, 애 키우는 게 뭐 이렇게 힘들어.' 아이에게 미안한 마음이 나를 비난하는 마음으로 돌아섰다.

결혼 전에는 나만 돌보면 되었다. 내가 하고 싶은 일, 내가 좋아하는 일, 내가 속상한 일, 내가 자랑스러워지는 일. 모든 게 '나' 중심이었다. 엄마가 되고서는 '나' 보다 '아이' 중심이 되었다. 육아에는 먹이고, 씻기고, 입히고, 노는 돌봄만 있는 게 아니었다. 아이의 마음도 온전하게 보살피는 행위가 포함되어 있었다. 오늘 같은 날에는 '나' 보다 '엄마' 라는 이름이 더 크게 느껴진다. 내 존재가치는 뭘까 고민하게 된다. 결혼 전, 간호사로 일하던 내 모습이 떠올랐다.

"아니, 안현진 간호사, 일을 왜 이렇게 하죠?"
아침 인계 시간에 오늘도 혼났다. 왜 이 약을 처방 내게 됐냐는 수간호사 선생님의 질문에 답하지 못했다.
나이트 번 업무를 다 본 뒤에도, 조금 쉬라는 동료 간호사의 말에도 컴퓨터 화면만 들여다봤다. 몇 시간 뒤 있을 인계 준비를 더 하기 위함이다. 중얼중얼 말도 해보고 빠트린 건 없는지 계속 확인했다. 각자 팀별로 데이 번 근무자에게 인계한다. 수간호사 선생님이 내 옆에 앉았다. 떨리는 마음을 애써 눌렀다. 숨을 크게 들이쉬고 인계를 시작했다.

병동 간호사가 된 지 3개월 차. 내가 보는 환자 수는 20명 안팎이다. 주사 놓기, 수액 교체, 수술 후 간호 등 기본 간호 업무는 할수록 손에 익어갔다. 하지만 환자의 상태를 인계하는 것은 달랐다. 전체를 볼 수 있는 눈이 있어야 했다. 첫 근무부서는 투석 환자를 보는 인공신장실이었다. 특수 부서 1년 경력이 있었지만, 병동에서는 신규와 마찬가지다. 부족한 걸 알았기에 더 노력하는 수밖에 없었다. 두 시간 전에 미리 출근해 그동안 어떤 처치가 이뤄졌는지 훑어봤다. 일하면서 궁금했던 점, 혼났던 부분은 퇴근 후 물어보고 찾아보며 공부했다. 내가 보는 방의 환자에게 미안한 간호를 할 수는 없었다. 그래서 혼나는 것도 괜찮았다. 하나라도 더 알려주려고 하는 마음이라 생각했다. 기분과 상관없이 환자를 보러 들어갈 땐 씩씩하게 인사하며 웃었다.

"간호사님은 볼 때마다 항상 웃고 있어요."

"주사 잘 놓는 선생님 오셨네, 이번에도 안 아프게 부탁해요."

일에서 받는 스트레스를 이런 말 한마디로 씻어냈다. 몸이 아픈 사람에게 잠깐이라도 웃음을 안겨줄 수 있는 것이 큰 보람이었다. 간호사가 되길 잘했다.

처음 간호사의 꿈을 품게 된 건 고등학교 2학년 때였다. 친구들은 하나둘씩 자신의 진로를 정해갔다. '역사를 좋아하니까 역사학자가 될까? 일본어 공부가 재밌으니 일어일문학과로 갈까? 여행하면서 돈도 벌 수 있는 여행 가이드가 될까? 유니폼 입은 승무원 언니들이 멋있던데 스튜어디스가 될까? 아니면 사회복지학과?' 이것저것 머릿속에 떠오르는 것은 많았지만 확신이 서질 않았다. 야간 자율학습이 시작되기 전, 학교 담벼락에 서서 가을바람을 맞았다. 시원한 바람에 답답한 속도 뚫리는 것 같았다. '너는 뭐가 되고 싶니, 무슨 일을 하고 싶니, 어떻게 살고 싶니?' 진로에 대한 고민이 어떤 삶을 살고 싶은지로 나아갔다.

며칠 전 시골 할머니 댁에 갔을 때 받은 용돈 생각이 났다. 할머니를 생각하면 사랑받고 자란 유년 시절이 떠오른다. 남동생보다 나를 더 좋아한다 생각할 정도로 예뻐하셨다. 자연스레 가족과 친척들 얼굴이 스쳐 지나갔다. '나는 사랑을 많이 받으면서 자랐어. 이제는 내가 받아온 사랑을 나누는 사람이 되고 싶어. 그런 일을 하는 사람이 되고 싶어.' 그 순간 간호사 이 세 글자가 머릿속에 느낌표를 띄웠다. 가슴이 두근두근 뛰었다.

열여덟 살, 간호사라는 가슴 설레는 꿈을 품었던 날이다.

간호사라는 직업에 대해 지나치게 이상적으로만 생각한지도 모른다. 현실과 이상 사이에서 혼란스러운 적도 많았다. 회의 감이 들기도 했다. 그럴 때마다 간호사라는 꿈을 처음 가졌던 저녁을 떠올렸다. 내가 왜 간호사가 되고 싶어 했는지, 내 가슴을 뛰게 했던 '처음 마음'을 잊지 않으려고 했다.

6개월 차가 되었을 때, 내 마음이 고장 나기 시작했다. 근무를 마치고 혼자 자취방에 있다 보면 웃을 일도, 말할 일도 없다. 가족과 친구들 생각이 났다. 나도 모르게 눈물이 주르륵 흘렀다. 괜찮아질 거로 생각했다. 환자를 대할 때만큼은 웃던 내가 전처럼 웃지 않는다는 것을 깨달았다. 더는 안 되겠다 싶어 퇴사하기로 했다.

"안현진 간호사는 업무를 익히고 처치하는 게 조금 느려서 그렇지 잘하고 있어요. 늘고 있는 게 보여요. 무엇보다 환자들과의 신뢰 관계가 두터워요. 라운딩 돌 때 안 간호사 칭찬 많이 들어요."

수간호사 선생님이 퇴사를 만류하며 했던 얘기가 10년이 지난 지금도 생생하다.

나의 사회 경력은 거기서 멈췄다. 퇴사한 그해에 결혼해 아이를 연이어 낳았다. 육아로 새로운 인생 경험을 쌓아가고 있다. '나' 라는 사람보다 '엄마' 라는 이름이 더 크게 느껴질 때면 간호사로 일했던 나를 떠올린다. 누군가에게 도움이 되고 싶고, 보람을 느끼며 일하던 그때를 떠올리면 힘이 난다.

아이들에게 미안해하고, 육아가 힘들다 느낀 데는 좋은 엄마가 되고자 했던 '처음 마음' 이 있었다. 책에 나오는 대로만 하면 좋은 엄마가 될 줄 알았다. 마음먹은 만큼 되지 않으니 '나는 왜 이럴까.' 자책했던 거였다. 과거의 나를 통해 현재 내가 잊고 있는 게 무엇인지 보게 되었다. 과거에는 간호사로서 사랑을 나누는 사람으로 살고자 했다. 현재는 엄마로서 사랑을 나누는 사람으로 살아가고 있다.

아이들이 일어났다. 내 품에 안긴다. 아까 소리쳐서 미안하다고 하니 괜찮다고, 엄마가 제일 좋다고 한다. 좋은 엄마가 되기 위해 노력하는 엄마로도 충분하다. 예전이나 지금이나 나는 제법 괜찮은 사람인지도 모른다.

07

당뇨 커뮤니티로 살아온 삶

염동식

2003년 12월 15일 당뇨 커뮤니티를 설립했다. 몇 년 전 내가 당뇨에 걸렸기 때문이다. 관리가 필요했지만, 병원에서도, 국가 기관에서도, 인터넷에서도 배울 수 있는 정보가 부족했었다. 인터넷, PC에 능숙한 나도 이렇게 힘든데, 다른 사람은 얼마나 힘들까 생각했다. 그래, 나도 배워야 한다. 같이 배워보자. 관리법을 공유할 수 있는 커뮤니티를 만들자. 내가 기술이 있으니 재능 기부해서 운영하면 다른 분들도 도움이 될 것이다. 이렇게 시작하게 되었다.

온라인으로 시작한 커뮤니티. 점점 커지면서 오프라인 강의도 진행했다. 당뇨인의 만남이라는 모임도 주최하면서 회원 수는 크게 늘었다. 1만 명 정도 될 때쯤인 2006년 11월 네이버로부터 카페 강제 폐쇄된다고 메일을 받았다. 이유를 몰라 네이버에 메일을 보냈다.

'네이버의 회칙에 어긋나는 것이 무엇인지 답장을 부탁드립니다. 회칙 준수했습니다. 많은 당뇨인이 관리를 못 해 고통을 받고 있습니다. 정보에서도, 병원에서도, 포털에서도 하지 못하는 관리법 공유를 내가 하고 있습니다. 이런 공유가 불법인가요? 제가 운영하는 이런 카페가 폐쇄된다면 모든 카페는 폐쇄되어야 한다고 생각합니다. 적절한 수준의 답변을 바랍니다. 수긍이 된다면 폐쇄를 인정하겠습니다. 하지만 절대 인정 못 하는 수준의 답변이라면 네이버를 상대로 소송 걸겠습니다.'

며칠 후 답변이 왔다. '본 메일은 기계식 답변이 아닙니다. 직접 적는 것입니다. 담당자분이 착오로 실수했습니다. 정말 죄송합니다. 정중하게 사과드립니다.'

그 이후 10여 년 동안 네이버 대표 카페로 국내 1위 당뇨 커뮤니티로 발전했다. 당뇨인의 건강한 삶을 위한 관리법 공유라는 가치를 목표로, 인슐린 접근성 강화를 위한 국회 토론회, 서울시 산하 비영리단체 운영, 당뇨인의 만남 등 오프라인 활동도 늘려나갔다.

당뇨 학교를 운영한다. 지역 병원의 내분비내과, 안과, 치과, 정신과 의사, 영양사, 간호사, 당뇨인 경험담 등 1일 다섯 시간 안에 끝내는 당뇨 교육 프로그램이다. 서울, 부산, 대구, 광주, 충청, 인천광역시 단위로 100명 규모로 진행하는 비영리사업이다. 국가, 병원에서 하는 교육은 큰 도움이 안 된다. 이러한 문제를 해결하기 위해 당뇨인 의견을 수렴하여 설계한 것이다. 병원 중심의 교육이 아닌 당뇨인 중심의 첫 교육이 시작된 것이다. 회원 대부분은 당뇨에 입문한 사람들이다. 정신적인 충격이 큰 사람이다. 교육을 받으면서 우는 사람도 많다. 마치고 갈 때 희망을 품어간다. 이런 보람에 교육을 진행한다.

2019년 11월 30일 당뇨 학교까지 매년 10여 회 이상 실시했다. 이것이 마지막일지는 생각지도 못했다. 2020년 1월 코로나19가 시작된 것이다. 모든 모임이 멈췄다. 그리고 1년, 2년. 아직 온라인을 고민 중이다. 특성상 온라인에 노출되는 것을 싫어한다. 온라인과 오프라인 병행으로 다시 시작해야겠다. 온라인 방송을 위해 장비, 강사 섭외 모두 완료했다. 교육에서는 기본적인 관리법을 배우는 것이다. 교육을 기반으로 커뮤니티 활동을 통해 배워 나가야 한다. 교육만 듣고 끝내는 분 중에는 잘못된 관리를 하는 경우가 많다. 교류를 통해 실무자인 당뇨인에게 실무를 익혀야 한다. 당뇨는 관리하면 건강하게 아니 비 당뇨인 보다 더 건강한 삶을 이룰 수 있다. 관리하면 기본적으로 건강 식단을 구성하고, 운동으로 몸을 만든다. 몸이 더 좋아질 수밖에 없다. 나는 회원에게 자주 하는 말이 있다.

"당뇨는 축복받은 질병입니다. 하늘에서 마지막으로 내려 준 선물입니다"

"인생을 걸고 관리를 실천해보세요."

다른 질병 대비 당뇨는 관리하는 수준에 따라 건강으로 보상이 온다. 특히, 과체중, 초기의 경우는 근치까지 가는 분도 많기 때문이다. 건강한 삶을 위해 반드시 교육을 받아야 한다. 2022년 2월 26일 ZOOM으로 다시 모인다. 1월 26일 기준, 이미 150명 접수. 300명 정도가 모이는 ZOOM 당뇨 학교가 될 듯하다.

질투, 욕심, 싸움 등 커뮤니티는 하나의 작은 정치판이다. 이러한 공간을 운영하기는 쉽지 않다. 머리카락 다 빠질 지경이다. 다행히 좀 남아 있다. 사람이 모여 있는 공간은 어쩔 수 없다. 이러한 문제를 예방하기 위해 최대한 노력한다. 때로는 과감하게 차단하는 결단력이 필요하여 늘 고민하게 된다.

2021년 1월 커뮤니티에 술 사진 등록을 못 하게 회칙을 추가

했다. 술 사진으로 인해 떠나시는 분, 당뇨 카페에 왜 술이 올라오냐, 방치하는 당신이 대표냐 등 쪽지, 이메일 등으로 항의를 받기도 했던 때였다. 논란이 많았다. 큰 싸움을 기점으로 이제는 술 사진은 볼 수 없다. 술을 마시는 것은 자유이다. 하지만, 단순 자랑으로 피해를 보는 사람이 있다면 자제하는 것이 옳다고 판단했다. 술로 인해 당뇨가 온 사람도 있다. 금주로 사진만 봐도 힘들어하는 사람도 있다. 술 사진 금지는 내가 가장 오랜 기간 고민했던 사건이었다. 나도 주 1회 제한하여 마셨기 때문이다. 여러 사건을 계기로 술에 관한 생각 자체를 바꿨다. 난 금주를 각오하고 실천했다. 2021년 강력한 결단력으로 해결된 것이다. 다른 생각의 싸움을 20년 동안 바라보았다. 그 대상이 커뮤니티 전체를 향한 공격이기도 하고, 나, 개인을 향한 싸움이기도 했다. 그것을 헤쳐나가면서 발전했다.

2022년 1월 20년 차. 897,823개 글, 한 달 600만 내외 페이지뷰. 높은 활동으로 당뇨인과 공유를 하고 있다. 함께하는 소중한 장소이다. 커뮤니티는 운영자의 역할이 중요하다. 20년 더 운영이 목표다. 그날까지 함께하는 공간으로 운영하겠다. 남은 20년 합쳐 총 40년. 오직 당뇨인의 건강한 삶을 위해 공헌

할 나, 완벽한 운영자는 아니었지만 노력했다. 이 정도면 나도 괜찮은 사람이 아닌가, 이제 새로운 도전을 한다. 당뇨인을 위한 책 집필이다.

08

괜찮은 사람 되기 어렵지 않습니다

이승한

두 아들에게 늘 "감사합니다."라는 말을 하라고 한다. 아이들이 이유를 물어본다. 우리에게 도움을 준 사람들에게 먼저 인사하라고 했다. 처음에는 머뭇거리던 아들도 이제는 먼저 고개를 숙이고는 한다. 아이들이 "고맙습니다."라고 하면 어른들은 늘 반가워한다. 이런 조그마한 행동에 서로 기뻐하는 모습을 보면 나도 즐거워진다. 작은 인사만으로도 처음 보는 사람들끼리 웃을 수 있다.

굿네이버스나 유니세프에 2년 정도 후원금을 냈었다. 처음에는 남을 도와준다는 생각에 마음이 뿌듯했다. 시간이 지날수록 어려운 사람을 위한다기보다는 내 통장에서 나가는 돈만 보인다. 아이들이 커가니 적은 금액도 아쉬워졌다. 멀리 있는 모르는 사람을 도와주기보다는 내 아이들에게 자장면이라도 한 그릇 더 사주고 싶었다. 내가 후원금을 안 내도, 다른 사람이 해주리라는 생각에 자동이체를 끊었다. 후원을 멈출 때면 마음이 쓰라렸다. 한 달에 커피 두 잔 값도 못 내주나 싶었다. 평생 모은 재산을 기부하는 김밥 할머니도 계시다. 감탄이 나오긴 하지만 난 그렇게 하고 싶지 않다. 훌륭한 사람만이 어려운 사람을 도와줄 수 있다고 생각했다. 하지만 다른 사람을 위하는 일은 돈으로만 할 필요는 없다. 나도 남을 위해 힘써준 일도 있었고, 나의 작은 배려에 고마워하는 사람도 있었다. 신문에 나올 만한 큰일은 아니지만, 작은 배려로 서로 기뻐할 수 있는 일은 항상 있었다. 내가 도와줄 수 있는 사람들은 멀리 있지 않았다.

4년 전 아이들과 함께 푸드코트에 갔다. 여자 아르바이트생이 식수대 근처에서 일하는 중이었다. 위아래로 열리는 수납장 문에 상반신이 끼인 채 발뒤꿈치를 들고 서 있었다. 자기 키보다 높은 수납장 안에 있는 비품을 정리하고 있었다. 우리 아이들도 크면 아르바이트를 할 거라는 생각에, 힘들게 일하는 모습이 남의 일 같지 않았다. 편하게 일하라고 수납장 문을 살짝 들어 올려줬다.

모르는 사람을 도와주면, 어떤 할아버지가 갑자기 나와서 "자네 마음에 들었어, 내일부터 출근하게."라고 말하는 광고가 생각났다. 나에게도 그런 상황이 생기면 어떻게 할까 고민하면서 즐거워하고 있었다. 정리를 다 마친 아르바이트생이 이제야 나를 보았다. 수납장 안에 있었기에, 동료가 문을 붙잡아줬다고 생각했었나 보다. 처음 보는 아저씨가 문을 들고 있었기에 아르바이트생은 당황스러워했다. 어쩔 줄 모르던 직원은 폴더인사를 하며 "감사합니다."라고 말하고 도망가듯이 사라졌다. 계산대 뒤에서 수없이 말하는 감사가 아닌 고마움이 잔뜩 들어간 인사였다. 나 혼자 괜한 상상을 하며 웃고 있었는데, 그런 인사를 받으니 부끄러웠다. 갑자기 다른 생각이 든다. '나 괜찮은 사람이었나?' 이런 사소한 행동으로도 주변 사람과 작은 기쁨을 주고받을 수 있어 신기할 뿐이었다.

나만 이런 기쁨을 느끼고 싶지 않았다. 아이들도 알았으면 좋겠다. 큰아들과 함께 엘리베이터를 탔다. 아주머니가 마트에서 사 온 물건을 두 손에 가득 들고 같이 들어오셨다. 버튼을 누르기 불편해 보여서, 아주머니께 몇 층에 가냐고 물어보고 대신 눌러드렸다. 큰아들에게는 고개를 숙이고 말했다. 버튼 누르기 어려운 분 보면 몇 층 가냐고 물어보고 꼭 눌러주라고. 허리를 펴니 옆에 계신 아주머니께서 활짝 웃고 계셨다. 서로 처음 본 사이인데, 아빠가 아들에게 이런 말을 하는 게 기쁘셨나 보다. 이후에 큰아들은 엘리베이터에서 양손에 물건을 들고 계시는 분을 보면 작게 "몇 층 가세요?"라고 물어보곤 했다.

이런 작은 도움이 필요로 하는 분들은 늘 계신다. 큰아들과 함께 아파트 상가에 갔었다. 마침 우리가 들어가려고 할 때 문 뒤에서 할아버지, 할머니가 걸어오고 계셨다. 상가의 유리문은 두껍고 손잡이도 굵다. 문을 열고 나오기에는 무거워 보였다. 내가 문을 잡기도 전에 큰아들이 자연스럽게 문을 활짝 열고서, 두 분이 지나갈 때까지 문고리를 잡고 있었다. 할머니가 활짝 웃으며 말씀하신다.

"젊은 총각, 고마워." 내가 잘못 보았을까? 큰아들 어깨가 살짝 올라갔다. 큰아들이 칭찬을 받으니 내 어깨도 함께 올라간다. 자식 교육을 잘한 것 같아 내 마음도 뿌듯해진다.

이런 작은 감사로 생각지 못한 선물을 받은 적도 있다. 일요일 저녁 재활용 쓰레기를 버리고 온 큰아들이 즐거워하며 호들갑을 떤다. 새로 오신 관리 아저씨가 킥보드를 가져가라고 했단다. 큰아들은 오다가다 인사만 열심히 했는데, 오늘 고맙다며 이사하다 관리실에 두고 간 킥보드를 주셨다. 큰아들은 자신의 평상시 행동에 예상치도 못한 선물을 받았다며 거실을 방방 뛰어다녔다. 아들에게 집에 있는 스타벅스 커피를 감사의 표시로 드리고 오라고 했다. 무섭다고 함께 가잔다. 관리 아저씨에게 커피를 드린 후, 흐뭇한 마음으로 둘이서 킥보드를 끌고 복도를 걸어가고 있었다. 아들이 갑자기 나한테 아무 말도 없이 꾸벅 인사를 하고는 앞으로 간다. 큰아들 뒷모습이 보인다. 이번에는 어깨만 올라가지 않았다. 가슴도 쭉 내밀고 걸어간다. 오늘 큰아들은 늘 하던 작은 인사로 킥보드보다 더 큰 선물을 받았다.

문을 잡아주거나 엘리베이터 층을 대신 눌러주는 거 어렵지 않다. 이런 행동 안 한다고 누가 뭐라 그러지도 않는다. 그러나 이런 작은 친절에 사람들은 고마워했다. 아들도 이런 기분을 알았으면 좋겠다. 나의 작은 행동에 사람들이 고마워하고, 나 역시 즐거워지는 그 감정. "나 오늘 괜찮았나?"라며 잠시라도 행복해지는 이 느낌을 아들에게 말로 설명해 줄 수 없다. 직접 느꼈으면 했다.

나는 아들 앞에서도 항상 먼저 인사한다. 아이들이 바로 따라 하지 않아도 괜찮다. 아이들도 내가 왜 이러는지 알게 되는 날이 올 거다. 그러면 자기도 다른 사람들에게 고마움을 표시할 거다. 괜찮은 사람 되는 거 어렵지 않다. 매일 인사하고, 문고리 잡아주고, 엘리베이터 버튼 대신 눌러주면 된다.

09

나는 생각보다 가진 게
많은 사람이다

정선묵

 "저 퇴사하겠습니다."

더 뽑아도 부족한 상황에 오늘만 2명째다. 호텔 개장일까지 남은 기간이 약 한 달 남았다. 머리가 지끈거리고 이해하기 힘들다. 얼마 전 뉴스를 통해 단군 이래 최악의 실업난이라고 들었다. 한 달 동안 5명 퇴사했다. 곰곰이 생각해 본들 해결책 나올리 만무하다. 직접 찾으러 나서기로 했다.

신입사원들과 이야기를 나누었다. 일하며 힘든 점은 무엇인지, 업장 분위기는 어떤지 물었다. 주된 고민과 불만 사항에 대해 알게 되었다. 낮은 급여와 불투명한 미래, 최저시급과 얼마 차이 나지 않는 월급이라 말했다. 나 역시 동감했다. 고용계약서를 내밀며 민망했던 적이 여러 번이다. 월급도 적지만비전도 제시하지 못했다. 정규직 전환도 쉽지 않다는 소문이

돌았다. 상황은 점점 나빠졌다.

밥 먹듯이 이직했다. 뻐꾸기가 다른 새의 둥지에 알 낳고 도망가듯이. 5번의 신입사원 체험에 절박함과 불안감을 어느 정도 공감했다. 내가 할 수 있는 범위 내에서 최선을 다해 도왔다. 종잣돈 모으고 불리는 방법부터 퇴근 후 시간 관리, 독서, 어학 공부 등 자기 계발에 대해 적극적으로 지식을 공유했다. 호텔리어라면 고객과 동등한 눈높이에서 소통할 줄 알아야 한다고 생각했다. 나부터 퇴근 후 일본어를 공부했다. 점심시간에는 석촌호수에서 집중적으로 책을 읽었다. 말보다 실천을 우선으로 하며, 나 스스로 떳떳하기 위해 노력했다.

틈만 나면 프런트, 식음 업장, 주방을 기웃거렸다. 현장과 소통하기 위해서였다. 몇몇 직원은 직접 도움을 요청하기도 했다. 그럴 때면 더욱 힘이 났다. 많이 듣고 공감하며, 이해하고 도움 주기 위해 노력했다. 후배들의 성장이 나의 성장이자 행복이었다. 가진 것보다 없는 것에 집중했던 삶. 강점보다 부족한 부분만 신경 썼던 인생이었다. 나누면서 깨달았다. 내가 가진 재능 생각 이상으로 많다는 것을.

학창 시절, 성적은 항상 중하위권을 맴돌았다. 영어, 수학, 과학 뭐 하나 잘하는 공부가 없었다. 나름대로 달리기는 잘했지만, 운동회에서만 알아봐 줄 뿐, 항상 공부 잘하는 친구와 비교당했다. 또래 친구들과 비교하는 어른의 시선에 익숙해졌다. 선생님과 부모님에게 항상 죄인이었던 삶, 장점보다 단점을 보는 게 익숙해졌다.

항상 남의 눈치를 살피며, 다른 사람의 목소리, 기분, 행동에 민감했다. 덕분에 나서고 숨어야 할 때를 잘 파악했다. 이유없이 많은 놀림과 미움을 받았다. 마음이 아팠기에 같은 아픔을 가진 이들을 공감할 수 있었다. 사람이 좋았고 대화를 즐겼다. 그저 경청할 뿐인데, 큰 위로가 되었다고 듣기도 했다. 몇몇 친구는 미하엘 엔데의 모모 같다고 했다. 그렇다고 내가 모모처럼 초롱초롱한 눈빛과 넓은 마음을 가진 공감 끝판왕 캐릭터는 아니다. 나 역시 하고 싶은 이야기가 많고 두 귀보다 입이 더 친한 사람이다. 그러나 항상 말의 총량을 조절하려고 신경 쓴다. 사람들은 자신의 이야기를 들어주는 사람을 좋아하기 때문이다. 나의 공감과 도움이 필요한지를 귀 기울여 듣는다.

한 사람은 하나의 우주다. 내가 모르는 우주와 만날 때 설렌다. 가슴이 두근거린다. 오늘도 두 귀 활짝 열고 주위를 탐색한다. 나의 도움이 필요한 곳이 있다면 언제든지 달려가려고 한다.

"형 잘 지내?"
오랜 시간 알고 지냈던 성현이에게서 연락이 왔다. 싱가포르에서 묵묵히 자신의 길을 개척 중이다. 바쁜 시기일 텐데, 묵혀둔 이야기가 있나 보다. 미래에 무엇을 하며 살지, 결혼은 언제 할지, 나조차 찾지 못한 질문을 한다. 잠자코 들었다. 마음을 다해 돕고 싶었지만 설익은 충고는 오히려 독이다. 다 듣고 난 뒤 새벽 기상, 독서, 글쓰기, 감사일기 등, 어제보다 발버둥 치는 나의 모습을 덤덤히 들려주었다. 짧은 대화였지만 성현이는 연신 고맙다고 했다. 나도 고마웠다. 나 역시 공감하고 위로하며 치유받았기에.

요즘도 나 자신의 쓸모에 대해 고민한다. 무엇 하나 탁월하지 않았던 37년 인생, 내 이름 선묵. 착하고 조용하게 살라고 할아버지가 지어주신 이름이다. 보잘것없는 나의 인생은 이름 때문이라고 속 좁은 생각을 한 적도 있었다. 사람들과 소통하며 내가 가진 재능을 발견했다. 공감과 소통, 사소하다. 어쩌면 누구에게나 있는 재능이다. 다만 조금 더 오래 듣고 힘껏 반응할 뿐이다. 자그마한 호의가 이따금 타인을 일으키기도 했다. 나도 누군가를 도울 수 있었다. 반복적인 결과물을 통해 나만의 강점을 인지했다. 삶은 극적으로 변하기 시작했다.

듣다 보면 한계에 다다를 때도 있고 인내심과 평정심이 깨지기도 한다. 그럴 때는 내 마음속 우물을 생각한다. "많이 주었기에 말랐구나."라고 생각하고 채우기 위해 노력한다. 끝없이 나오는 공감과 사랑은 없다. 내가 행복하고 긍정의 상태를 유지해야 더 많은 걸 줄 수 있다는 사실을 깨달았다. 매일 새벽 자연과 주변의 사물에 대한 감사일기를 적었다. 매일 한 페이지라도 책을 읽고 일상을 보고 글을 썼다. 가끔은 고급 레스토랑에서 코스 요리도 먹었다. 최상의 서비스를 받으며 나 자신의 소중함을 일깨우기도 했다. 나를 이롭게 하는 습관을 구축했다. 우물은 점차 커지고, 저장할 수 있는 물의 양도 많아졌다.

"나의 아픔과 경험, 이 넓은 세상의 단 한 사람에게라도 도움이 되겠지."

나의 쓸모를 깨닫자 그동안 닫혀 있던 문이 열렸다. 의사와 약사만 사람을 살리는 직업이 아니다. 나 자신이 스스로 남을 돕는 직업이 될 수 있었다. 나를 위한 시간도 좋지만, 타인과 함께하는 시간도 의미가 있었다. 타인의 성장을 응원하는 삶, 목표만을 바라보며 오르막길만 걷던 인생이었다. 나를 둘러싼 사람들, 더 나아가 함께 살아가는 사람들에게 시선을 돌리자, 내가 서 있던 오르막길은 넓은 평지가 되었다.

평범함에서 비범함으로, 비범함에서 위대함으로 인생이 바뀌는데 어쩌면 큰 노력이 필요한 일은 아닐 테다.

영향력 있는 사람이 되는 날

최주선

교회 고등부 시절, 단짝 친구가 2명 있었다. Y와 M은 같은 학교에 다녔고 나만 다른 학교에 다녔다. 어느 날 그 둘과 같은 학교에 다니는 다른 친구 J가 교회에 왔다. J는 나와 친해지길 꺼렸다. 다 같이 모인 자리에서 나를 투명 인간 취급했고 대하는 태도가 썩 좋지 않았다. 그런 날이면 뭔가 얹힌 듯한 체기가 있었다. '대체 내가 뭘 잘못했길래 그렇지, 그냥 내가 맘에 안 드는 건가?' 혼자 속으로 생각하며 넘겼다. 이유 없이 싫은 사람도 있기 마련이라 생각했다.

어떤 계기였는지 지금은 잘 기억나지 않지만, Y와 M보다 오히려 J와 더 가까워졌다. 처음 만났을 때 왜 그랬었는지 묻자, 친구의 대답은 놀라웠다.

"솔직히 나도 너 겪어보니까 너 되게 괜찮은데, 애들이 너에 대해서 별로 안 좋게 얘기했었어."

나랑 단짝인 두 친구가 학교에 가서 나와 엮인 어떤 사건에 대해 안 좋은 이야기를 했던 거다. 그게 내 첫인상이 되고 말았다. 선입견이 있었기 때문에 관계를 새로 만들어 가는데 장애물이 생기고 말았다. 반대로 어떤 사람에 관한 좋은 이야기를 듣고 만났지만 실망했던 경험도 있었다. 그 뒤로는 다른 사람 말만 듣고 처음 만나는 사람을 판단하지 않겠다고 다짐했다. 괜찮은 사람의 기준이 뭘까? 나도 그 당시엔 지인의 말에 의해 중심이 흔들렸다. 누군가 저 사람 참 괜찮은 사람이라는 평가를 하면 그 사람은 괜찮은 사람이 됐다. 몇 번 경험하고 나니 새로운 사람을 만날 때 사전 정보 없이, 색안경 끼지 않고 시간의 흐름에 따라 알아가는 게 더 좋았다.

특출나게 잘하는 일이 없다고 생각했지만, 손으로 하는 일은 대부분 쉬웠다. 심지어 꼬여버린 이어폰 줄이나 액세서리, 실타래 등 뭐든 풀어야 하는 일이면 친구들은 늘 나에게 부탁했다.
"아, 그거 주선이한테 부탁해. 금방 풀어줄 거야!"
대단한 일은 아니지만 내가 누군가에게 도움이 된다는 사실이 좋았다. 다른 사람을 돕는 게 좋았다. 가는 모임마다 뒤치다꺼리를 도맡아 했다. 주변에서 다른 사람을 돕는 내 모습을 보고 모성애가 많다고 했다. 덕분에 몰랐던 걸 알게 됐다. 나보다 나이 많은 언니 오빠조차도 '엄마'라 불렀다. 싫지 않았다. 진짜였는지 확인할 수 없지만, 나에게 와서 비밀이라며 마음을 털어놓는 사람도 있었다. 내가 이야기를 듣고 공감해주면 마음에 위로가 됐다며 돌아갔다. 애매한 관계의 중재 역할을 맡았다. 꼬인 실타래를 푸는 것처럼 사람의 마음도 풀어 줄 수 있는 것 같아 좋았다. 할 수 있는 일이 늘어날 때마다 칭찬과 인정이 쏟아졌다. 좋은 말 듣고 더욱 열심히 섬겼다. 보태어 '묵묵함과 성실함'이란 단어가 나를 따라다녔다. 주변에서 나는 '알수록 진국'인 사람이라 말했다. 그런 말을 들으니 힘들어도 이제는 안 할 수 없었다. 시간이 지날수록 점점 부담되기도 했지만, 누가 뭐라 해도 내 할 일은 책임감 있게 했다. 인정받는 기분이 꽤 괜찮았다. 군소리 안 하고 묵묵히 내가 해야 할 일을 했던 결과라 믿었다.

외국에 떨어져 나와 살다 보니 내가 도움을 줄 일보다 도움을 요청해야 하는 일이 비일비재하다. 심지어 영어로 도움을 청해야 하는데 제대로 의사소통이 되지 않을 때가 많아, 받아야 할 도움조차 받지 못할 때도 있다. 코로나로 인해 온라인 활동이 많아지면서 전문직을 가진 사람들이 눈에 띄었다. 부러웠다. 나는 언제 제2의 전문직을 가지고 사람들을 똑 부러지게 도와줄 수 있나 꿈꾼다. 최근 들어 나에게 도움 요청하는 사람이 늘어나 내게 질문을 해온다. 디지털 드로잉 앱의 기능에 관해서 묻는다. 그림 그리기, 이모티콘 만들기, 컴퓨터 프로그램 기능 그리고 브런치 연재, 책 쓰기 등에 관해 물어온다. 그간의 성장 비결도 묻는다. 불과 1년 전에는 하지 못했던 게 대부분이다. 지난 1년간 좋아하는 것으로 매일 꾸준히 벽돌을 쌓아온 결과다. 내게 도움을 요청하는 사람을 도울 수 있는 위치까지 왔다. 덕분에 디지털 드로잉 튜터로 활동도 시작했다. 아직도 부족하지만, 내 대답을 듣고 문제를 해결했다는 말을 들으면 그렇게 기분이 좋을 수가 없다. 마치 해결사라도 된 기분이다. 가끔 모르는 사람이 나와 대화해보고 싶다며 개인 메시지를 통해 말을 걸어오기도 한다. 속마음을 털어놓으려던 게 아닌데 자연스레 마음을 털어놓게 되었다며 신기하다고 말하는 사람도 있다. 대화를 마치면 마음이 한결 가벼워졌다며 감사 인사를 건넨다. 그저 말을 들어 줬을 뿐인데 아무것도 아닌 것 같은 내 존재가 누군가에게 힘이 됐다는 사실에 행복을 느낀다. 누군가 한 가지를 질문했는데 서너 가지를 알려 주며 뿌듯해하는 나를 본다. 영향력 있는 사람이 된다는 건 무척 행복한 일이다. 내 선물을 받은 사람이 기뻐하고 좋아하면 내가 받았을 때보다 더 기쁘다. 내 도움을 받고 성장하는 사람을 보면 스스로 자신감이 더 상승하는 것 같다.

지난 1년간 이전에는 할 줄 몰랐던 것을 갈고닦은 결과, 이만큼 성장한 내가 좀 멋져 보인다. 나를 인정해 주고 '너 좀 괜찮다' 라고 말해주기 시작하니까 좀 더 나은 사람이 되는 것 같기도 하다. 이전에는 할 줄 아는 것도 잘 못 한다고 말해야 겸손인 줄 알았다. 내가 할 줄 아는 건 다른 사람도 충분히 할 수 있는 일이라 생각했다. 뭔가 확실하게 해야 자신감이 생기고 다른 사람을 도와줄 수 있는 거라고 말해 왔다. 완벽의 편견을 깼다. 나는 죽었다가 깨어나도 완벽할 수는 없다고 결론지었다. 스스로 나를 귀하게 여기면 다른 사람의 평가 따윈 중요치 않다는 말을 들었다. 나를 인정하고 괜찮은 사람이라 말하고 그렇게 행동하면 된다는 거다. 하지만, 적어도 내가 경험했던 건 다른 사람도 나를 칭찬하고 인정해 줄 때 내가 더 괜찮은 사람이 되는 거였다. 타인은 스스로 생각하는 것보다 더 객관적으로 나를 봐준다. 후한 점수를 줄 때 내 가치가 높아지기도 했다. 중요한 건 자신을 스스로 귀하게 여겨야 다른 사람도 나를 귀하게 생각한다는 거다. 지금도 충분히 잘하고 있다고, 어제보다 오늘 더 나은 내가 됐다고 토닥여준다. 더 많은 사람에게 선한 영향력을 끼치고 싶어서 오늘도 노력한다. 나는 앞으로 얼마나 더 괜찮은 사람이 될 수 있을지 기대해본다.

제4장

그 사람을
만났습니다

01

숨 쉬는 게 절반이다

미선이

스쿠버 다이빙을 즐긴다. 몸보다 큰 공기통을 메고 허리에는 4kg의 쇳덩이를 둘러멘다. 어깨에 짊어진 장비만 해도 20kg이 훌쩍 넘는다. 몸무게의 반이다. 지상에서는 몇 발자국 움직일 수 없을 무게지만 물속에 뛰어드는 순간 그 무거웠던 장비가 솜털처럼 가볍게 느껴진다. 물속에 둥둥 떠다닐 때면 마치 우주인이라도 된 것 같은 기분이다. 이 맛에 다이빙한다.

물속은 그야말로 황홀경이다. 만화에서나 봤던 '니모'는 바닷속에 실제로 존재한다. '인어공주'에나 나올 것 같은 형형색색의 산호도 절경이다. 수천 마리의 물고기 떼가 지나갈 때면 '물 반, 고기 반'이라는 말을 실감한다.

코로나 전에는 주로 동남아에 가서 스쿠버 다이빙을 했다. 사시사철 물이 따뜻해서 열대어가 살기 좋은 조건을 갖췄다. 특히 필리핀을 좋아한다. 마닐라에서 차를 타고 12시간을 가면 내가 좋아하는 다이빙 리조트가 나온다. 이곳에서는 아침, 점심, 저녁, '밥 먹고 다이빙'만 한다. 인터넷도 안 되고, 고요해서 생각을 정리하고 싶을 때 찾게 되는 나만의 힐링 장소다.

팬데믹이 시작되고 난 후 동해에서 다이빙한 적이 있다. 6월, 지상에서는 땀이 뻘뻘 나는 더운 날씨였다. 자신 있게 입수했는데, 10분도 안 돼서 '얼어 죽겠다.'라는 말이 절로 나왔다. 다행히 운이 좋아 강원도에서만 볼 수 있다는 광어도 보고 비단 멍게도 봤다. 하지만 추위에 약한 나는 한번 다이빙을 하고는 바로 짐을 싸서 집으로 돌아왔다. 아직 제주도는 못 가봤다. 최근 지구 온난화로 제주도 앞바다의 수온이 상승해 동남아에서나 볼 수 있었던 어종을 볼 수 있다고 한다. 씁쓸한 현실이다.

스쿠버 다이빙에 빠지게 될 거라곤 상상도 못 했던 난 물 공포증이 있다. 초등학교 3학년 때, 수영을 가르쳐주던 선생님이 나를 물속에서 번쩍 들어 집어던진 적이 있었는데, '발이 닿는

깊이에서도 사람이 익사할 수 있겠구나'라는 생각을 했을 정
도로 물을 많이 먹었다. 아마 나 때문에 수영장 수심이 0.5cm
정도는 낮아졌을지도 모르겠다. 그 후로는 수영할 때도 개헤
엄만 쳤지 절대 머리는 담그지 않았다.

"우리가 사는 이 세상은 지구의 1/3밖에 안 된다니까, 나머지
2/3가 궁금하지도 않아?"

남희의 끈질긴 설득에 결국 넘어갔다. 꽤 그럴듯한 이야기였
다. 두렵긴 했지만 내심 물속이 궁금해졌다.

이왕 마음먹은 거, 제대로 배워보고 싶었다. 강사를 알아보던
중 경화 언니를 만났다. 쩌렁쩌렁한 목소리에 화통한 웃음소
리가 그야말로 '걸 크러쉬'라는 단어가 잘 어울렸다. 코스 디
렉터, 강사를 가르치는 강사란다. 물이 무서운 나에게 언니의
타이틀은 엄청난 신뢰감을 줬다.

첫 입수를 앞두고 덜컥 겁이 났다.

'혹시라도 공기통이 고장이면 어쩌지, 갑자기 호흡기가 망가
지면, 고글에 물이 들어오진 않을까, 물속에서 응급상황이 생
기면 어쩌지? 오만가지 생각이라는 말은 이럴 때 쓰는 거구나
싶었다.

"자, 밑에서 만납시다."

사람들이 하나둘 물속으로 빨려 들어가듯 가라앉았다. 나도 물에 머리를 박고 내려가려고 애를 썼다. 큰일이다. 사람들의 모습이 점점 멀어진다. 이제는 모습은 보이지 않고 공기 방울만 보인다. 당황해서 내려가려고 발버둥 쳤지만, 그럴 때마다 오리발의 부력 때문에 몸이 더 둥둥 떠올랐다. 정수리에 찰랑 거리는 바닷물이 느껴졌다. 몇 초가 몇 분처럼 느껴졌다. 물밑에 있는 사람들한테 나 아직 못 내려갔다고 소리를 지를 수도 없는 노릇이다. 나를 내려줬던 배도 보이지 않는다. 물속에서 오도 가도 못하고 이렇게 꼼짝없이 죽는구나 싶었다.

"왜 그래, 무슨 일 있어?"

휴, 다행이다. 경화 언니다. 고기밥이 되지는 않겠구나. 얼른 호흡기를 벗고 소리쳤다.

"언니, 나 도저히 안 되겠어, 못 할 것 같아, 어떡하지?"

"괜찮아, 한 번만 더 해보자, 호흡이 전부야, 숨만 잘 쉬면 돼."

언니와 손을 꼭 마주 잡고 호흡에 집중했다.

호흡기 사이로 공기 방울이 뽀글뽀글 나오기 시작했다. 물속에서 내 호흡 소리가 들려오자 편안해졌다. 숨을 깊게 들이마실수록 심장에 귀를 대고 있는 느낌이다. 의사가 청진할 때 이런 소리가 들리는 걸까? 온 바다가 내 숨소리로 가득 찬 것 같았다. 호흡이 안정됐을 때, 거짓말처럼 몸이 물속으로 빨려 들어가기 시작했다.

스쿠버 다이빙을 접하고 태어나서 처음으로 숨을 쉰다는 것에 대한 고마움을 느꼈다. 지금껏 한 번도 숨 쉬는 방법을 고민해 본 적이 없었다. 아이가 태어나면 누가 가르쳐주지도 않았는데 울음부터 터뜨린다. 숨 쉬는 것도 마찬가지다. 우리는 배우지 않아도 엄마 배에서 나오는 순간 자가 호흡을 한다. 부모님은 내가 온전히 살아 숨 쉰다는 사실에 감사했을지 몰라도, 나 스스로는 내가 숨 쉰다는 사실에 고마워했던 기억은 한 번도 없다.

스쿠버 다이빙은 호흡이 절반이다. 물속에서 누가 나의 손을 잡고 방향을 잡아 줄 순 있어도, 숨쉬기는 온전한 나의 몫이다. 경화 언니는 교육 첫날부터 호흡의 중요성을 강조했다.

"과호흡 하면 공기를 너무 빨리 써버리게 돼. 그렇다고 호흡을 들이마신 채로 있으면 폐에 부력이 생겨서 몸이 떠오르게 되지. 일정한 템포로 공기를 들이마시고 내뱉는 게 중요해."

태어나 처음으로 숨을 제대로 쉬는 법을 배웠다.

살다 보면 숨이 턱턱 막힐 때가 있다. 그럴 때 나는 물속에 있던 그 순간을 떠올린다. 경화 언니한테 배웠던 것처럼, 숨을 들이마시고 내뱉으면서 내 숨소리에 집중한다. 그러다 보면 가빠졌던 호흡이 이내 안정된다. 인생은 고난의 연속이다. 혼자 해결할 수 있는 일이라면 다행이지만, 때로는 다른 사람의 도움이 필요할 때도 있다. 하지만 그 누구도 나 대신 호흡을 해줄 수는 없는 노릇이다. 일단 숨만 잘 쉬고 있으면 내 손을 잡고 방향을 잡아줄 사람 한 명쯤 없겠냐는 생각이다.

동료에서 친구가 되었다

백란현

"선생님 결혼식 축가 불러주실 수 있으세요?"
남편과 함께 '10월의 어느 멋진 날에'를 부르기로 했다. 가사
를 외워야 하고 목감기도 걸리면 안 된다. 남편이 가사를 자꾸
틀려 특훈이 필요하다. 두 딸과 함께 노래방에 갔다. 8살 희수
와 4살 희진이가 더 신나 마이크를 차지하고는 동요 메들리를
부른다.

서현정 선생님은 과학 수업을 위해 실험 준비를 하는 '과학 실
험원'이다. 선생님은 과학 전담교사와 자주 소통한다. 가끔 담
임교사가 실험 수업을 해야 할 때에는 선생님이 각반에 사용
할 재료를 챙겨준다. 재료를 대용량으로 사서 작은 용기에 담
아 라벨 처리까지 해준다. 과학 실험 예산을 아껴 다른 재료를

더 살 수 있다.

축가로 인해 학교 안에서 친해졌다.

학년 말이 되어 업무별 반성하는 기회가 있었다. 사서교사가 없어서 도서관 운영이 어려우므로 상주할 수 있는 교직원 한 명이 있었으면 좋겠다고 교장선생님한테 건의했다. 교장선생님은 서현정 과학 실험원 선생님에게 도서관을 돕게 지시했다. 서현정 선생님은 오전엔 과학실, 오후엔 도서관을 맡아 쉴 시간이 없었다. 게다가 퇴근 전에는 다음 날 실험재료도 미리 챙겨야 했다.

"선생님 나 지난번 임신 초기였는데 책 분류 일 시켰죠?"
아기를 가졌는지 전혀 몰랐다. 악덕 부장교사가 되었다. 출산 예정일이 나보다 두 달 빨랐다. 출산 육아에 대해 이야깃거리가 많았다. 산후조리원, 모유수유, 독서육아 등 내가 경험한 부분을 들려주었다. 선생님은 내 이야기를 잘 들어주었다. 본인 출산 준비로도 생각이 많을 텐데 내 아이 배냇저고리를 사주었다. 축가로 시작된 친분이 아기를 키우면서 돈독해졌다.

희윤이가 두 달 되었을 때 현정쌤이 자기 집에 놀러 오라고 했

다. 흔들침대에 희윤이를 눕히고 일상 이야기를 나누었다. 키
가 큰 유주의 옷을 물려받아 입히고 신발, 장난감, 육아용품
등 물건도 나누어 주어서 육아비용을 아낄 수 있었다. 희윤이
가 일주일씩 어린이집 방학을 할 때면 집에서 하는 공부방을
피해 현정쌤 집에 놀러갔다.

아이 셋을 키웠지만 임신과 육아 관련하여 이웃과 친분을 쌓
아본 적이 없었다. 교사 신분이 오히려 이웃을 만드는데 걸림
돌이 되었다. 희진이가 1학년일 때 같은 반 학생과 엄마가 함
께 모여 생일 파티를 했다. 나와 희진이는 같은 학교여서 모임
에는 희진이만 보냈다. 김해에서 18년 동안 살고 있지만 마음
을 나눌 친구가 없었다. 과학 선생님과 나 사이의 육아라는 공
통분모가 생기면서 '현정아' 라고 부를 만큼 친해졌다. 가끔 학
교 도서관 이야기를 한다.
"언니가 도서관에 사람 필요하다고 말해서 내가 과학실보다
도서관 일을 더 많이 했잖아."

희윤이가 여섯 살이 되면서 유치원을 알아보았다. 현정이와
함께 아이숲 유치원 입학설명회에 갔다. 함께 간 덕분에 궁금

한 점을 상세히 물어볼 수 있었다. 현정이는 딸 유주를 국공립 어린이집에 7세까지 보내기로 했으나 우리는 아이들을 같은 유치원에 함께 입학시켰다.

유주는 1학기 동안 차량으로 등 하원을 하다가, 2학기 시작하면서 유치원 근처 아파트로 이사했다.

나도 이사하고 싶어 찜한 아파트가 있었다. 부동산 알람 설정을 해뒀더니 원하던 2층이 매물로 나왔다.

"현정아 2층 나왔네, 전세는 1년 넘게 남았는데, 신기해서 전화했다."

"언니, 부동산에 몇 호인지 물어봐, 언니가 원하는 호수면 지금 사야 해, 안 그러면 그 집 다시는 못 잡아."

"1000만 원 비싼데 전화해야 해? 아니면 싼데 전화해야 해?"

"아, 언니, 당연히 싼데 전화해야지."

다음 날 집을 보러 갔고 원하는 동, 호수였기에 매매계약을 했다.

학교에서 동료로 만났지만 집안 사정도 넋두리할 수 있는 친구가 되었다.

이 글을 쓰면서 현정이에게 전화해서 물었다.

"우리의 시작은 축가였지, 어떻게 나한테 축가 불러달라고 부탁할 생각을 했데?"

"언니가 먼저 불러준다 했다. 나는 그 당시 교사인 언니가 과학 실험원 나한테 축가 불러준다고 해서 엄청 감동했잖아."

동 학년으로 만나 일 년간 의지하고 지내다가도 다른 학교에 발령이 나면 연락을 지속하지 못하는 경우도 있었다. 매년 새로운 교사로 동 학년이 조직되고 일 년 후에는 헤어진다. 5년간 단짝으로 지낸 선생님과도 코로나로 인해 만남을 미루다 보니 얼굴 보기 더 어려워졌다.

내 삶을 나눌 수 있는 사람이 옆에 있다. 현정쌤과 나는 학교 도서관을 위해 봉사했고, 또래의 딸을 키우고 있다. 걸어서 5분 거리에 살면서 일상도 공유한다. 1년 후에는 함께 1학년 학부모가 된다. 마음만 먹으면 매일 만나서 이야기 나눌 수 있는 동료에서 친구가 되었다. 현정이에게 좋은 영향을 주고 싶다.

"현정아, 책 쓰자."

"나는 19년 차 과학 실험원입니다. 어때?"

03

'꿈이 있는 아내!' 멘토를 만나다

송숙현

완전하게 가게 일을 그만두지 못했다. 장 보러 갔다가 바쁘면 도와주고, 식사하러 갔다가 교대해 주기도 했다. 가게에서 보내는 시간이 길어지고 있었다. 달라진 건 아프기 전과 후 내 생각이었다. 온종일 가게 일에 매달리지 않았다. 내 시간을 만들고 아이들에게 집중하는 시간을 확보했다. 내 자리 지키겠다고 다짐했지만, 그 자리에 머물고 싶지는 않았다. 성장하는 삶을 살고 싶었다.

'내가 어떻게 살았는데?'
후회를 남기고 싶지 않았다. 열심히 살지 않는 사람 없다. 죽을 만큼 힘들어 봤다. 다르게 열심히 살아보고 싶었다. 엄마이기에, '아이에게 집중하되 나도 성장할 수 있는 삶이 뭘까?'

생각했다.

함께하는 시간에는 집중하고 아이들이 자는 새벽 시간을 이용해 공부했다.

주말이나 쉬는 날이면 서점에 갔다. 여름에는 시원하고, 겨울에는 따뜻해서 시간 보내기 좋다. 2013년 겨울방학도 우리는 영풍문고에 갔다. 아이들은 보고 싶은 책 몇 권씩 골라 자리 잡고 앉는다. 나는 서점을 돌며 관심 분야를 정하고 둘러본다. 마음에 드는 책은 골라 목차를 확인하고 작가도 살핀다. 사람을 좋아해 작가의 약력(略歷)을 보는 것이 재미있다. 그 사람의 역사를 보는 것 같아서다. 배울 점을 찾는다.

한창 김미경 강사 강의를 즐겨듣던 때다. 말의 힘이 좋고 '자기 자신'을 위해 살라는 말이 멋지게 들렸다. 신간 진열대에서 책을 발견하고 반가움에 집어 들었다.

'드림 온 : 네 꿈을 켜라!' 제목이 마음에 들었다. 목차를 펼쳐보니 가슴 설레는 단어와 문장이 많았다. 꿈, 드림 워커, 드림 에이지, 드림 리스트, 나다움, 탁월함 등의 단어와 '꿈은 성공이 아니라 성장의 언어다.', '결핍이 밥이다. 결핍을 찾아라.', '일터를 꿈 터로 만들어라.', '떠나야 할 타이밍을 정하라.', '꿈의 길을 드림 파트너와 함께 가라.' 그 자리에서 읽었다.

학창 시절에도 설레지 않던 '꿈' 이라는 단어에 내 가슴은 뛰고 있었다. 그날 집으로 돌아와 김미경 강사 책 4권을 주문했다. '언니의 독설, 아트스피치, 드림 온, 꿈이 있는 아내는 늙지 않는다.' 책이 읽히지 않던 시절이다. 아이들 책 읽어 주는 것이 전부였는데, 내가 읽겠다고 주문하면서 설렜던 기억이 난다. '꿈이 있는 아내' 로 살기로 생각하고 그녀의 삶을 모방해 보기로 마음먹었다.

어느 날, 큰딸이 말했다.
"엄마, 김미경 강사 토크쇼 한다는데 갈까?"
"전석 매진이던데, 다시 한번 검색해 볼까?"
혹시나 해서 찾아보니 티켓 2장이 검색됐다. 바로 예매했고 딸과 함께 보러 갔다. 2014년 10월 25일이었다. 김미경의 TALK&SHOW. '나 데리고 사는 법' 이라는 주제로 진행되었다.
토크쇼에서 우리는 함께 울고, 웃으며 자신의 삶을 돌아봤다. 앞으로 나아가야 할 이유도 함께 찾았다. 친언니처럼 위로했다. 당신이 걸어온 길에 대한 진솔한 이야기로 청중에게 감동을 주었다. 현장이라 그 느낌이 더 강렬했다. 세 아이의 엄마가 아닌 '나'로 독립하는 것에 대해 인생 선배에게 배운 날이다. 딸아이가 직접 만들어간 수제 청을 선물했다. "우리 강아지가 나를 알아? 내 강의 본 적 있어? 고맙다. 잘 먹을게."

토크쇼가 끝나고 집으로 돌아가는 길에 딸에게 말했다.

"은정아, 엄마도 꼭 멋진 사람이 될게. 오늘, 고마웠어."

환경은 변하기 어렵다. '나 데리고 잘 사는 법'은, 같은 환경에서 나를 바꾸는 노력으로 상황을 바꿔가며 성장하라는 메시지였다. 원하는 것에 대해 자주 생각하게 되었다.

공연 3일 뒤 카카오스토리에 공지가 올라왔다.

〈카스 친구 번개 3탄 '피아니스트 박종훈의 슈퍼 슈베르트 연주회' 초대〉 11월 3일 월요일. 8시.

예술의 전당 IBK 체임버 홀에서 열리는 공연이었다. 공연 전에 김미경 강사와 함께 식사까지 하는 번개였다. 공지를 읽었을 뿐인데 당첨이라도 된 것처럼 가슴이 뛰기 시작했다. 바로 신청했다. 그날 밤 9시에 결과 문자가 왔다. 당첨자 명단에 내 이름이 있었다.

2014년 11월 3일 나를 포함한 8명의 당첨자가 예술의 전당 카페 '심포니'에 모였다. 모두 주부였다.

'꿈'이라는 단어에 가슴 뛰는 대한민국 주부가 많다는 생각을 했다. 약속 시각이 되어 김미경 강사가 카페로 들어왔다. "여러분, 반가워요. 오느라 애썼어요, 자리에 앉아요." 스태프에게 지시해서 음식과 음료를 주문했다. 현장 강의에서 만난 것과 또 다른 느낌이었다. 한 명 한 명 자기소개를 했다. 대한민국 주부라는 타이틀은 같았지만, 저마다의 사연은 달랐다. 다른 사람의 이야기를 통해 내 삶의 좋은 점과 불편한 점이 보이기도 한다. 아픈 사람을 만날 때면 건강하다는 자체에 감사함을 느끼게 된다. 나 또한 아팠던 사람이기에 급해질 때면 지난 기억을 상기하며 감사함을 느낀다. 만나는 사람을 바꾸라는 말은 다른 자극을 받기 위함인 것 같다. 김미경 강사는 말했다.

"오늘은 과거의 하루와 미래의 하루를 같이 사는 거야. 애 엄마니까, 주부니까, 워킹 맘이니까 그런 얘기로 '나'를 잊으면 안 되는 거야. '누구 때문'에도 없는 거야. 어떻게라도 시간을 만들어서 자신을 성장시키면서 살아요. 오늘 함께 해줘서 고마워요." 이 말을 끝으로 우리는 함께 공연장으로 이동했다. 공연이 끝난 후 연주자와 기념촬영까지 하고 헤어졌다.

집으로 돌아오는 지하철에서 많은 생각을 하게 되었다. 한강을 지나는 동안 지난날이 흐르고, 앞으로 다가올 미래가 그려

지기도 했다. 어떻게라도 내 시간을 만드는 것이 중요한 성장 포인트였음을 한 번 더 느낀 시간이었다.

그 후로 8년이 지났다. 드림 워커답게 내 시간을 만들기 위해 애써왔다. 과거에 살면서 바라던 오늘을 살고 있다. 오늘에 집중하며 더 나아질 미래를 그려본다. 나의 드림 에이지는 9살이다. 드림 리스트는 계속 성장 중이다. 누군가와 비슷하지 않고 나답기 위해 공부한다. 탁월함을 위해 스스로를 응원한다. 세 아이의 엄마로 살면서 '나'로 독립하기 위해 멘토를 모방하며 성장해 왔다. 닮고 싶은 멘토가 늘었다.

그 사람의 책을 읽고, 만남을 시도한다. 직접 만나서 느낀 점이 크다. 강의를 자주 듣는다. SNS 찾아보고 유튜브도 참고한다. 나도 누군가에게 멘토가 될 수 있을 거라는 기대감에서다. 달라지기 위해서는 다른 것을 봐야 한다. 생각의 틀을 깨는 노력으로 성장을 이어간다. 느끼는 만큼 행동을 반복한다. 작은 행동부터 따라 했던 기억에 웃음이 난다. 시간이 흐를수록 반복했던 행동은 내 실력으로 쌓이고 있다.

04

같이 꿈꾸며 나아가는 길

송진설

아이와 함께 꿈을 꾸고 성장하는 삶이 좋다. 오늘도 13살인 아들과 10살인 딸과 함께 글을 쓰고 책을 읽는다. 늘 대화를 많이 한다고 생각했지만, 마음속 깊은 곳의 이야기를 놓치고 있었다. 작은 가시가 박히면 온몸이 오그라들 듯 아프다. 내 아이의 작은 상처도 공감하며 이해하고 싶다.

준한이가 2학년 때부터였나, 장래 희망 칸에 '작가'라고 썼다. 책 읽기를 좋아하고 상상하기를 즐기는 아이였다. 나 또한 오래전부터 같은 꿈을 꾸고 있었다. 언젠가 책을 써야지라고 어렴풋하게 생각했다. 아이와 같은 곳을 바라보게 되었다. 가만히 앉아 있을 수가 없어 팔 걷어붙이고 나섰다. 엄마가 앞장서서 본보기가 되면 힘이 나지 않을까.

책 쓰기 관련 도서를 찾아 읽기 시작했다. 무언가 시작하려고 할 때, 책으로 배우려는 습관이 있다. 글쓰기 초보인 나에게 좋은 방법은 아니었다. 머리로만 글쓰기를 할 순 없다. 직접 글을 쓰며 배워야 했다.

온라인으로 글쓰기 모임을 검색하니 많은 블로그에서 모집을 하고 있었다. 쓰고 싶은 사람이 이렇게나 많다니, 저마다 마음에 품고 있는 이야기를 글로 표현하길 원하는 듯 보였다.

하루를 마감하기 전, 열 문장을 써서 공유하는 모임에 참여했다. 서로의 글에 응원의 말을 아끼지 않았다. 열 문장 정도는 별거 아니라 생각했는데, 전전긍긍하며 겨우 마감 시간을 맞춰 올릴 수 있었다.

모임이 끝날 때쯤 '전자책 작가되기' 모집 안내를 보았다. 8주간 글을 쓰면 전자책으로 출판해주는 프로그램이었다. 피드백도 해준다고 해, 큰 도움이 될 거라 믿었다. 기간이 정해져 있기에 마음을 단단히 먹고 시작했다. 첫날, 글을 써서 보내자 피드백이 왔다. 내 글의 문제점으로는 문법상 잘못된 표현과 적절하지 않은 어휘를 수정해야 했다. 어디서부터 어떻게 고쳐야 할지 막막했다. '글쓰기 어렵다.' 쓸 자신이 없어졌다고 발만 동동 구르며 마감 날짜가 지났다. 잘 쓰든, 못 쓰든 써야 했지만, 겁만 잔뜩 먹고 쓰지 못했다. '돈만 날렸네.' 생각하고 한동안 속앓이를 했다. '아, 한심하다.'는 자책이 떠나지 않았다.

'작가는 아무나 하는 게 아니라, 타고난 사람이 있겠지.' 한숨만 폭폭 쉬었다. 사람 마음 참 이상하다. 잘못된 부분을 알게 되면 좋은 글이 술술 써질 줄 알았지, 지레 겁먹고 놓아 버릴 줄 몰랐다.

잘 쓰고 싶은 마음이 돌덩이가 되어 점점 더 커지더니, 꼼짝달싹 못 하게 누르고 있었다.

《내가 글을 쓰는 이유》에서는, 아무 걱정하지 말고 마구 쓰라고, 나만의 글쓰기에 재주는 필요 없고 솜씨도 필요 없다고 했다. 그냥 쓰라니, 마음이 꿈틀거렸다. 키보드를 마구마구 두들겨 흰 여백을 채우고 싶은 마음이 생겼다.

새해 계획을 세울 때면 1순위가 남매와 함께 책 읽고 글쓰기다. 저녁이 되면 우리는 책을 읽고 일기도 썼다. 함께 읽고 쓰는 시간이 좋았다. 하지만 잘하고 있는지, 제대로 가고 있는 건지 걱정되었다. 우리를 이끌어 줄 선생님이 필요했다.

자이언트 북 컨설팅 책 쓰기 수업에 등록했다. 출간 계약과 출판 소식이 끊이지 않는 곳이다. 글 쓰는 삶을 살기 위해 두 자녀와 함께 수강생이 되어 수업을 듣고 각자 초고도 쓰고 있다. 마음에 담아 두었던 이야기를 하나씩 꺼내어 글로 쓴다. 기분 좋은 추억도 있고, 화가 났던 기억도 떠오른다. 눈물 펑펑 쏟았던 일 등, 지난 일을 떠올리며 서로의 추억을 나누다 보면, 잊고 있던 지난날이 새롭게 떠올랐다.

"그땐 그랬지." 함께 보낸 시간을 얘기한다. 지난 시간이 소중하게 느껴지듯, '이 순간도 추억이 되겠지.' 오늘이 귀한 시간이라 여겨졌다.

이은대 작가와의 첫 수업을 잊을 수 없다. '글쓰기, 잘 배워보겠어.' 굳은 다짐을 하며 시작했다. 수업을 들으며 눈물이 쏟아지고, 수업 내내 울컥한 감정이 감당되지 않았다. 힘든 삶을 격려하고 응원하는 강의였다.

이은대 작가는 잘나가는 대기업 출신으로, 사업실패로 한순간 전과자, 파산자, 알코올 중독자가 되었다. 가장 힘들고 고통스러웠던 세상의 뒤편에서 글쓰기를 만나 글을 쓰며, 시련과 고통을 이겨냈던 작가는 많은 사람을 돕겠다는 마음으로 강의를 시작했다. 그 마음이 나에게 용기를 주었다.

'평생 무료 재수강'이라는 말을 들었을 때 믿기지 않았다. 어디에서도 듣지 못했던 말이다. 강의를 듣고 고개가 끄덕여졌다. 글 쓰는 삶을 응원한다는 말이 진심으로 다가왔다. 매달, 감사한 마음으로 수강하고 있다.

자주 눈물 섞인 강의를 들었다. 지난 시련의 시간을 잘 이겨낸 나는 괜찮은 사람이라고 얘기해주는 듯했다. 나의 존재 가치만으로 행복할 수 있다는 것을 강의를 통해 알아가고 있다. 초라하게 느껴지던 나의 일상에서 의미와 가치를 부여하기 시작했다.

남매와 함께 배우고 조금씩 성장하고 있다. 예전처럼 강의를 들으며 울컥해서 눈물을 쏟아내지 않는다. 편안해진 마음으로 활짝 웃을 수 있다. 강의를 듣고 나면 마음속으로 외친다.

'할 수 있다, 용기 내자, 두려울 것 없다, 나를 믿자, 매일 하면 된다, 행복하다, 나는 최고다!'

이은대 작가에게 글 쓰는 삶을 배우고 인생을 배운다. 조급한 마음 내려놓고 글 한 편 쓸 수 있는 마음 가지게 되었다. 내 삶에 당당해졌다.

"엄마는 글쓰기 수업 들을 때 제일 많이 웃어."

밝아진 표정에 아이도 반갑다. 남매와 함께 노트북을 켜고 각자의 초고를 쓴다. 키보드 두드리는 소리가 정겨워 장단에 맞춰 마음도 춤춘다. 글을 쓰며 조금씩 나를 알아가듯 남매도 그랬으면 좋겠다. 우리의 글이 다른 사람을 돕는 그날을 위해 오늘도 배운다.

'글 쓰는 삶' 이어가고 싶다. 아들, 딸과 함께하니 더할 나위 없이 행복하다.

05

간직해야 할 것은

신재환

이외수 작가의 책이 서너 권 있을 줄 알았는데 찾다 보니 열두 권이나 되었다. 제대로 읽기나 한 건지 먼지만 쌓여 있었다. 《벽오금학도》가 없었다. 처음으로 읽었던 책이다. 1994년 스무 살, 신비로웠다는 느낌만 아련했다. 다시 읽고 싶어 도서관으로 갔다. 붉은색 표지의 2014년 출간본의 첫 장을 넘긴다. 설렜다. 하루 만에 머리가 하얗게 셌던 '강은백', 검은 학과 금빛 학이 날아다니는 신선 세계 이야기였다. 답답했던 대학 생활의 탈출구였다.

'격외선당(格外仙堂)'. 작가의 집을 인터넷에서 찾아봤다. 까만 바탕에 흰색으로 쓰인 현판 글씨, 격식 없이 노니는 신선의 집이라는 뜻이다. 기억이 희미했지만 세모난 지붕이 익숙했다. 이십 년이 흘렀지만 집은 여전했다.

작가 홈페이지에 자주 드나들었다. 지난 흔적을 보고 싶었지만, 지금은 들어가 볼 수가 없었다. 악성 댓글과 해킹 등으로 크고 작은 일을 겪었고, 결국 운영할 수 없게 되었다고 한다. 서울에서 구미로 부서를 옮겼을 때였다. 회사 기숙사 아파트로 퇴근하면 할 일이 없었다. 동료들은 술도 좋아하지 않았고 만날 사람도 없었다. 산책하다가 벤치에서 혼자 술 마시거나 기숙사에서 홈페이지 글을 읽으며 시간을 보냈다.

대동 모임이 공지되었다. 2003년 겨울, 전국 각지에서 홈페이지 회원이 '격외선당'으로 모였다. 내가 구미를 맡겠다고 했다. 무슨 용기였을까, 어떤 생각을 하고 있었을까 궁금했다. 컴퓨터와 이메일을 찾아봤다. 일기나 글은 없었고 두 개의 이메일을 발견했다. 행사 담당자에게 춘천 교동 가는 길을 묻는 내용과 다른 하나는 '달나라 토끼'라는 회원이 같이 가고 싶다는 글이었다. 사십 대 아저씨 한 명도 함께 했다. 기름값 하라며 돈을 모아서 주었다. "받으세요.", "괜찮습니다." 기분 좋은 실랑이가 벌어졌다. 1995년식 중고 수동 아반떼를 몰고 춘천으로 향했다.

'격외선당'에 도착해 골목에 차를 세웠다. 겨울바람이 찼다. 스무 평 남짓한 집의 2층으로 올라갔던 것 같다. 발 디딜 틈이 없이 방과 거실에 서너 명씩 옹기종기 모여 앉았다. 스무 명이 넘어 보였다. 친한 회원도 없었고 어떻게 어울려야 할지도 몰랐다. 함께 온 사람은 어디로 갔는지 보이지 않아 말없이 구석에 앉아만 있었다.

사인받을 시간이 되어 사람들은 책을 한 권씩 들고 순서를 기다리고 있었지만 나는 가져온 책이 없었다. 지갑을 뒤져보니 네모난 종이가 보였다. 손바닥만 한 다짐을 적은 종이로 뒷면은 비어있었다. 다행이었다. 죄송했지만 빈손으로 돌아갈 수는 없었다. 내 차례가 되어 무릎을 꿇고 두 손으로 이외수 작가에게 종이를 건넸다. "책을 가져왔어야지." 누군가 옆에서 우스갯소리를 했다. 무안해 고개를 숙였다. 이외수 작가는 묵례하며 두 손으로 공손히 받아 손바닥만 한 종이를 바닥에 정성스레 폈다. 길게 땋은 머리를 한쪽으로 넘겨 바닥에 닿을 듯 허리를 구부렸다. 펜을 잡고 그림을 그리듯 천천히 사인했다. 선만으로 그림을 그린, 선화(線畫)를 보는 듯했다. 사인 아래 내 이름을 써주고 맨 밑에 혜존(惠存)이라고 적었다. 작가가 만든 고유한 글씨체였다.

"선생님, 혜존이 무슨 뜻인가요?"

사인 종이를 받으며 내가 물어보자, 이외수 작가는 미소를 지었다. 바라보는 눈이 어린아이처럼 맑았다.

"고이 간직하시라는 뜻입니다."

'화천 쪽배 축제'가 2005년 7월에 화천 붕어섬에서 열렸다. 고려 시대부터 운행하던 '소금배'와 쪽배 이미지를 결합한 문화행사로 홈페이지 회원들이 모였다. 이외수 작가를 만나고 예술 공연을 함께 보기 위해서였다. 강원도의 한 인디 밴드 공연이 끝나고 이외수 작가의 공연이 시작되었다. 하모니카를 연주했고 노래를 불렀으며 시를 낭송했다. 무대에는 노랑, 파랑, 보랏빛 조명이 천막을 비추었다. 천막에는 먹으로 그린, 새가 달을 향해 날아가는 선화가 펼쳐졌다.

공연이 끝나고 우리는 인사를 하러 갔다. 평상 위에 이외수 작가와 사모가 보였다. 이외수 작가가 두 손을 짚으며 평상에서 서둘러 일어났다. 고무신을 바로 신으며 우리 쪽으로 다가왔다. 두 손을 앞으로 포개고 머리가 땅에 닿을 듯 고개를 숙였다. 나풀거리는 하얀 한복과 어깨까지 내려 묶은 회색 머리로 함박웃음을 지었다. 마음이 편안했다.

사인을 다시 보고 싶었다. 재작년에 이사하면서 짐 정리 중,

버릴 물건을 모으다가 서랍 속에서 사인 종이를 발견했다. 잃어버린 줄로만 알았는데 감사했다. 어디에 보관할까 하다 상담 다이어리에 꽂아 두기로 했다. 힘들 때 남겼던 글을 절대 버리지 않을 것이니까. 기억이 맞기를 바라며 책장에서 다이어리 세 개를 꺼냈다. 헝겊 재질의 청록색 다이어리 표지 주머니에 사인받은 종이가 꽂혀 있었다. 20년 동안 어떻게든 가지고 있었구나 생각하며 대견하기까지 했다. 종이는 옅은 자주색으로 오돌토돌하니 촉감이 좋았다. 한쪽 면은 투명 시트지를 붙였고 종이 테두리 부분은 조금 해져 있지만, 사인은 굽이치는 강물처럼 힘차 보인다. 아직 간직하고 있다. 뒷면에는 '2002.1.22. 출근 둘째 날'로 시작하는 다짐 글이 있다.

'사람이 모든 것의 중심이다. 일과 놀이는 일심동체이다. 부드러움으로 세상과 삶을 꾸려간다. 적극적이고 활발한 인간이 된다.'

열정에 불타던 신입 사원 때 글이었다. 입사 2년 만에 나는 달라져 있었다. 일은 힘들고 사람들과 자주 부딪혀, 혼자 움츠려 지내며 발버둥 치던, 스물아홉 살 내가 보였다.

이외수 작가의 삶을 동경했다. 누군가에게 감동 주는 글을 써 보고 싶었다. 속세와 선계를 넘나들 듯 자유롭게 살기를 원했다. 모든 사람을 따뜻하게 품을 수 있는 참 어른이 되길 바랐다. 오랫동안 그 마음을 까맣게 잊고 있었다. 너무 멀리 떨어져서 가까이 갈 엄두도 내지 못했다. 춘천, 화천으로 달려갔던 그날, 내가 바라던 자신을 만나러 가는 날이었다. 그 하루, 그 마음을 간직하려 한다.

06

공지영 작가를 만나다

안현진

이북 리더기를 샀다. 자기 전에 핸드폰보다 책을 읽고 싶어서다. '전자책보다 종이책이 최고야!' 하던 내가 '전자책도 괜찮은데?' 로 생각이 바뀌었다. 핸드폰보다 가벼워 어디든 들고 다니기 좋다. 분유를 먹이거나 아기를 재울 때도 이북 리더기부터 찾았다. 끊어 읽어도 괜찮은 가독성 좋은 소설 위주로 봤다. 한 권이 금방 끝났다. '다음엔 어떤 소설을 읽어볼까?' 기대됐다. 이북 리더기로 읽는 소설이 일상에 작은 활력을 불어넣었다. 재밌는 이야기를 쓰는 소설가가 궁금해졌다. '어떻게 이런 이야기를 생각해낼까? 소설가가 된다는 건 어떤 걸까? 사람들에게 즐거움과 위로를 전하는 이야기를 나도 써보고 싶다.' 라는 생각으로 이어졌다. 예전의 나 같으면 '에이, 내가 어떻게 소설가가 돼.' 했을 것이다. 지금은 아니다.

'나도 이야기 쓰는 소설가가 될 수 있어.' 라고 생각이 바뀌게 된 계기가 있다.

3년 전, 태풍 영향권에 접어든 밤이었다. 소방관인 남편은 태풍 경보가 떨어지면 비상소집된다. 경보가 해제되면 돌아오겠다며 집을 나섰다. 아파트에서 안전 안내 방송이 나왔다. 창문을 잠그고 밖에 내놓은 물건이 없게 해 달라고 했다. 앞뒤 베란다와 부엌 창문 모두 꼭꼭 걸어 잠갔다. 휘이잉 바람 부는 소리가 심상치 않다. 지나가는 사람도 보이지 않는다. 깜깜한 밤이 되어 커튼을 쳤다. 네 살, 세 살이던 아이들도 날씨의 영향을 받는지 평소보다 일찍 잠들었다. 온 세상이 조용하다. 소설책 두 권을 들고 거실 소파에 앉았다. 공지영 작가의 신간 《해리 1, 2》였다.

책 넘기는 소리만 들렸다. 소파에 비스듬히 기댔다가 엎드렸다가 자세를 바꿔가며 읽었다. 펼친 지 얼마 안 된 것 같은데 어느새 1권의 마지막 장이었다. 슬쩍 시계를 보니 새벽 세 시가 넘어간다. 다음 이야기가 궁금해 마저 읽기로 했다. 2권까지 다 읽었다. 기지개를 켜며 일어섰다. 커튼을 걷었다. 해가 떴다. 어제 오후와 같은 풍경이다. 잠시 후 남편이 집으로 돌아왔다. 책 두 권과 함께 밤을 새웠다. 세상과 단절된 듯한 고요함. 책 속에 빠져 태풍이 왔는지도 모르고 지나간 밤이었다.

자주 가는 서점에서 다양한 강연과 강의를 주최한다. 저녁을 먹고 서점에 갔던 날, 공지영 작가의 책이 한 코너에 빼곡히 진열되어 있었다. 등단 30주년 기념으로 특별히 마련된 매대였다. 30년간 서른 권에 가까운 책을 썼다니, 그저 놀라울 따름이었다. 공지영 작가는 소설뿐만 아니라 기행문, 에세이, 르포 등 다양한 장르의 글을 쓰는 작가다. 한 달 뒤 〈야만에 대한 통찰〉이라는 주제로 강연이 잡혀 있었다. 최근 읽었던 신간 소설도 강렬했는데 이렇게 만날 기회가 생기다니. 강연 날이 기다려졌다.

꿈을 자주 꾸는 편이다. 꿈에는 현재 나의 심리 상태나 자기 직전, 보고 생각했던 이미지가 주로 나타난다. 강연이 있던 날, 빨래를 널다가 갑자기 6개월 전 꿈이 생각났다. '오늘 작가님 강연 들으러 가는 날이지.' 하다가 생각난 꿈이었다. 꿈에서 공지영 작가를 만났다. 도서관에서 운영하는 소규모 강연에 참석했다. 끝난 뒤 기다렸다가 쭈뼛쭈뼛 다가가 떨리는 마음으로 인사했다.

"작가님, 작가님 같은 소설가가 되고 싶어요."

라고 뜬금없이 외쳤다. 꿈 생각에 소름이 돋았다. 6개월 전이라 하면, 공지영 작가의 책을 두 권밖에 읽지 않았을 때다. 신간도 나오기 전이었다. 꿈을 꾸고 나서 의아했다. 왜 하필 공지영 작가였을까? 그리고 나는 왜 소설가가 되고 싶다고 얘기했을까?

강연장에 가면 중간이나 구석 자리에 앉는다. 그날은 맨 앞자리에다 눈에 튀는 노란색 티셔츠를 입었다. 무난하고 어두운 색상보다 화사한 옷을 입고 싶었다. 부끄러움이 많은 내겐 두 가지 모두 큰 용기를 낸 일이었다.

강연 주제인 〈야만에 대한 통찰〉은 신작 《해리 1, 2》와 통하는 주제였다. 질의응답 시간을 통해 책이 나오게 된 배경과 작가의 신념에 대해 들을 수 있었다. 책 이야기도 흥미로웠지만, 자신을 사랑하는 방법에 관한 이야기가 더 기억에 남는다. 일어나면 정성껏 씻은 후 옅게 화장도 하고 나에게 좋은 옷을 입힌다고 한다. 거울을 볼 때마다 예쁘다고 말하는 것도 잊지 않는다. 해로운 인간관계를 정리하는 것도 자신을 위하는 일 중 하나라고 했다. 앞에 앉아 있던 나를 '어여쁜 독자님'이라 부르며 예로 들었다. 어여쁜 독자님이라니, 심장이 튀어나올 것처럼 뛰었다. 노란 옷 입고 오길 잘했다.

강연이 끝난 뒤, 사인받는 자리가 마련되어 줄을 섰다. 내 차례가 다가올수록 심장이 더 쿵쾅쿵쾅 뛰었다. '사인만 받고 가기는 아쉬운데, 뭐라도 이야기하고 싶은데, 너무 떨려서 말이나 할 수 있을까, 이거 완전 꿈속의 나랑 똑같잖아!' 이런저런 생각하는 사이, 어느새 책을 내밀고 있었다. 이름을 물으며 고개를 들었다.

"오, 노란 옷 입으신 분!"

나를 기억한다는 기쁨과 함께 용기를 냈다. 뒷사람도 기다리고 있었기에 사인하는 동안 랩 하듯 말했다.

"작가님, 꿈에 작가님이 나왔어요, 꿈에서도 작가님 강연 듣고 '작가님 같은 소설가가 되고 싶어요.' 라고 말했어요!"

"오, 정말요? 꼭 되실 수 있을 거예요!"

하며 웃었다. 소설가가 되는 생각을 해본 적 없던 내가, 우리나라 대표 소설가 중 한 분에게 이런 얘기를 하다니, 거기다 꼭 될 수 있을 거라는 말도 들었다. 그 말을 듣고 난 뒤부터 '소설가' 라는 작은 씨앗이 내 마음속에 심어졌다. 아직 씨앗인 채로 묻혀 있어 언제 싹을 틔울진 모른다. 하지만 예전처럼 '내가 무슨 소설가야.' 하지는 않게 되었다. 꿈이 현실 같고, 현실이 꿈같은 경험이었다. 공지영 작가를 만나고 난 뒤부터 내게 하는 말과 생각을 바꿨다. 새로운 일을 시작하기에 앞서 '내가 어떻게 해.' 가 아닌 '나도 할 수 있지.' 라고 스스로 말한다. 말에는 힘이 있다. 소설가가 더는 꿈이 아닌 가능성의 말이 된 것처럼.

07

신문팀에서 만난 당뇨인

염동식

나인볼, 빙도리, 깜장콩, 노니와건, 너도나도 운영하는 당뇨 커뮤니티에서 활동하던 사람들의 닉네임이다. 실명보다는 닉네임이 더 익숙하다. 아직 만나는 분도 있고 연락 안 되는 사람도 있다. 이렇게 지나간 사람이 30여만 명이다. 주로 온라인에서 만나지만 오프라인 교육, 친목 모임 등으로 만나기도 한다. 연인원 1,000명 정도 모임을 주최했다. 2019년 11월 30일이 마지막 모임이 될지는 생각조차 못 했다. 2020년 1월 코로나19로 중단했기 때문이다.

관리법을 배우면 온라인 활동은 줄어들고 오프라인 위주로 가끔 활동한다. 코로나19로 오프라인 활동을 못 해 사람들이 생각났다. 어떻게 사는지, 관리는 잘하는지, 아이들은 잘 크고 있는지. 통화를 했던 한 회원은 20년 전 아이가 중학생이었다.

지금은 30살이 넘었다고 한다. 우리가 30살 대 만났기에 더 놀랐다. 다행히 다들 건강하다. 오프라인 활동이 가능해지면 다시 함께하기로 했다. 전화를 끊으니 더 많은 사람이 생각났다. 특히 기억나는 팀이 있다. 커뮤니티와 함께 운영했던 신문 팀이다.

2007년 7월 1일, 첫 신문이 나오는 날이다. 말이 신문이지 사보 수준의 월간 신문이었다. 신문팀은 최선을 다해서 만들었기에 자랑스러웠다. 새벽 6시, 알람과 함께 남자 두 명이 기상한다. 집이 아닌 사무실의 이동식 침대이다. 눈을 비비고 1층으로 내려갔다. 첫 신문과의 만남, 가슴이 설렌다. 신문과 인사는 잠시, 총 2만 부를 날라야 한다. 걸어서 3층까지, 나르기 전부터 한숨만 난다. 창고 수준의 사무실이라 엘리베이터도 없어 오직 힘으로 이동해야 한다. 나중에 한 명이 추가로 투입해 세 명이 옮겼다. 여름이라 숨이 막혀 힘든 수준 그 이상이다. 나중에 택배 포장을 해서 다시 1층으로 날라야 한다. 중노동을 마무리하고 우리는 다짐했다. 빨리 돈 벌어서 엘리베이터 있는 사무실로 가자, 이러다 당뇨로 죽기 전에 신문으로 죽겠다. 몇 년 후 엘리베이터 있는 사무실로 이사했다. 힘들게 나르던 친구들, 빙도리, 나인볼 그리고 나는 아직도 가끔 만나고 있다. 지금도 만나면 신문 만들던 시절의 이야기를 한다. '지금은 못 해' 숨이 막힐 정도로 힘들게 날랐던 말을 자주 한다. 서로 술도 마시고, 싸우기도 했지만 힘들게 같이 했었던 시절의 친구이다. 지금 만난다면 '그때 정말 고생했다.' 라고 꼭 다시 말해주고 싶다.

당뇨가 있는 사람을 '당뇨병 환자' 라고 부른다. 70년대까지는 '병' 자가 없었다고 한다. 당뇨인이 늘어나고, 관리 안 하는 환자가 늘면서 '병' 자를 추가했다고 한다. 하지만 당뇨가 있는 사람은 싫어하는 용어다. 인터넷 발전으로 정보를 쉽게 접할 수 있다. 그만큼 관리가 된다는 의미다. 당뇨는 알수록 관리를 할 수 있어 관리만 잘하면 30년, 40년 이상 더 건강하게 살 수 있다. 평생 당뇨병이라는 말을 듣고 사는 자체가 거북할 수 있다. 당뇨는 스트레스로 혈당이 오를 수도 있다. 용어의 개선도 관리에 도움이 될 수 있다. 고혈압을 '고혈압병' 이라고 안 하듯, 당뇨병도 '고혈당' 정도로 부르는 것이 적절하지 않을까 생각된다. 이런 용어를 개선하기 위해 신문팀에서는 '당뇨병 환자' 를 '당뇨인' 으로 부르기로 했다. 운영하는 커뮤니티 회칙에도 환자라는 용어는 못 쓰게 했다. '당뇨인' 이라는 용어는 이렇게 탄생하게 되었다. 언론사에서는 아직 당뇨병 환자라 쓰고 있지만, 당뇨인이라고 부르는 곳도 있다. 커뮤니티, 기사, 일상 대화 등에서 많은 분이 당뇨인으로 부르고 있다.

운영하는 커뮤니티 회원 수가 15,000명 내외 시절의 일이다. 구름, 알돈자, 나인볼, 빙도리, 알맹이, 그리고 나까지 총 6명이 신문을 만들었다. 당뇨 전문 신문이다. 신문은 당뇨 관리법, 체험기, 인터뷰, 커뮤니티 사는 이야기 등으로 구성되었다. 구름은 추천 도서, 당뇨 도서 등의 서평 및 편집을, 알돈자는 영양사 출신으로 식사요법을, 알맹이는 특허청 출신으로 오탈 검증 및 약물요법을, 빙도리는 운동요법을, 나인볼은 인터뷰를 그리고 나는 의사 인터뷰 및 총괄 역할로 진행했다.

신문의 취지는 인터넷 정보가 취약한 층을 대상으로, 전국 보건소에 무상 배포했다. 광고로 제작비를 충당해 찍는다고 생각했다. 신문이 부족할 수준으로 인기는 있었지만, 생각 보다 광고 수주가 어려워 늘 돈이 부족했다. 취약층 대상이다 보니 광고 대비 판매가 저조해, 광고주는 효과가 작으니 다시 집행하는 건수가 적어 힘들었지만, 빚을 내서라도 계속 발행했다. 무지한 당뇨인에게 도움을 준다는 신념이 강했던 시절이었기에 가능했었다. 지금도 주변 사람들은 내가 무지할 정도라고 말한다. 돈 많이 벌 수 있는데 왜 그렇게 힘들게 사냐고. 과연 내가 모를까, 이해하기 힘든 나만의 강력한 신념이 있기 때문이다. 이 신념은 마지막 그날까지 유지될 것이다. 설립의 취지를 유지하고 있는 유일한 당뇨 커뮤니티이다. 그렇기에 더 유지되어야 한다. 건강한 삶에 도움을 주기 위해, 신문팀 모두가 같은 마음에 시작했었다.

2007년 힘들었던 시절, 함께 토론하고 아이디어를 모아 키웠던, 6명의 신문팀 친구들이 있었기에, 현재의 국내 1위 당뇨 커뮤니티가 존재하게 되었다. 그 어떤 사람과도 바꿀 수 없는 만남으로, 이렇게 10여 년 정도 발행을 이어오다, 인터넷 시대에 맞춰 폐간하고 인터넷 신문으로 변경하였다. 인터넷 신문에서는 신문보다는 하나의 블로그 형태로 운영 중이다. 함께한 신문팀은 전원 당뇨인이었다. 관리 목표를 세우고 실천한다면 '당뇨병 환자'가 아닌 '당뇨인'이 되어, 가족 모두가 건강한 삶으로 행복해진다. 함께한 소중한 사람은 바로 '당뇨인'이다.

08

순두부찌개 드시러 가시죠

이승한

난 모쏠로 남자 중고등학교와 공대를 나왔다. 내가 사는 세상에는 "여자친구"란 존재하지 않았다. 주변에는 남자, 피씨방, 술만 있었다. 여자친구가 있다는 신세계로 가기 위해 소개팅도 자주 했다. 하지만 새로운 세계는 구경도 못 했다. 취업할 때가 되니 여자친구를 사귄다는 생각은 사치였다. 아니, 변명이다. 여자친구 만들 사람은 다 만들더라. 회사 합격자 발표 후 결혼정보회사 광고를 보고는 했다. 야근하며 돈을 열심히 모아 그 돈으로 커플매니저가 소개해준 사람을 만난다. 내가 생각한 결혼 공식이었다.

입사 전에 선배 형이 전화번호를 하나 주었다. 회사를 가면 만날 시간이 없을 것 같아서 바로 연락했다. 신촌 현대백화점 앞에서 2005년 2월 19일 일요일에 만나기로 했다. 내 소개팅 성공률은 0%였기에 이번에도 잘 될 가능성은 없어, 빨리 집에 가서 일요일을 편안하게 보내려고 했다. 신입사원은 주말에 푹 쉬고 평일에 회사에서 열심히 일해야만 하는 줄 알았다. 백화점 정문 앞에서 소개팅녀를 기다렸다. 하얀색 옷을 입은 여성이 나한테로 다가온다. 이쁘다, 그분이 맞다. 그러나 이쁠수록 소개팅은 더 빨리 끝났다. 금방 헤어질 테니 내가 좋아하는 음식을 먹으려 했다. 처음 만난 분에게 "순두부찌개 드시러 가시죠."라고 말했다. 앞에 있던 여성은 웃으며 "소개팅 많이 안 해보셨나 봐요. 파스타 괜찮으세요?"라고 한다. 근처 이탈리아 식당에서 세 시간 동안 있었다. 소개팅 첫날 순두부를 먹자고 한 사람에게, 신세계로의 여행 티켓을 준 사람이 아내다.

1년 반 만나고 결혼해 두 아들과 함께 잘 지내고 있다. 아이들과 아내가 옆에 있어 행복하다. 첫날부터 순두부찌개를 먹자고 한 나와 살면서 아내는 답답했을 거다. 하지만 아내는 내가 눈치가 없다고 뭐라 하지 않는다. 큰아들이 태어나는 날 아내는 여덟 시간 동안 산통을 했다. 나는 아내가 힘들어하는 줄도 모르고 옆에서 잠만 잤다. 아내가 자기 아픈 줄 몰랐냐고 물어본 적도 있다. 말하지 않는데 내가 어떻게 알겠는가. 두 아들이 어릴 때 밤에 두 시간마다 아내는 모유 수유를 했다. 자는 나를 깨우지 않았다. 나는 아내의 뒤척임에 가끔 눈만 떴을 뿐이다. 아이들 키우다가 아내가 답답하다고 바람을 쐬고 싶다고 했다. 공기 좋은 산에 가자고 했다. 아내는 산에서 부는 바람을 원한 건 아니었다.

4년간 영국에서 지내다 초등학교 1학년으로 입학한 큰아들은 언어 때문에 힘들어했다. 아내는 한국어에 빨리 익숙해지기 위해 책도 읽어주고 친구를 만들어 줬다. 큰아들은 부뚜막, 도깨비가 무슨 말인지 몰랐었다. 내가 책을 잘 안 읽어줘도 아내는 뭐라 하지 않았다. 아내의 노력 덕에 큰아들이 학교에 빨리 적응했다. 그런 사람과 16년째 살고 있다. 고맙다.

코로나로 힘든 시기에 아내와 함께 있어 다행이다. 아는 사람 중에 코로나 걸린 사람은 없었지만, PCR 검사를 몇 번씩 받는 사람은 많았다. 운 좋게도 우리는 검사를 한 번만 받았다. 추운 겨울에 검사를 받으려고 몇 시간씩 서 있지 않아 운이 좋았다. 아내는 동네 주변의 확진자 정보를 늘 확인했다. 학원에서 확진자라도 나오면 학원을 보내지 않았다. 집에서 아이들과 함께 홈트레이닝도 하고 숙제도 봐주면서, 외부 활동을 줄였다. 아내 덕에 온 가족이 어려운 시간을 잘 보내고 있다.

하지만 코로나에 걸릴지 모른다는 불안마저 없어지지는 않는다. 2021년 12월 둘째 주에 큰아들한테서 기침이 나온다. 날씨가 갑자기 추워져 감기에 걸렸나 보다. 코로나가 아니기를 바라며, 계속 기침하면 코로나 검사를 받자고 아내와 이야기했다. 사람 많은 곳에서 기침만 해도 미안해지는 시기다. 학교, 학원 모두 빼고 집에서 쉬게 했다. 다행히 열은 없고 큰아들은 기침만 할 뿐, 큰일 없이 며칠이 지났다.

주말이 되었는데 나도 기침을 하기 시작했다. 온몸에 힘이 없고 열도 나는 듯하다. 2차 백신까지 맞았지만, 오미크론이 상륙했다는 기사도 들려 불안하다. 다음 주에 출근하려면 기침이 멈춰야만 하기에 아내가 바빠진다. 나와 큰아들에게는 따뜻한 보리차를 계속 리필해 주고 나에게는 집에 있는 도라지 배즙도 준다. 기침은 줄었지만, 힘이 없어서 주말에 침대에만 누워있었다. 아내는 아무 말도 하지 않고 주말 내내 혼자서 애들 숙제도 봐주고, 게임 시간도 확인한다. 아내는 나와 큰아들의 체온을 꼬박꼬박 확인하고 우리에게 타이레놀도 배급하여 준다.

아무 증상도 없는 둘째는 집에만 있으니 답답해한다. 아빠는 이불 속에만 있고 형은 밖에도 못 나가니 놀 사람이 없다. 침대에서 자고 있던 나는 아내와 둘째의 웃음소리에 눈을 떴다. 둘이서 보드게임을 하고 있었다. 온 가족이 하던 게임이다. 나 없이 둘이서도 즐겁게 지내고 있으니 다행이다. 이불 속으로 들어가서 눈을 감았다. 시끄러운 소리에 다시 일어났다. 아내가 답답해하던 둘째만 데리고 동네를 한 바퀴 돌고 왔다. 이제야 둘째의 투덜거림이 줄어, 집안이 조용해지니 아내는 밀린 집안일들을 한다. 빨래, 건조, 설거지, 청소도 모두 혼자 한다. 다음 주도 애들하고 집에 있을지 모르니 밑반찬도 미리 만들어 둔다. 바깥에 못 나가니 새벽 배송으로 재료들을 벌써 주문해놨다. 아내는 다 계획이 있었구나, 역시 16년 차 주부다.

주말 내내 빌빌대는 내 모습을 보며 아내는 답답했을 거다. 한 마디 정도는 했을 법도 한데, 아내는 아무 말 없이 이불도 덮어주고 따뜻한 보리차를 계속 가져다준다. 집안에서 아내에게 사육당하고 있었다. 이렇게 집에 있는 것도 괜찮다. 월요일이 되어 둘 다 기침은 멈췄다. 충분히 쉬어서 몸도 개운하다. 아내 덕이다. 나와 큰아들 모두 한숨을 쉬며 집을 나섰다.

이런 아내에게 첫 만남부터 순두부찌개를 먹자고 했으니, 내가 모쏠인 이유가 있었다. 지난주에 퇴근 후 냄비 뚜껑을 열어 보니 순두부찌개가 보인다. 아이들 저녁이다. 아내는 배고프면 먹으라지만 난 뚜껑을 덮었다. 옛 생각이 나서 먹고 싶지 않았다. 첫 만남부터 순두부찌개를 먹자고 한 사람을 아내는 어떻게 봤을까? 아내에게 물어봤다. 친구들과도 안 가는 음식을 먹자고 했다면서 말끝만 흐린다. 더 말해봤자 좋은 말이 나오겠는가, 그 정도로 끝내줘서 다행이다.

우리가 처음 갔던 파스타 집을 찾아보니 이미 없어져 아쉽다. 신촌에 있던 순두부집도 없어졌지만 아쉽지 않다. 아내와 함께 있으면 충분하다. 나와 같은 미래를 꿈꾸며 살아가는 아내가 있어서 좋다. 이런 아내를 만났기에 모쏠로 지낸 시간이 전혀 아쉽지 않다. 이번 주에 아내가 좋아하는 토마토소스 파스타를 해줘야겠다. 부끄러워 자주 말하지 못했던 사랑이라는 양념을 듬뿍 넣어서.

09

나도 누군가의 희망이 되고 싶다

정선묵

근 6개월 만에 만난 친구의 얼굴이 평소처럼 웃고 있지만, 그늘이 가득했다.

"무슨 일 있냐?"

실적 부진으로 회사 사업부가 정리되었다고 한다. 다른 계열사로 전보되어 새로운 업무를 시작한 지 3개월 차, 신입사원이 따로 없다. 엔지니어가 갑자기 기획하랴, 영업하랴 정신이 없다. 다른 색깔의 업무를 하려니 스트레스가 이만저만이 아닌가 보다. 퇴근 후에는 육아의 연속으로 평소 좋아하는 탁구도 치지 못할 정도다. 지치고 무기력한 삶, 남의 일 같지 않았다.

특유의 오지랖이 발동했다. 들어보니 자신만의 시간이 필요해 보였다. 똑같은 직장인이기에 이해했다. 저녁 시간은 온전히 나의 것이 아니기에 새벽을 통해 시간을 되찾자고 동기를 불어넣었다. 하루 10%의 시간을 정복하는 데 집중하자고 했다. 10%의 시간이 나머지 90%를 되찾아 줄 것이라고 설득하며, 새벽 기상, 감사일기, 글쓰기 등 아침 시간을 활용하는 방법에 관해 이야기했다. 일어난 직후 1시간이 그날 하루를 좌우할 열쇠 key라는 내용도 덧붙였다.

매일 넘어지겠지만, 매일 일어나자. 나의 캐치프레이즈와 함께 용기를 북돋웠다. 항상 함께해 줄 수 없기에 온라인으로 진행하는 새벽 기상 프로그램도 추천했다.

시작한 지 1개월째 묵묵히 따라오고 있다. 자주 볼 수 없기에 전화로 안부를 묻는다. 제법 장난기가 돌아온 것을 보면 다행히 조금씩 나아지고 있나 보다. 반가웠다. 조금이나마 도움 되어 흡족하고 행복했다.

6년 전 호텔 총지배인이라는 청운을 품고 서비스업에 뛰어들었다. 접시 닦는 일부터 손님의 짐가방 운반까지 바닥부터 일을 배웠다. 온갖 일을 거쳐 드디어 프런트 부서에서 일을 시작했다. 자연스럽게 부서에서 본받을 만한 사람이 있는지 한동안 둘러봤다.

어느 날 새벽이었다. 롯데호텔 서울 총지배인이 프런트에 찾아왔다. 말끔한 정장, 온화한 미소, 반듯한 넥타이, 번쩍이는 구두, 멀리서도 이 사람이 총지배인이라는 걸 한눈에 인지했다. 따스하면서 절제된 기품과 태도, 닮고자 했던 총지배인 그 자체다. 내면의 목소리를 들었다. "따라 해라." 그때부터였던 걸로 기억한다. 출근 전 거울을 보고 나의 상태를 점검했다. 손톱 길이, 머리 스타일, 면도 여부, 유니폼 상태 등 있는 힘껏 총지배인의 모습을 따라 했다. 목소리도 평소보다 톤을 낮췄다. 얇은 톤의 목소리, 중후하고 신뢰감 가는 목소리로 바꾸기 위해 연습했다. 거울을 보니 웬 화난 표정의 청년이 있었다. 충격이었다. '나 웃는 상이 아니구나.' 연신 '개구리 뒷다리'를 외치며 웃는 인상을 만들기 위해 노력했다. 등은 곧게 펴고 시선은 정면을 향했다. 한 달 정도 연습과 반복을 지속했다. 어느 날 출근하는데 프런트 선배가 나를 보고 외마디 비명을 질렀다.

"총지배인인 줄 알고 깜짝 놀랐잖아. 신입사원처럼 안 다닐래?"

속이 뜨끔했지만, 내심 기분은 좋았다. 그렇게 서서히 존경하는 사람과 닮아가고 있었다. 따라 하기, 나름 성공이다.

유학 생활 마치고 취업 준비를 시작했다. 흔히 유학생들이 착각하는 사실이 있다. 한국에서 취업쯤이야 별 대수롭지 않게 생각한다는 것. 저 많은 빌딩에 이 한 몸 일할 곳 없겠나 싶었다. 방심했고 철저히 실패했다. 어느 면접에서는 언어 구사에 문제가 있다는 이야기까지 들었다. 충격이었다. 자존심이 바닥을 뚫고 내려갔다. 지푸라기라도 잡는 심정으로 면접 스터디를 구했다.

8명이 한자리에 모였다. 어색한 분위기 속에 특별한 것 없는 자기소개가 이어졌다. 전공, 취업 희망 회사, 포부 등등 눈에 띄는 사람이 있었다. 말에 조리가 있고 당찬 의지가 느껴졌다. 한눈에 호감이 가는 인상과 젠틀한 태도와 목소리로 이곳과 어울리지 않는다고 느껴졌던 한 사람. 기표형을 만나게 되었다.

세월이 지나 40대를 향하는 나이지만, 우리는 만날 때마다 젊어졌다. 익숙하면서도 새로웠고 아이디어가 넘쳐흘렀다. 주로 서점이나 근사한 레스토랑에서 만났다. 최근 유행하는 책과 트렌드에 대해 대화하며, 음식과 와인에 대한 담소를 나누기도 했다. 나름 많이 안다고 자부하지만, 형 앞에서는 명함도 못 내민다. 손목에 통증이 생기면 왜 그런지 해부학을 공부하는 사람이다. 끊임없는 공부와 자기 단련으로 성공과 성장에 대한 비슷한 기운이 서로를 끌어당겼다. 어디선가 들어본 적이 있다. 한 사람의 파동은 다른 비슷한 파동을 끌어당긴다고. 삶의 온도가 비슷하다 보니, 볼 때마다 즐겁고 유쾌하다. 우리의 성장은 10년째 우상향 중이다.

내가 가진 약점에 집중했던 인생이다. 부족한 부분을 메우고 보완하면 더 나은 사람이 된다고 믿었다. 형의 도움으로 고정관념을 부수고 내가 가진 재능을 발견했다. 미처 몰랐던 재능도 있었다. 최상화(Maximization). 타인의 재능을 끌어내 최상의 상태로 만들어 주는 강점이다. 학창 시절 내성적이고 무리의 변두리에 서성이던 내가 남을 돕는 코칭 능력이 있었다니.

"운을 끌어당기는 가장 중요한 요소는 사람이다. 자주 어울리는 5명의 사람을 관찰하라. 그들이 어떤 상태인지 확인하라." 운과 관련되어 들은 이야기다.
사기와 잘못된 투자로 모든 것이 무너졌던 2020년, 주변은 사기꾼과 추락하는 사람들로 우글거렸다. 이혼, 실직, 파산, 투자 실패 등 사정도 다양했다.
바닥을 딛고 상승 반전했던 2021년은 활력과 긍정으로 가득

찬 사람들이 주변에 가득했다. 좋은 기운이 가득했고 삶은 활기를 띠었다.

작은 교훈을 얻었다. 좋은 습관, 긍정적인 생각, 올바른 행동이 운을 부른다. 정확히는 좋은 기운을 가진 사람을 불러 모은다. 부정적인 기운이 물러가자 좋은 운이 나를 감쌌다. 비로소 바닥을 딛고 일어섰다.

이제는 좋은 운을 나누어주는 사람이 되려고 한다. 주변과 사랑하는 모든 이들이 스스로 성장할 수 있도록 돕고 싶다. 내면의 보물을 찾도록 안내하고 싶다. 세상과 사람으로부터 참 많은 걸 받았다. 누군가에게 나눠주는 사람이 되고 싶다. 나도 누군가의 희망이 되고 싶다.

10

사랑받는 사람이 된다는 것

최주선

 "준비됐지? 나오자마자 꼭 찍어. 꼭!"

내 침대 머리맡에는 셋째 요엘이 갓 태어났을 때 찍어둔 사진
이 붙어 있다. 첫째, 둘째는 갓 태어나자마자 초록색 천에 쌓
인 채로 찍어둔 사진이 없어 늘 아쉬웠다. 출산이 임박해 온몸
을 비틀며 힘겹게 호흡하면서도, 아기가 태어나면 무조건 사
진을 찍으라고 남편에게 신신당부했다. 6년이 지난 지금도 그
사진을 볼 때마다 출산 당일의 기억이 되살아나는 기분이다.

"어, 은별이다, 은별이랑 똑같이 생겼어!"

2016년 5월 26일 저녁 8시경 2.89kg의 갓난아기가 내 몸에서
후루룩 딸려 나오자마자 정신이 번쩍 들었다. 간호사의 손에
들려 내 가슴 위로 다가오는 아이를 보는 순간 이러다 죽겠구
나 싶었던 고통은 이미 사라지고 없었다. 첫째 은별과 똑같이

생긴 얼굴로 다가오는 셋째 얼굴을 보자마자 자연스레 미소가 번졌다. 벌써 세 번째 출산인데도 생명이 내 몸에서 나온다는 사실은 신비로웠다.

은별 때는 멋모르고 낳느라 힘들었다. 연년생인 다엘 때는 침대에 눕자 첫 출산의 기억이 생생하게 떠올랐다. 둘째를 낳으려고 침대에 누워 내가 이 힘든 걸 왜 또다시 했을까 온몸을 덜덜 떨었다. 후회막심했다. 보통 둘째는 첫째보다 덜 힘들다는데, 양수가 다 빠져버리고도 몇 시간 동안 내려오지 않아 죽을 둥 살 둥 애를 먹었다. 다시는 출산 안 하겠다며 내 인생에 셋째는 없을 거니까 절대 나한테 입도 뻥긋하지 말라고 남편에게 엄포를 놓았다. 그러나, 내 의지와는 상관없이 5년 만에 셋째가 생겼다. 터울이 길어 더 긴장되기도 했지만, 어떻게 생겼을지가 무척 궁금했다. 그렇게 처음 마주한 얼굴이 은별이와 닮아서 더욱 묘한 기분이었다.

일단 남편은 내가 첫사랑이 아닐 테니 제쳐두고, 내 배 아파 낳은 세 아이는 모두 내가 첫사랑일 거라 확신한다. 안아주고 얼러주고 먹여주고 재워줬던 모든 시간이 나 없이는 안 되는 시간이었기 때문이다. 내 품에 있을 때 아이들은 가장 안정된 모습이었다. 지난 12년간 아이를 키우면서 엄마로 사는 게 버거울 때도 있었지만, 때론 내가 아이들을 의지했다. 엄마로서 행복을 진하게 느끼는 시간이었다. 덕분에 세 배로 행복해졌다. 신생아를 품에 안고 젖을 먹이는 그 기분은 남자들은 죽었다 깨어나도 모른다 자부한다. 내 품에 안겨 젖을 빠는 아이의 입술과 두 뺨이 종종 그립다. 젖병으로 아이에게 분유를 먹이는 것만으로는 절대 알 수 없는 기분이다. '에라 모르겠다.' 너무 힘들어 만사 제쳐두고 잠이나 실컷 잤으면 좋겠다고 생각했을 때 남편에게 아이를 맡겼다. 그럴 때면 몇십 분 동안 남편이 진 땀을 흘리며 안고 얼러도 그치지 않던 울음이 내가 안으면 한 방에 뚝 그쳤다. 피곤해 찌들어 쳐다보고 싶지도 않았지만, 내 존재가 대체 불가라는 사실에 희열감이 있었다.

"엄마는 요엘이가 부러워, 엄마는 요엘이었으면 좋겠어."
"어, 나는 빨리 커서 엄마 아빠만큼 크고 싶은데, 어른이 되면 다 마음대로 할 수 있잖아."
이미 열 살이 넘어버린 은별이와 다엘은 모르겠지만, 적어도 아직 학교에 들어가기 전인 요엘은 엄마 아빠만 있으면 뭐든 두렵지 않아 보인다. 내 착각일지도 모르겠다. 나름대로 고민이 얼마나 많겠냐마는 내게 책임이 막중해질 때면 종종 그런 생각을 한다. 앞에 장애물이 생길 때면 나도 엄마 아빠만 있으면 세상 두려울 것 없던 그 시절로 돌아가고 싶어진다.

하루는 정원에서 잡초를 뽑다가 지렁이를 찾았다. 세상에 얼마나 굵고 긴지 징그러워서 쳐다보고 싶지도 않았다. 비가 많이 온 뒤라 땅은 젖어 있었고 몸을 둥글게 말아 움츠린 지렁이는 한 마리가 아니었다.

"어, 엄마, 저 지렁이 아까 저쪽에도 하나 있었는데, 엄마, 얘네들 가족인 것 같아요."

헛웃음이 나왔다. 진짜 가족일지도 모르겠지만 그런 생각을 하는 요엘의 말이 흥미로웠다.

"가족이 아닐 수도 있지, 가족인지 아닌지 어떻게 알아?"

"그냥 알아요, 가족이에요."

요엘은 당연하단 듯 당차게 말했다. 지렁이도 우리처럼 가족끼리 있어야 한다며 손으로 집어서 자기 손바닥에 올려 달라고 했다. 징그러워서 쳐다보기도 싫은데 잡아서 올려달라니. 안 하고 싶었지만, 장갑 낀 채로 얼른 잡아서 손바닥에 던지듯 올려 주었다.

"그런데, 왜 가족끼리는 같이 있어야 해?"

내 물음에 요엘은 한 치의 망설임도 없이 대답했다.

"가족이니까요, 가족은 같이 있어야 행복한 거예요."

이제 일곱 살이 된 요엘의 말을 들으며 가족이란 그런 거구나, 가족은 같이 있어야 행복한 거구나, 새삼 되새겨본다. 요엘이 가족과 함께 있어 행복해하니 덩달아 행복하다.

"엄마 냄새 좋아, 나는 엄마가 제일 좋아, 아니 아빠도 좋은데 우리 가족 다 좋아."

막내여서인지 애정 표현이 거침없다. 막내가 마구 내뿜는 애교 덕에 살맛이 난다. 부모님도 나를 낳아 이유 없이 사랑해주셨지만, 내 배 아파 낳은 아이가 내가 엄마라서 조건 없이 사랑해주는 덕분에 행복을 알아간다. 사춘기에도 지금만 같아라.

제5장

쓰다 보니
쓸 만한
하루였습니다

비워내기의 중요성

미선이

　대학 졸업 후 줄곧 프리랜서 생활을 했다. 그런 나에게 9시 출근 6시 퇴근은 새장에 갇힌 새처럼 답답하기 짝이 없다. 집에 도착해서야 목을 조여오던 넥타이를 풀어 헤친 것처럼 답답함이 좀 가신다. TV 소리와 부모님이 이야기하는 소리, 솔솔 풍겨오는 고소한 밥 냄새, 이제야 사람 사는 곳에 온 것 같은 느낌이다. 방으로 가서 어두운 방에 불을 켜는 순간, 답답했던 마음이 더 심란해진다. 바닥에는 몸만 쏙 빠져나온 잠옷 바지, 샤워 가운이 너부러져 있다. 침대에는 출근할 때 입어봤던 옷들이 쌓여있고, 화장대에는 화장품, 드라이기, 고데기까지 평소에 내가 쓰는 물건은 전부 나와 있다. 이 모든 물건이 이토록 나의 퇴근길을 격하게 환영해주다니 머리가 지끈거린다. 엄마의 말을 빌리자면 내 방은 늘 '도떼기시장'이

따로 없다.

미니멀리스트의 삶을 추구하지만, 현실은 맥시멀리스트. 필요한 물건은 눈에 보여야 속이 시원하고 자주 쓰는 물건은 늘 손이 닿는 거리에 두어야 한다. 그러다 보니 내 방은 하얀 여백이라곤 찾아볼 수 없다. 청소를 아무리 해도 티가 나지 않는 이유다. 최근엔 청소할 시간이 없어 더 난장판이 됐다.

어려서부터 청소가 어렵다. 쓸고 닦고, 그냥 육체노동만 하면 좋으련만 청소는 사실 그보다 더 정교함이 필요하다. 특히 필요한 물건과 필요하지 않은 물건을 구분하는 게 나에게는 고역이다. 쓰레기, 바닥에 흩어져있는 머리카락, 다 쓴 화장품 등은 명확하다. 하지만 5년 동안 한 번도 안 입었지만 언젠간 입을 것 같은 옷, 다시 써도 될 것 같은 구김 하나 없는 깨끗한 쇼핑백 따위 등은 고민이 된다. 버렸다가 후회한 적이 많아서 더 갈등이 생기는데, 결국엔 다시 옷장 한편에 처박아두게 된다.

어질러져 있는 방구석을 보고 있자니 내 머릿속과 다르지 않다는 생각이 들었다. 겨우 몇 그램밖에 안 되는 작은 뇌가 잡스러운 고민과 걱정으로 꽉꽉 차 있는 것이 안쓰러웠다. 머리가 아픈 게 당연하다. 보낼 건 보내고, 버릴 건 버려야 했다. 하지만 비닐봉지 하나도 언젠간 쓰게 될까 봐 버리지 못하는 내게 감정을 버리는 일은 쉽지 않았다.

안 쓰는 물건은 쓰레기통에 버리면 된다지만, 필요 없는 감정은 어디에다 버려야 하는지 알 수 없었다. 인간은 하루에도 7만 가지의 생각을 한다고 한다. 내 방에 있는 물건도 7만 개까지는 안 될 것 같다. 방을 정리하는 것에도 어려움을 겪는 내게, 7만 가지의 생각은 도저히 혼자서는 감당할 수 없는 양이다. 도움이 필요했다. 그러다 생각해 낸 게 글쓰기였다.

왜 화가 났는지, 어떤 점이 나를 슬프게 하는지, 무엇이 두려운지 나의 감정을 모두 써 내려갔다. 그러다 보면 종종 나도 몰랐던 나와 마주쳤다. 생각보다 좀스러운 나의 모습에 반성도 하게 되고, '별일 아니었네?'라며 대인이 될 때도 있었다. 특히 최근에는 인간관계에 대한 스트레스를 많이 받았다. 그럴 때면 다이어리를 꺼내 욕을 한 바가지 써놓고 나면 스트레스가 확 풀렸다. 글쓰기는 '감정 쓰레기통'의 역할을 톡톡히 했다. 내 생각은 방에 있는 물건보다는 버려야 할 것과 남겨두어야 할 것이 훨씬 명확했다.

글쓰기의 시작은 감정의 배설작용을 위한 것이었다. 먹기만 하고 변을 못 보면 변비에 걸리는 것처럼, 마음에도 분출구가 필요했다. 나를 괴롭히는 슬펐던 기분을 글로 한 번 써 내려가면 사이다를 먹은 것처럼 속이 시원했다. 두 번 쓰고 나면 싫었던 감정과 조금은 친밀해지는 느낌이 들었다. 그리고 세 번 쓰고 나면 멋진 글감으로 변해있었다. 네 번, 다섯 번 마주치면 부정도, 긍정도 놓치기 아까운 에피소드가 되어 있었다.

글을 쓰는 것이 재미있었다. 글 속에서 나는 그 누구도 될 수 있었다. 나를 힘들게 하는 사람을 혼내주는 어벤저스도 될 수 있었고, 영화 속 비련의 여주인공이 되어 한껏 슬퍼할 수도 있었다. 무엇보다 시간이 날 때마다 카페에서 노트북을 펼쳐 들고 글을 쓰는 내가 제법 멋있어 보이기도 했다.

새로운 습관이 생겼다. 삶이 마음대로 되지 않을 땐 손에 펜을 든다. 꼼꼼하게 내가 느낀 감정을 써 내려가고, 마음의 상처를 치유한다. 그렇게 생각을 버리고 감정을 버리다 보면 마음이 A4용지 처럼 깨끗해진 느낌이다. 글을 쓰다 보면 자연스럽게 잘 정리 정돈된 마음과 마주한다. 깨끗하게 정리된 나의 마음을 마주할 때면 지끈거리던 머릿속도 한결 가벼워진 느낌이다. 작은 뇌에 숨 쉴 틈 줬다는 생각에 스스로 제법 괜찮은 사람이 된 것 같은 기분마저 든다.

글 쓴 뒤로 나 자신을 사랑하는 법을 배웠다. 불필요한 감정을 줄이니 내면의 소리에 집중할 수 있었다. 중구난방으로 흩어져 있던 생각이 제자리를 찾아가고 나면 마음이 한결 편했다. 생각을 버리고 내가 원하는 감정을 채워 넣으니 미래를 향한 계획도 명확해졌다. 스스로 사랑하는 마음을 가지니 왠지 모를 자신감도 생겼다. 무엇이든 해낼 수 있을 것 같은 기분이다. 그동안 나 스스로 사랑할 수 없었던 것은 아마도 마음의 여유 공간이 없었기 때문은 아닐까? 정리하려면 비움이 선행되어야 한다.

컵을 먼저 비워야 많은 물을 담을 수 있고, 마음의 그릇을 깨끗이 비워야 비로소 긍정적인 마음을 담을 수 있다. 나를 사랑하는 법은 이제 알았으니, 이젠 내 방을 사랑해 줘야겠다. 버림의 미학을 통해 내 방도 사랑하고 싶은 공간으로 바꿔 봐야겠다.

3월 2일

백란현

3월 2일, 퇴근과 동시에 희수, 희진, 희윤이가 받아온 안내장부터 확인했다. 아동 기초 조사서, 준비물 목록, 정보제공 동의서. 어린이집 다녀온 희윤이는 귀가 동의서까지 더해 작성할 서류가 쏟아진다.

학교를 옮겨 첫 출근을 했다. 아침에는 4개월 된 희윤이 분유, 젖병, 기저귀, 손수건, 치발기 등 짐을 한가득 챙겨 어린이집에 보냈다. 수업과 회의로 화장실 갈 시간도 없이 벌써 하원 시간이다. 어린이집 차량이 나를 기다리고 있었다. 아침에 보낸 짐은 팔에 건채 희윤이를 안았다. 현관문을 열자마자 다리에 힘이 풀린다.

신학기 새로 배정받은 교실을 청소하고 꾸미는 시간을 좋아한다. 기존 교실에서 사용하던 책과 수업자료를 새 교실로 옮기려면 시간 많이 걸린다. 교실 2칸을 청소하는 일도 만만치 않다. 그래도 신학기 준비하는 2월과 3월을 설레는 마음으로 시간을 보낸다. 학년과 업무가 어떻게 배정되었을지 긴장하며 기다리는 기간도, 동 학년 선생님과 신학기 운영에 대해 의논하는 시간도 좋다. 맡은 업무는 어떻게 추진할지 아이디어를 생각해 내기도 하고 교실 학생의 이름표도 책상 위에 일일이 붙인다. 첫날 나를 본 학생의 반응은 어떨지 궁금해하면서 첫날을 기다린다.

세 아이와 함께한 3월 2일에는 새로 옮긴 학교에서 업무도 완벽하게 해야 했고 세 아이 챙기는 일도 감당해야 했다. 커피 한 잔할 겨를도 없이 퇴근하자마자 막내 수유부터 했다.
둘째의 하루는 어땠을까? 3월 2일 희진이 입학식에 가보지 못했다. 같은 학교였지만 우리 반 아이들 수업 중에 1학년 입학식에 갈 수는 없는 노릇이었다.

"희수, 희진, 너희 초등학교 입학할 때 엄마가 가지 못했는데 그때 서운하지 않았어?"

"아무 기억 안 나는데. 엄마가 안 온 것 지금 알았어."

희진이도 입학식 엄마가 없었던 일이 기억나지 않는다고 했다.

"희수, 어릴 때 엄마랑 있었던 일 중에 생각나는 장면 있어?"

희수는 두유를 바닥에 쏟고 미끄러져 넘어지는 시늉을 한 일과 엄마 교실에서 '검정고무신' 본 일이 기억난다고 했다.

희수가 두유를 먹고 있었다. 빨대를 빼더니 거꾸로 세워 쭉 누르기 시작했다. 두유가 방바닥에 다 쏟아졌다. 쏟아진 액체가 방바닥에 퍼지도록 왼쪽으로 밀었다가 오른쪽으로 밀었다가 하며 장난을 쳤다. 미끄러져 넘어지는 척 연기도 하며, 꽈당 하는 포즈를 취하더니 이내 깔깔 웃었다. 입혀둔 옷은 두유 때문에 다 젖어있고 방바닥도 끈적거려 아이를 씻겨야 했다. 욕실에 들어간 희수는 아기 욕조에서 한참 물장구를 쳤었다.

여섯 살 무렵 '검정고무신' 본 일은 3월 첫 주였을 것이다. 다섯 시, 병설유치원 마치는 시간에 희수부터 챙겨서 내 교실로 왔다. 교탁 위엔 확인하지 못한 공책이 쌓여 있다. 학교도서관 운영계획 및 위원회 조직 등 결재받을 문서가 모니터 화면에 띄워져 있다. 퇴근 시간에 맞추어 딸과 함께 집에 바로 가면 좋겠는데 그러지 못하고 있었다. 그 날도 일을 마무리하지 못해 첫째를 교실로 데려와 책상에 앉혔다. 교실 안에서 일하는 엄마를 기다리고 있었다.

'빨리 커라' 가장 많이 들었던 희수는 겨울방학을 맞이하여 일찍 학원에 갔다. 희진이도 남은 방학 날짜에 아쉬워하며 자기 방에서 과제를 챙긴다. 희윤이가 일곱 살이 되면서 나는 16년 육아의 긴 터널을 빠져나온 것 같다. 터널에 시간이란 빛이 들어온다.

"희윤이 입학할 때 엄마 휴직할까?"

가족들이 모두 반대한다. 일곱 살 막내가 병설유치원에 입학한다. 이번에도 입학식에 참석할 수 없다. 아이 셋을 키우면서 아이들 앞에 3월 2일에 미안했던 마음을 내려놓기로 했다.

내 아이 먼저 챙기지 못하는 상황에서도 딸들은 입학식에서 친구를 사귀고 선생님을 만난다. 입학식을 챙기기 못하고 지나간 날보다 하루의 시간 동안 희수, 희진, 희윤이를 챙기며 엄마로서의 생활에 의미를 부여해야 한다. 정신없이 바빴던 날도 나는 엄마 역할을 하고 있었다. 책을 쓰면서, 의미 없이 버리는 날은 없다는 걸 알게 되었다.

매년 반복되지만 엄마 작가로 맞이하는 나의 3월 2일 하루는 어떻게 기록할지 기대한다. 저녁시간 세 자매가 들고 온 안내장을 챙기며 한숨을 쉴 것이 아니라 하루를 어떻게 보냈는지 이야기를 나눠야겠다. 엄마의 하루도 아이들 앞에 들려주며 3월 2일 각자의 위치에서 씩씩했다고 격려와 칭찬을 아끼지 않아야겠다.

세 명을 키우느라 동 학년 식사 자리에도 참여하지 못했던 나에게 선배 선생님이 물었다.

"란현이는 무슨 낙으로 사노?"

몇 년이 지난 오늘, 만약 선배가 다시 묻는다면 자신 있게 대답할 수 있다.

"하루 중에서 내가 남기고 싶은 순간에 대해 글 쓰는 재미로 살아요."

쓰면서 알게 된 소중함 :
오하?(오늘 하루 어땠어요?)

송숙현

코로나로 은정이의 출국이 연기됐다. 낮에 공부하고 오후에는 가게에서 아르바이트한다. 정리 후 들어오면 12시쯤 된다. 남편도 마찬가지다. 겨울방학인 혁재와 은채는 영화를 보거나 보드게임을 즐긴다.

함께 보내는 시간이 제한적이어서 생활 패턴에 맞춘다. 방학이라 여유로워 집에 오면 가게에서 있었던 이야기로 시간 가는 줄 모른다.

"엄마, 엄마는 우리 키우면서 어떻게 가게 일을 한 거야? 재미있는데 이제는 조금 힘들어지려고 해."

"네가 많이 도와줬으니까 했지. 엄마가 아프고부터는 가게 일을 많이 줄였잖아. 너희랑 함께 하는 시간이 많아져서 좋았어. 그 핑계로 공부도 하게 되었잖아."

"어렸을 때 생각해보니까 엄마가 많이 아팠었네. 힘들어서 그랬나 보다."

"몸이 약했었지. 너희들 도움이 컸어. 고마워."

"아냐, 그동안 엄마가 더 애썼지."

얘기하다 보면 시간 가는 줄 모른다. 밤은 왜 그리도 짧은지, 금방 2시가 넘는다. 영화 한 편 보겠다는데 안 된다고 말렸다.

아침 7시 30분, 거실로 나와 커튼을 열고 창밖을 보니 온 세상이 하얗다. 세수 먼저 하고 양치 후 따뜻한 물 한잔 가지고 다시 창가로 왔다. 모두 자고 있다. 눈 내린 풍경을 보며 창가에 기댔다.

다리를 다쳐 4주가 지났지만 걷기에 불편하다. 아무것도 하지 않고 집에만 있다. 결혼하고 처음이다. 마음 편하게 쉬고 싶은 적이 있다. 언제나 밤에 정리하는 습관이 있다. 저녁 시간이 집중하기 좋아서다. 오랜만에 아침에 책상에 앉았다. 일기 쓰기 위해서다. 손글씨로 일기를 쓰기 시작했다. 일정한 분량을 채워서 기록하는 습관을 만들어 보려 한다. 쓰기로 성장할 수 있다고 믿기 때문이다.

지난 기록을 들춰 보는 재미가 쏠쏠하다. 육아 일기장, 다이어리, 수첩, 노트(버킷리스트) 등 여러 권이 있다. 감정 쓰레기통 같기도 하다. 역할에 눌리고, 생각대로 되지 않는 일에 실망했다. 불안한 상태가 그대로 적혀 있기도 하다. 원하던 것 이루고 기뻐한 내용도 있다.

새벽 시간 기록이 대부분이다. 온전하게 혼자 있는 시간, 감성적이다. 실수, 좌절, 우울감에 밤샌 적이 많다. 그럴 때면 책을 통해 만난 인생 멘토에게 위로받았다. 강의로 만나는 명사의 이야기에 힘을 얻었다. 노력해도 달라지지 않는다는 생각에 눈물 날 때가 많았다. 책을 필사했다. 그들의 음성을 듣고 따라 해 본 적도 많다. 아프다고 쓴 글에서 미래를 기대하고 있었다.

생각난 김에 SNS도 뒤져 보았다. 전부 웃는 사진이다. 기록된 글과 상반되는 SNS를 보니 웃음이 났다. 지나버린 모든 기억을 붙잡아 놓은 것 같아 새롭다. 지난 시간 희노애락(喜怒哀樂)이 파노라마처럼 보인다.

나의 쓰기는 2015년에 시작되었다. 네트워크 사업을 했다. 내 생각과 삶의 방향이 완전히 바뀐 경험이다. 회장의 책 한 권은 전혀 다른 관점을 가지게 했다. "슬라이트 엣지 : 간발의 차이의 우세함"은 창업주의 경험을 담은 내용이다. 미래의 실패자와 성공자가 자신 안에 동시에 존재한다는 이야기였다. 단순한 일상의 원칙으로 성공과 행복을 잡는다. 해도 되고 하지 않아도 되는 간단한 일일 행동 수칙으로 자신의 삶을 180도 바꾸었다. 개인의 철학을 강조했다. 그가 의미하는 개인의 철학은 하루하루 단순한 일상사에 대한 사고방식을 바꾸는 것이라고 했다. 영업을 선택하고 다양한 교육을 받게 되면서 엄청난 양의 귀중한 정보를 접하게 되었다. 정보를 통해 그는 자신의 결핍을 찾아냈다. 그러면서 아무리 정보가 많아도, 아무리 정보가 좋아도, 받아들이는 사람이 자기 안의 기폭제를 사용해 효과적으로 적용하지 못한다면 성공을 손안에 넣을 수 없다는 말이었다.

네트워크 사업 교육으로 엄청난 정보를 접하는 것이 맞다. 다른 정보는 새로움을 받아들이는 계기가 되었다. 세 아이의 엄마가 아닌, '나'로 독립하겠다는 생각에 큰 도움이 되었다. 성공의 의미를 생각해 보고 나의 결핍을 알아가던 시기다. 관계로부터 분리되고 싶었고 마음 편하게 웃고 싶었다. 나에게 성공이란 일상의 균형을 잡는 것이었다. 이해한 만큼 오늘 하루

를 즐겁게 살겠다고 다짐했다. 간단한 일일 행동 수칙 몇 가지
를 만들어 매일 반복할 수 있는 것으로 수정할 수 있게 했다.
알아가는 만큼 그 내용을 바꿔갔다. 다이어리나 수첩에 기록
하기도 했고, 일기를 써보기도 했다.

단순한 원칙은 많은 도움이 되어, 주체적으로 변해갔다. 불안
함이 줄고 아이들과 함께하는 시간이 늘었다. 오래 걸렸다. 남
편은 여전히 바쁘지만, 틈나는 대로 함께 한다.

은채 다섯 살 때다. 씻겨주러 함께 욕실로 향했다. 물 온도 맞
추고 있을 때 아이가 물었다.

"엄마, 오하?"

"응? 그게 무슨 말이야?"

"오늘 하루 어땠어요? 엄마가 감정을 넣어서 말해주면 나도 말
해줄게요."

다섯 살 된 아이가 하는 질문에 당황했다. 씻겨주는 것이 고마
워서 하는 말 같았다. 혼자 씻을 수 있기 전까지 같은 질문을
반복했다. 그 덕에 씻는 동안 하루를 나눌 수 있었다. 그 짧은
대화에서 아이의 하루가 고스란히 느껴졌다. 아이도 엄마의
하루를 확인하는 것 같았다. 11살이 되었다. 자기표현에 솔직

하다. 달라지고 싶다는 마음으로 살았다. 그러나 오늘 하루 어땠는지 의미를 두진 않았다.

다섯 살 아이의 질문을 통해 의식적으로 하루에 특별한 의미를 부여하고 즐거움에 집중한다. 어떤 날이라도 특별한 날이 된다. 기록을 통해 부족했던 모습을 확인하고 더 발전하기 위해 다른 것을 채운다. 누군가 대신해줄 수 없다. 있는 그대로를 적는다. 말도 안 되는 실수나 경험이 더 큰 영향을 준다. 실수했던 기록이 더 큰 자극이 된다. 6년이 지난 지금, 메모가 아닌 한 줄 쓰기 또는 한 페이지 쓰기도 가능하다. 쓰기를 통해 하루를 특별하게 산다. 무엇이라도 쓰려고 한다. 지나고 보니 아팠던 날이 더 특별하게 기억되기도 한다.

일상의 글쓰기

송진설

기억하고 싶다. 함께 하는 모든 순간을. 남매는 깔깔거리며 웃었고, 티격태격 싸웠다. "우리는 하나!"라며 똘똘 뭉쳤다.

시은이 손이 얼음장 같다. 학원 마치고 친구와 꼬치 하우스에 다녀왔다. 두 개 천 원, 처음 먹어보았는데 맛있었단다. 오빠 생각이 나서 하나를 호일에 돌돌 말아왔다.

"오빠, 꼬치구이 먹어봐."

"우와, 내가 좋아하는 꼬치구이다."

"진짜 맛있지? 이 집 맛있다고 소문났대."

오빠가 먹는 모습을 보며 기분 좋은 듯 환하게 웃는다. 오늘은 종일 추웠다. 한파 특보까지 떴다. 영하 10도라는 말에 제일 두꺼운 패딩 점퍼를 내어주었다. 강추위에 꼬지를 들고 온 손이 꽁꽁 얼었다. 얼른 냉장고에서 우유를 꺼내 데웠다. 핫초코 봉지를 뜯어 김이 나는 우유에 넣었다. 몽골몽골 덩어리를 휘휘 저어 남매에게 내밀었다. 둘은 코코아를 좋아한다. 오늘처럼 추운 날엔 더욱 환장한다. 후 불며 마신다. 입술 위로 거품이 묻었다. 서로 쳐다보며 웃는다.

"갈색 수염 생겼다."

한번 웃음이 터지면 배꼽을 잡는다. 뭐가 그리 웃기냐며 말하다가 나도 따라 웃음보가 터졌다. 핫초코 보다 세상 달콤하다.

겨울방학이다. 게임을 하는 시간이 늘었다.

"우리 닌텐도 하자."

말이 끝나기가 무섭게 쏜살같이 소파로 올라가 앉는다. 두 녀석은 마리오 카트를 좋아한다. 경기 시작 전 캐릭터를 정하고 어떤 것을 탈지 신중하게 고른다. 이 순간은 경쟁자다.

"안 봐준다!"

"정정당당하게 해!"

드디어 시작되었다. 서로 엎치락뒤치락, 환호성을 질렀다가 애달아 한다. 첫 경기가 끝났다. 오빠가 이겼다. 딸은 울먹이는 목소리로 다시 하잔다. 꼭 이길 거라고 다짐까지 하지만, 이번에도 아들의 승이다. 몇 번을 해도 마찬가지였다. 시은이 눈에 눈물이 고여 금세 울음이 터질 것 같다.

경기가 다시 시작되었다. 딸의 날개 달린 자전거가 이기고 있다. 결승점이 다 되었다. 신이 나는 표정으로 요리조리 손가락을 움직이며 경기를 한다. 드디어 이겼다.

"앗싸, 내가 일등이다!"

딸은 십 년 묵은 체증이 내려간 듯하다. 아들이 나를 보며 싱긋 웃는다. '녀석, 오빠 노릇 했나 보다.'

"우리 엔칸토 볼까?"

준한이는 영화광이다. 서로 고개를 끄덕인다. 영화가 시작되었다. 디즈니 영화답게 화려한 영상이다. 여러 번 본 영화인데도 눈을 떼지 못한다. 흥겨운 음악에 맞춰 두 녀석은 들썩이며 따라 부른다. 소파에서 일어나더니 율동까지 하며 쿵작이 잘 맞다.

"블루베리 3팩, 꼭 사 주세요."

첫째는 블루베리를 엄청나게 좋아한다. 마트 가면 잊지 않고 사 온다. 매번 한 팩만 사 양이 적어 아쉬워했다. 이번에는 넉넉히 사 왔다. 깨끗하게 씻어 접시에 담고 남매를 불렀다. 아들은 식탁에 앉자마자 한 주먹씩 입에 넣는다.

"천천히 먹어, 나도 먹어야지. 오빠가 다 먹겠어!"

"아, 미안. 너무 맛있어서. 나도 모르게."

밥을 좀 그렇게 먹으면 얼마나 좋겠냐며 두 녀석을 바라보며 말했다. 잘 먹는 모습을 보면 어떤 것도 부러울 것 없이 행복한 사람이 된다.

남매는 친구 같다. 서로 공감하는 이야기가 많다. 단짝처럼 위해주고 챙겨준다. 엄마에게 혼날 때는 서로의 힘이 더욱 빛을 발한다. 순식간에 의기투합해서 의리를 지킨다.

"서로 편들어주는 거야?" 엄한 목소리로 남매에게 말을 했다. 겉으로 웃을 수는 없었다.

"네가 잘못했잖아" "오빠가 잘못했잖아"라며 다툴 때보다 기분 좋다.

남매는 매일 장난친다. 한쪽이 토라져서 끝이 날 때도 있고, 큰 소리로 다툴 때도 있다.

"그만 좀 싸워!" 버럭 소리를 지르면 어느새 한편이 된다. 그러다 언제 싸웠냐는 듯 배꼽 잡고 뒹굴며 깔깔거린다. 함께하는 순간순간이 마냥 좋다. 소중하지 않은 순간은 없다.

산다는 것은 이야기를 만든다는 뜻이라며 일상의 모든 순간이 의미 있고 가치 있다는《일상과 문장 사이》의 한 구절이 떠오른다. 평범한 일상으로 느껴졌던 남매와의 이야기를 글로 남겼다. 마음에만 간직한 기억은 모래 위에 새겨 둔 글자 같다. 서서히 흩어진다. 글로 남긴 기억은 추억이 된다. 먼 훗날, 글을 읽으며 지난날로 여행을 하겠지. 행복한 시간여행을 위해 오늘도 많이 웃고, 많이 사랑해야겠다.
글로 남긴 일상. 소중하게 느껴진다.

글 쓰는 하루

신재환

넥타이를 꽉 매었나 보다. 가게 유리를 보며 조금 느슨하게 풀었다. 머리에 젤이라도 발라야 했나. 십 년만의 면접이다. 삼십 분 정도 남았다. 9월 초였지만 더웠다. 가을 양복을 입어서인가. 아이스 카페라떼를 주문했다. 가게 안에서는 마실 수 없어서 거리로 나갔다. 버스 정류장 벤치에 앉아 지나가는 자동차를 바라보았다. 회사에서 벗어나면 무얼 봐도 여유롭다.

면접 분위기는 편안했다. 생각보다 긴장이 덜했다. 나를 판매한다고 마음먹은 것이 도움 된 듯했다. 연봉을 얼마까지 원하냐고 물었고 언제부터 출근할 수 있는지도 알려달라고 했다. 당분간은 혼자 일해야 한다는 게 걸리긴 했다. 집으로 돌아가는 길, 결과는 확신할 수 없었지만, 기분이 괜찮았다. 당당하게 할 말도 다 했고 면접관 반응도 좋아서였다. 잠시 멈춰 섰다. 마음이 덤덤했다. 플래너를 가방에서 꺼냈다. 아들 동현이가 준 생일 선물이다. 메모장으로 쓰고 있었다.

'좋은 기회일까, 새로운 구렁텅이일까?'

길거리에 서서 글을 쓴 건 그때가 처음이었다. 1년 4개월이 흘렀다. 다섯 번째 노트를 쓰고 있다.

아내가 말하지 않는다. 나와 다투어서다. 눈길도 주지 않고 없는 사람처럼 대한다. 견디기 쉽지 않다. 동현이에게 더 친절하게 대하는 듯하다. 집이 적막하고 갑갑해서 밖으로 나간다. 한두 시간 걷다 오면 조금 낫다. 하지만 아내는 변함없다. 다시 침묵을 참아내야 한다. 여러 번 겪은 일이라도 매번 속이 타는 건 마찬가지였다.

속상하거나 답답하면 글을 쓴다. 처음에는 긴가민가했다. 글 쓴다고 불편한 감정이 사라질까. 넋두리가 대부분이었다. 이해해 주지 않는 아내가 야속하다고 적었다. 어디라도 훌쩍 떠나버리고 싶다고 썼다. 차라리 혼자 사는 게 편하겠다고 휘갈겼다. 쓰다 보면 오히려 더 화가 나기도 했고 우울해지기도 했다. 그만두고 싶지는 않았다. 어쨌든, 생각을 글로 쏟아 내고 나면 조금 진정되었다. 글 쓰면 감정을 다스릴 수 있다고 했다. 나도 경험하고 싶었다.

있었던 일을 드라마 보듯 적어보았다. 예를 들면, '아내가 눈을 흘겼다. 나는 고개를 돌렸다.' 처럼 보이는 대로만 쓴다. 쓰다 보면 갑갑했던 감정에서 벗어난다. 상황이 덜 심각하게 보이고 마음도 누그러진다. 먼저 다가서서 손을 내민다. 받아 주지 않아도 괜찮다. 다음 날 또 시도하면 되니까. 웃으며 화해를 다시 청한다. 마지못해 아내가 웃는다. 미안해. 내가 먼저 말을 건넨다. 이제, 침묵시위를 해도 버틸 만하다. 답답한 건 다르지 않지만, 노트를 꺼내고 펜을 쥐면 되니까.

자기 확신은 어떻게 가지게 되는 걸까? 2년 전, 상담 선생님에게 질문했다.

"차곡차곡 쌓아가는 거예요."

확신은 통제 가능한 일을 꾸준히 할 때 느껴지는 감정이라고 했다. 노트와 블로그에 글을 쓰기로 했다. 노트에는 순간 떠오르는 생각이나 감정을 손 가는 대로 남겼다. 하루에 한두 문장만 적기도 했고 한두 페이지를 훌쩍 넘기기도 했다. 블로그 글은 공개해야 해서 부담스러웠다. 수십 번 확인하고 나서야 글을 하나 올렸다. 매일 쓸 때도 있었지만, 일주일이나 열흘 동안 한 개 글도 등록하지 않을 때도 많았다.

한 페이지 일기를 쓰기 시작했다. 규칙적으로 글을 쓰고 싶어서였다. 2021년 7월, 아껴두었던 빈 다이어리를 펼쳤다. 처음에는 출퇴근 좌석 버스에서 적었다. 버스 달리는 소리가 마음을 편안하게 했다. 하루에 있었던 일을 그대로 적기도 하고 생각, 감정, 다짐을 쓰기도 했다. 어떻게든 하루에 한 페이지를 채웠다. 한 장 한 장 늘어갈수록 일기장을 보면 뿌듯했다. 아침 여섯 시에 기상하면서 일기도 함께 쓰고 있다. 두 달째다. 새벽 기운이 좋아서인가. 일기 쓰는 순간이 평온하다.

일기는 스쳐 지날 하루를 다르게 보이게도 한다. 출근길 전철 개표구 앞, 간이 의자에서 공부하는 할아버지가 있다. 어느 날, 잠시 자리를 비웠다. 무슨 책일까, 망설이다가 할아버지 자리로 갔다. 중국어 학습서였다. 일흔은 넘겼을 연세에 흰 머리카락, 까무잡잡한 얼굴, 누레진 신발, 검은 가방, 그림 그리듯 일기를 적어 나갔다. 문득, 블로그에 할아버지 글을 올렸던 기억이 났다. 일 년 전 글이었다. 365일 하루도 빠지지 않았다는 사실을 그때서야 알아차렸다. 할아버지는 말 한마디 없이 행동으로 보여 주었다. 당장 해결할 수 없는 걱정거리는 밀쳐

두고, 지금 할 수 있는 내 일에 집중하자고 적었다. 자랑스러운 아들, 든든한 남편, 친구 같은 아빠. 스스로 본보기가 되자고 썼다.

동현이는 플래너 쓰는 걸 즐겨한다. 계획 짜느라 두 시간 동안 의자에 앉아 꼼짝하지 않기도 했다. 작년에는 네 개나 샀다. 문구점에서 마음에 드는 게 있으면 참지 못한다. 갖고 싶은 노트를 보면 설레는 나와 비슷한 듯하다. 플래너를 펼쳐 보면 화려하다. 빨강, 파랑, 노랑, 초록, 주황 등 다양한 형광펜으로 강조한다. 세모, 네모, 동그라미, 여러 가지 도형으로 분류도 해 두었다. 공부를 많이 한 날은 플래너를 보여 준다. 몇 과목이나 공부했는지, 각각 몇 시간 몇 분 걸렸는지 설명한다. '빨강'은 계획했지만 하지 못한 과목이고, '초록'은 완료, '노랑'은 끝내지 못한 공부라고 했다. 플래너 꾸밀 시간에 공부를 좀 더 하지라고 말 하고 싶었지만 참았다. 아니 다른 생각이 있었다. 어떻게든 글을 썼으면 했다. 플래너에 글을 더한다면 사춘기를 더 잘 보낼 수 있을 듯했다. 플래너 맨 밑을 보니 글을 적을 만한 공간이 있었다.

"여기에 글 적으면 좋을 것 같은데, 아빠가 해 보니 좋더라고."

반응이 별로이긴 했지만 그러겠다고 했다.

오늘도 공부를 좀 했나 보다. "아빠, 이거 봐봐" 하며 또 플래너를 가지고 온다. "그래, 오늘도 고생했네, 역시 멋져" 동현이가 어깨를 으쓱이며, 입꼬리도 올라간다. 플래너를 한두 장 넘겨 봤다. 알록달록 정성이다. 맨 아래를 보니 단어만 써두기도 했고 한 줄 문장을 적기도 했다. 자신만 아는 암호문도 있었다. 나는 빙긋이 웃었다. 동현이와 함께 글 쓰는 하루를 그려 본다.

06

나를 돌아보다

안현진

글을 쓰면 내가 객관적으로 보인다. 아들 둘 키우면서 목소리가 커졌다. 이건 글로 쓰지 않아도 알 수 있다. 소리치지 않는 상냥한 엄마가 되고 싶었다. 마음과 다르게 오늘도 화내고야 말았다. 그것도 아침부터.

"선우야, 일어나, 유치원 가자."
"선우야, 안 일어나, 유치원 안 갈 거야?"
"정선우, 일어나, 그러니까 어제 일찍 자라고 했지, 윤우만 보내주고 온다!"
윤우는 벌써 아침을 다 먹은 참이었다. 동생만 보내주고 온다는 소리에 일어난다. 전날 밤 이제는 자야 한다고, 아침에 일어나기 힘들다고 했는데도 자정이 다 되어 잤다. 밥 먹고 옷 입고 걸어가면 열 시가 되겠다. 늦게 일어난 녀석이 왜 그렇게 느긋한지. 밥 먹는 것도 양치질하는 것도 옷 입는 것도 답답하기만 하다. 그 사이사이 재촉은 얼마나 했던가, 입에서 미운 말이 나간다. 나도 듣기 싫을 말과 받고 싶지 않은 표정을 내보였다. 윤우와 남편은 분리수거하고 있겠다며 먼저 나갔다. 잠바 지퍼를 올려주다가 아이를 안았다.

"선우야, 유치원에 가는 것도 약속이야, 늦게 일어났으면 빨리 챙겨야 해, 못 일어나겠으면 일찍 자야 하고."

말없이 고개를 끄덕인다.

"엄마가 화낸 건 미안해."

"응."

"오늘도 재밌게 놀다 와!"

"응."

축 처진 채 나가는 뒷모습이 마음에 걸린다. 베란다로 밖을 내다보니 밑에서 남편과 윤우가 기다리고 있다. 입구에서 나오는 선우가 보인다. 보이지 않을 때까지 베란다에 서 있었다. 책과 장난감을 정리한 후 책상 앞에 앉았다. 거실로 햇살이 들어온다. 창문에 붙여 놓은 선우의 글라스데코가 바닥에 비친다. 아침에 기분 안 좋게 보낸 게 마음이 쓰인다. 한숨을 내쉬며 일기장을 펼쳤다. 왜 이렇게 느긋한 아이가 보기 힘들까? 유독 늦는 거에 예민하게 구는 이유가 뭘까? 머릿속에 떠오르는 대로 써 내려갔다. 어릴 적 일이 떠올랐다.

"8시 20분이다, 일어나!"

번쩍 눈을 떴다. 시계부터 확인했다. 7시 50분이었다. 매번 아니라는 걸 알면서도 늦었단 소리에 벌떡 일어났다. 엄마는 시간을 앞당겨 얘기하며 나를 깨웠다. 8시 20분이면 학교로 출발했어야 하는 시간이다. 여덟 살, 초등학교로 가는 길에 왕복 8차선인 큰 도로가 있었다. 걸어가는 거리도 꽤 되었기에 일찍 집을 나서야 했다. 시간을 잘 지키는 건 나에 대한 신뢰 문제라 생각한다. 친구와 약속을 잡아도 15분 먼저 장소에 가 있었다. 기다려도 내가 기다리는 게 낫지, 상대방을 기다리게 하는 건 싫었다. 영화 시간도, 수업도 제시간을 지키고 미리 가서 기다리고 있어야 마음이 편했다.

윤우는 잠이 오면 자지만, 선우는 잠을 이겨가며 늦게 잔다. 혼자 책을 보거나 레고를 하거나 그림 그리기를 한다. 열한 시가 넘어서 자니 아침에 일어나기 힘든 것도 당연하다. 윤우가 양치하고 옷 입고 마스크까지 다 꼈을 때, 선우는 양치질도 안 하고 옷도 아직 안 입었다. 늦게 일어났으니 밥도 잘 안 넘어갈

테고, 어제 보다 만 책을 마저 보고 싶기도 하겠지. 아이 마음을 알면서도 빨리 안 챙기냐고 재촉하게 된다.

'시간을 잘 지켜야 한다' 라는 강박은 나쁘다고 생각하지 않는다. 오히려 나의 장점 중 하나라고 생각한다. 하지만 아이는 아직 어리니 기다려줘야 했다. 어른인 내 기준에 맞출 게 아니라 서서히 시간과 약속 개념을 잡아갈 수 있도록. 초등학교에 가면 더 일찍 일어나고 시간 맞춰서 등교해야 한다. 어릴 적 나는 지각해서 선생님에게 혼나는 것도 싫고 늦게 가서 주목받는 상황도 싫었다.

습관을 잘 들여줘야겠다는 생각이 앞섰다. '겨우 일곱 살인데, 그래도 깨우면 잘 일어나는 편인데, 느긋한 성격이 조급한 성격보다 더 나을 수도 있는데, 내가 조금만 기다려주면 혼낼 게 없는 아인데….' 아이가 떠난 집에서 나는 아이 생각만 하고 있다.

노트북을 켰다. 한 번씩 블로그를 보며 선우, 윤우의 어린 시절을 추억한다. 오늘 아침처럼 아이에게 미안한 행동을 한 뒤에는 지난 내 육아 기록을 읽어본다. 사진 속 앳된 모습은 아이나 엄마나 똑같다. 엄마가 되어 가는 과정에서 느꼈던 감정과 반성, 다짐의 글을 읽어본다. '좋은 엄마가 되려고 노력했구나. 지금도 그렇게 살고 있을까.' 과거의 나를 통해 현재의 나를 되돌아본다.

연년생인 아들 둘을 키우는 게 즐겁기만 한 것은 아니었다. 그래도 아들 육아가 힘들지만은 않았던 건 아이들과의 기록 덕분이다. 쓰면서 혼자 피식 웃기도 하고 울기도 했다. '아, 이래서 내가 기분이 안 좋았구나.' 알 수 없는 마음도 글로 쓰면서 깨닫는 경우가 많았다. 아침 일도 일기장에 생각나는 대로 쓰다 보니 내 행동과 감정에 대한 이유를 알았다. 글을 쓰면 마음이 차분해지고 객관적으로 나를 바라보게 된다. 생각 정리가 된다. 선우가 집에 돌아온 후 아침에 화내서 미안하다고, 일어나기 힘드니 조금 일찍 자자고 다시 한번 더 말했다.

다음 날 아침, 눈 뜨니 8시 40분이다. 남편은 혼자 출근한 모양이다. 서둘러 아이들을 깨워 빵과 우유를 내줬다. 어제의 다짐도 있고 이왕 늦은 거 느긋하게 마음먹기로 했다. 막내를 태운 유모차를 밀며 걸어가는데 선우가 말한다.

"오늘은 엄마한테 혼 안 나서 좋다!"

"엄마가 매일 혼내는 것도 아닌데."

"아니야, 엄마 매일 혼내."

"아니야, 엄마가 언제, 그리고 엄마가 왜 혼내겠니."

"몰라. 화 안 내도 되는데 화내."

"엄마가 언제, 아무튼, 미안하다."

화 안 내는 엄마가 되고 싶었는데 매일 화내는 엄마였다니. 오늘은 내 어깨가 축 처졌다. 집에 가서 글을 써야겠다.

07

일기의 일상

염동식

기상하면 일기부터 쓴다. 첫 번째 일상이다. '오늘도 활기차게 지내자!'로 시작한다. 다섯 줄 정도의 일기다. 손글씨로 시작한 지 얼마 안 되었다. 신기하게도 아침 일기에 따라 하루가 결정된다. 최근 일기에 대한 조언을 받았다. 그후 아침, 저녁에 손으로 일기를 쓰고 있다. PC로 쓸 때는 쓰면서도 갈등을 많이 했었다. 단순하게 하루 반성, 일상을 적기에는 와닿지 않았다. 최근에 손글씨로 쓰면서 차이를 느끼기 시작했다. 미처 발견하지 못한 것이 보였다.

아침 일기에는 아침 인사, 생각나는 일 몇 가지를 적는다. 일기보다는 하루 동안 기대되는 생각, 희망을 적는다. 종일 머릿속에 맴돌며 활력의 역할을 한다. 같은 내용의 생각이라도 어제와 오늘의 생각이 달라진다. 쓸수록 성장하는 느낌이 든다.

저녁에는 하루 동안 있었던 중요한 일, 사소한 일까지 적는다. 적으면 한 페이지를 넘을 때도 있다. 아이디어, 낙서, 오늘과 관계되는 키워드도 적어둔다. 여유 공간에 적는 낙서는 다음에 글 쓸 때, 일 기획할 때 활용한다.

특히, 키워드가 유용하다. 그날 있었던 일을 몇 개의 키워드로 쓰면 한눈에 일기 내용을 알 수 있다. 글쓰기에도 활용하면 도움이 된다. 일기가 단순하게 보이지만 활용 여부에 따라 일 효율성이 획기적으로 발전한다. '디지털, 손글씨 중 어떤 것이 좋나요?' 물어본다면 나는 손글씨라고 답하겠다. 생각의 출발점을 일기가 특히, 아침 일기가 그 역할을 하는 거 같다. 이는 디지털로 느낄 수 없는 것이다. 필름 사진에서 느끼는 감성을 못 느낀다는 거처럼, 종이에 쓴 일기를 다시 보면서 낙서를 추가하면서 가지를 뻗는다. 마인드맵과 비슷한 원리와 같이 성장한다.

일기를 통해 뻗은 가지가 《오늘도 마침표 하나》를 쓰면서 더 발전했다. 일상적인 이야기, 반성하는 모습, 하루의 경험을 글로 쓰면서 일상의 중요성을 알았다. 나에게는 2020년의 경험에 글의 소중함을 알았다. 아니 절실한 수준으로 원했다.

2020년 6월 8일, 큰일을 겪고 모든 일을 중지했다. 언어에 다소 문제가 생겼기 때문이다. 문제를 해결하는 방법은 말을 반복하는 훈련만이 치료법이었다. 책 읽기에 집중했다. 읽어도 무슨 뜻인지도 몰랐다. 단어 대부분은 읽지도 못했다. 전자책의 음성 기능을 활용해서 훈련하기로 했다. 가지고 있던 전자책 단말기는 음성이 안 되었다. 새로운 단말기를 구매했다. 모르는 단어는 음성으로 외우는 수준으로 반복했다. 익숙한 단어로 보일 때까지. 몇 권의 책을 들으니 글자가 보이기 시작했다. 읽기도 가능해졌다. 느린 속도로 빨라졌다. 하지만 책을 들어도, 읽어도 그 뜻은 들어오지 않았다. 문장만 바뀌어도 제대로 이해를 못 했다. 현재도 단락 수준의 길이는 분석이 힘들다. 하지만 이제는 종이책도 읽는 연습을 하고 있다.

읽기가 어느 정도 가능해졌을 때 문장 수업과 《강안독서》를 활용했다. 먼저 읽어봤다. 독서를 위한 책이지만 나에게는 의미가 달랐다. 단어, 문장 하나하나 읽는 것이 목표였다. 어떠한 관점에서 보면 책의 취지와 비슷했다. 자연적으로 책에 나오는 법으로 읽게 되었다. 꾸준히 연습한 결과 완벽하지는 않지만 이어서 읽기는 가능해졌다. 읽기도 원활하게 가능해졌다. 아직 말하기는 다소 불편하다. 물론 남이 알아보는 수준은 아니다. 생각하는 속도의 문제이므로 사람들은 알 수 없다. 일부러 말을 느리게 한다. 그래야 생각의 속도가 따라와 말하는 데 지장이 적어진다. 입력은 까먹어 잘 안 되고, 출력은 생각을 못 할 때도 있어 출력 자체가 안 될 때도 있다. 구형 PC라고나 할까, 입출력이 느리다.

머릿속의 정체된 고속도로를 확장해야 한다. 반복되는 연습을 통해 혈류를 뚫어야 한다. 우연인지 운명인지 모르겠다. 이전에는 60% 정도 달리고 있었다면 현재는 90% 달리는 것처럼 원활해졌다. 이제 단락 규모의 문장도 파악이 된다. 더 노력하면 꼭지 단위로 분석도 가능해질 것이다. 막힌 고속도로를 뚫는 역할을 《오늘도 마침표 하나》가 했다. 입출력 수준이 확실히 달라졌다. 이 글을 쓰기 위해 많은 생각과 실행을 해서 좋아진 거 같다. 나 자신도 실행이 부족했던 사람 중의 한 명이었다. 책을 통해 실행만이 답인지 발견하게 되었다. 최대한 노력해 왔다. 지금도 하고 있다.

나는 1년이 30년과 비슷한 삶을 살았다. 한 달의 생활은 1년 이상의 삶이었다. 그 정도로 빠르게 발전했다. 읽는 글, 쓰는 글, 보는 드라마 하나하나가 발전 그 자체다. 초고를 쓸 때와 퇴고를 할 때의 감이 다르다. 책을 읽고 글을 쓸수록 내 자신이 성장하는 느낌이 든다.

나 자신은 1년 동안 어둠 속의 삶에서 살았다. 《오늘도 마침표 하나》를 쓰면서 발전했다. 느낌이 드는 것이 나만의 생각인지는 모르겠다. 이전에는 시작 못 했다면, 현재는 시작은 했다는 것이다. 하루라는 생각을 다른 각도로 봐야겠다. 오늘 하루조차 아무것도 아닌 날은 없다. 중요하고 한 번밖에 없다. 다시 돌아오지 않는다. 그래서 소중하게 사용해야 한다.

목표를 설정하고 실행하는 과정이 바로 오늘이다. 하루를 소중하게 생각하고 단, 1%라도 발전시키겠다. 이것이 100%를 향한 방법 아닐까, 작은 일에 감사하고, 주어진 하루에 최선을 다하는 모습에 성장한다.

08

2022년 1월 10일

이승한

사진이 좋았다. 멋진 사진을 위해 DSLR 카메라도 샀다. 사진 이론도 공부하고, 출사 모임에도 나갔다. 공부할수록 사진이 좋아진다. 카메라를 항상 메고 다녔다. 사진 잘 찍는 방법만 생각하니, 주변의 사물이 다 소중하게 보였다. 꽃 한 송이, 가로등, 벽에 붙어 있는 넝쿨로도 멋진 사진이 나왔다.

6개월 동안 글쓰기 수업을 듣고 있다. 잘 쓰고 싶다. 사진을 공부하던 때가 생각난다. 좋은 사진을 위해 사물을 자세히 관찰하면 눈에 띄지 않던 것들이 보인다. 글도 똑같다. 좋은 글을 위해 상대방에게 집중하면 내가 몰랐던 감정들이 보인다. 순간을 기록하기 위해 사진을 찍었다. 오늘의 감정을 기억하기 위해 글을 쓴다.

2022년 1월 10일 월요일 밤 9시다. 집안이 조용하다. 큰아들은 학원에 갔다. 방학이라고 아이들의 생활은 바뀌지 않는다. 책, 숙제 등 매일 해야 하는 일들이 있다. 아내는 투덜대는 아이들을 달래 가며 하루하루를 보낸다. 둘째는 오늘 읽어야 할 책을 다 못 봤다. 방학 첫날부터 계획표가 틀어지면 안 된다. 아내가 둘째 옆에서 책을 읽어준다. 아내의 책 읽는 소리에 귀 기울여 본다. 16년 동안 함께 살았지만, 오늘따라 아내의 목소리가 다르게 들린다. 아들한테 하나라도 더 해주고 싶은 엄마의 마음이 느껴진다. 목소리의 밀도가 높다고 할까, 흘려듣기도 했던 아내의 말이 오늘따라 내 귀에서 오래 머물다 간다. 오늘은 방학 첫날이라 아내는 온종일 아이들과 있었다. 힘들었을 거다. 하지만, 아내의 책 읽는 소리는 멈추지 않는다.

한 시간 정도 읽었을 즈음 아내의 핸드폰이 울린다. 학원 끝난 큰아들이 전화할 시간이다. 큰아들이 숙제를 다 못 했다고 걱정하며 학원을 갔다더니, 아내가 핸드폰을 받자마자 안 혼났냐고 물어본다. 나도 괜히 긴장된다. 아내의 '다행이다.'라는 말과 함께 안도의 한숨이 들린다. 아내와 큰아들은 전화기로 조잘조잘 이야기한다. 10분 뒤면 집에 올 텐데 뭐가 그리 할 말이 많을까, 아내가 조심히 오라며 전화를 끊는다. 아내는 아이들 말을 항상 들어준다. 큰아들이 엄마를 좋아하는 이유다. 얼마 전에는 내 마음을 긁던 날카로운 아내의 목소리, 같은 소리지만 오늘은 다른 날과 다르게 부드럽다.

아내와 큰아들의 전화가 끝나자마자 둘째는 달고나를 한다고 부엌으로 간다. 아내는 벌써 둘째의 조수가 되어 있다. 소다도 넣어주고 불도 조절해 준다. 부엌에서 둘째와 아내의 환호가 들린다. 둘째가 달고나를 들고 와서 나에게 자랑한다. 지난번, 별에 이어 이번에는 어렵다던 우산을 뽑았다. 처음 만들 때는 "난 망했어!"라고 울었던 일이 엊그제 같다. 언제 이렇게 실력이 늘었을까? 둘째는 플라스틱 통에 달고나로 만든 우산을 넣는다. 나중에 망한 일이 생길 때마다 자기가 뽑은 달고나를 본다. 작은 플라스틱 통에 별과 우산이 나란히 들어가 있다. 달고나만 있기에는 통이 커 보인다. 하지만 남아 있는 공간에는 둘째의 자부심이 꽉 차 있다.

둘째가 우산을 뽑기까지 아내가 옆에 있었다. 망했다고 울던 둘째를 달래 가며 다시 해보자고 했다. 푸석해진 달고나도 아내는 맛있다며 먹었다. 달고나 잘 만드는 유튜브도 찾아주었다. 옆에서 설탕 양도 조절해 주고 철판에 기름도 발라줬다. 달고나에 성공한 아들 옆에는 엄마가 있었다. 둘째가 엄마를 좋아하는 이유다.

벌써 밤 열 한시다. 엄마의 '씻어라, 정리해라.'와 두 아들의 '잠깐만!'의 실랑이가 이제야 끝났다. 모두 침대에 누웠지만, 형제는 잠들지 않는다. 서로 방문을 열어놓고 쏙닥쏙닥 이야기한다. 아내가 나간다. 큰아들 방에 가서 방문을 닫는다. 이제 조용해지나 싶지만, 엄마와 큰아들이 도란도란 이야기하는 소리가 들린다. 수학 학원에서 있었던 일을 말하나 보다. 뭐가 그렇게 재밌을까, 대화가 끊이지 않는다. 그만 나오라고 해야 하지만, 오늘은 그냥 둔다. 둘만의 시간을 방해하고 싶지 않다. 잠시 기다리니 집안이 조용해진다. 아내를 기다리다 불을 켜 놓고 잠들었나 보다. 큰아들 방에서 나온 아내가 조용히 방의 불을 끈다. 이제야 아내만의 시간이 시작된다. 잠결에 아내에게 조용히 말한다.

"고생했어."

눈을 뜨니 1월 11일이다. 오늘도 어제와 똑같을 거다. 저녁 7시 반쯤 집에 오면, 학원 가기 싫어하는 아이들과 실랑이하는 아내가 있다. 아내는 애들 달래며 학원도 보내고 숙제도 봐준다. 그러나 글로 남겨 두었던 어제의 10일과 오늘의 11일은 다른 날이다. 어제는, 아내의 아이들에 대한 다정함, 큰아들의 안도감, 둘째의 기쁨을 본 하루였다. 그 느낌 들을 글에 담아 두었다. 어제를 읽을 때마다 그때의 감정이 기억날 거다. 매년 1월 10일은 있겠지만, 2022년 1월 10일은 나에겐 특별한 날이 되었다.

내 책장에는 그동안 찍은 사진을 현상해 둔 사진첩이 여러 권 있다. 가끔 사진을 보면서 '그땐 그랬지.'라며 고개를 끄덕이곤 한다. 내 블로그에는 우리 가족에 대한 글을 모아 두고 있다. 내 기억과 느낌을 적는다. 사진은 찍을 때의 순간이 기록된다. 글에는 쓸 때의 감정이 저장된다. 사진으로 남겨 둘 수 없는 일상이 있다. 지금 써두지 않으면 기억도 못 할 사소한 일, 아내와 서로 투덜거리거나 아들하고 웃고 떠든 일상, 그런 평범한 생활 속에 우리가 몰랐던 감정이 숨어 있다. 글을 쓰기 위해 자세히 보지 않으면 알 수 없다.

생각하기 싫은 아팠던 기억도 있다. 하지만 쓰다 보면 상처 속에 숨어 있던 희망을 찾고는 한다. 그때에는 서로를 할퀴던 순간이었지만, 다시 돌이켜보면 그렇게 화낼 일이었나 싶다. 블로그에 키보드를 치다 보면 소중하지 않았던 날은 없다.

매일매일 웃으며 살지는 않을 테니, 가족끼리 아프게 할 날도 있을 거다. 그때는 써 놨던 글을 다시 보려고 한다. 과거의 내가 오늘의 나에게 "다시 한번 생각해 봐."라고 말해 줄 듯하다. 글로 남겨놓으면 소중해지는 하루, 하루. 오늘도 내가 글을 쓰는 이유다.

무채색 일상, 글쓰기를 만나
다양한 색깔이 되다

정선묵

"저녁 먹고 일합시다."

오늘도 야근이다. 늦었으면 퇴근해야지 저녁 식사라니, 기가
찬다. 코로나로 회사 실적은 바닥을 쳤다. 무의미한 회의가 늘
어갔다. 밀린 보고서와 빡빡한 회의 일정, 모든 게 정신없이
돌아가는 인생이다.

무채색이었다. 기쁨, 행복, 분노, 실망, 안도 등 다양한 빛깔로
이루어져야 할 인생이 어느덧 구름 낀 회색빛이 되어 버렸다.
집과 회사로 이루어진 쳇바퀴의 일상으로 하루는 소비하는 대
상이 되었다. 물 쓰듯 시간을 썼다. 주말은 골프 라운딩이나
넷플릭스로 시간을 보냈다. 남이 만들어 놓은 영상과 글로 하
루를 소비했다. 공허하고 짙은 후회만 남았다. 내 인생인데,
내가 주인공이 아닌 것 같았다. 지나가는 시간을 붙잡고 싶어,

뭐라도 해보자는 심정으로 쓰기 시작했다.

광고를 통해 감사일기를 접했다. 오프라 윈프리가 날마다 쓴다는 감사일기. 가볍게 시작해 보았다. 아침에 3줄, 저녁에 3줄, 펜을 잡는 것도 어색했다. 감사할 대상을 찾는 일도 쉽지 않았다. 억지로 감사의 마음을 갖고 썼다. 숨 쉴 수 있다는 것, 지금 깨어 있다는 것, 마시는 커피, 빵 한 조각, 최선을 다해 의미를 부여했다. 쓰는 재미도 붙일 겸 만년필도 샀다. 무언가 쓸 때 온전히 몰입했다. 그 시간만큼은 잡념이 끼어들 여지가 없었다. 종이를 스쳐 지나가는 소리가 듣기 좋았다. 감사일기를 쓰면서 명상 효과도 덤으로 얻게 되었다. 1년 정도 지속하자 나름 3줄 이상 글을 쓰게 되었다. 내 주변과 사람을 살펴보는 시야가 조금은 확대된 느낌이었다. 허덕대던 마음, 점차 안정되기 시작했다.

단순 일기를 넘어 긴 글을 써보고 싶었다. 무작정 글쓰기 수업에 입문했다. 글 쓰는 습관, 도통 몸에 붙질 않았다. 혼자만 보는 감사일기와 남에게 보여줄 글은 근본적으로 달랐다. 메시지를 담는다는 게 생각보다 쉽지 않았다. 연습만이 살길이라고 했다. 글감을 찾기 위해 관심과 애정을 가지고 일상을 관찰했다. 아이디어, 글감이 떠오르면 스마트폰을 열고 메모를 했다. 형식 구애받지 않고 무작정 썼다. 블로그도 열어 글을 올렸다. 글쓰기는 그렇게 일상의 일부가 되었다. 예전에는 그냥 지나갈 법한 일상이 순간순간 의미가 되어 다가왔다. 잠깐이었다. 그 순간이 글감과 문장 그리고 문단으로 이어졌다. 글쓰기 행위를 통해 단순한 사건이 재탄생하는 걸 목격했다. 보이기 시작하자 마음이 열리고 실천이 뒤따랐다. 글쓰기는 일상을 유지하고 생각을 발전시키는 도구가 되었다. 생각하고 곱씹으면서 삶의 속도는 한층 느려졌다.

새벽부터 하얀 눈이 소복이 쌓이기 시작했다. 잠시 망설였지만 이내 신발 끈을 조이고 러닝을 하러 길을 나선다. 한강 옆을 한창 뛰고 있는데, 멀리 어슴푸레 소형 트럭 하나가 서행하고 있다. 도보에 웬 자동차인가 싶어 다가가 보았다. 한강 공원 관리 직원이 트럭에 앉아 염화칼슘을 살포 중이다. 어둑하고 추운 날씨에도 묵묵히 자기 일에 몰두하는 모습이 사뭇 진지하다. 뿌려진 염화칼슘은 사람들이 나오는 아침에 언제 그랬냐는 듯이 눈과 함께 사라질 거다. 눈 없는 뽀얀 길을 걸을 수 있을 테다.

우리는 누군가가 닦아놓은 길을 걷고, 누군가 세워둔 다리를 넘어간다. 입고 있는 옷, 먹는 음식, 따뜻한 집, 의식하지 못할 뿐, 세상으로부터 받은 것 천지다. 마음 다르게 먹으니 감사한 것이 도처에 있음을 깨닫는다.

새벽 6시 반, 집 안 어디서 들려오는 영어 발음. TV에서 나오는 영어와 어머니의 어색한 발음이 뭉쳐서 들렸다. 볼 때마다 기묘하다. 익숙지 않은 아침 풍경이다.

최근 어머니는 영어 공부를 시작하셨다. 코로나가 없어지고 아들의 도움 없이 여행하는 날을 꿈꾸고 계신다. 평소에 입버릇처럼 이 나이에 무슨 공부냐고 했다. 이제는 하루라도 공부를 놓으면 불안하신가 보다.

어머니를 통해 사람은 배우고 성장할 때 행복하다는 사실을 깨닫는다. 어제의 나보다 나아지는 것. 비로소 욕구는 해소되고 삶은 한층 만족스럽다. 성장이 없는 멈춤은 누구에게는 사형선고나 마찬가지일 터. 오랜 멈춤은 후퇴나 다름없다. 배움에 나이와 시간은 문제가 되지 않는다. 스스로 결심해 본다. 운명의 수레바퀴에 끌려다니기보다 직접 움직이는 사람이 되기로.

매일 기록하고 썼다. 밥 먹으면서, 산책하면서, 출퇴근 버스 안에서 기록을 멈추지 않았다. 끄적인 글을 모았다가 퇴근 후 매끈하게 다듬었다. 제법 괜찮은 글은 블로그에도 올려 이웃과 공유했다.

이제는 글감을 찾으러 이곳저곳 방황하지 않는다. 나의 일상 내 주변의 삶에 집중한다. 나와 내 주변을 기록하는 즐거움을 이전에는 미처 알지 못했다. 시도 때도 없이 떠오르는 단어와 문장이 이제는 큰 행복으로 다가온다. 단조롭고 척박했던 인생에 생기가 돌기 시작했다. 회색빛 일상이 점차 다른 색으로 채색되어 간다.

지나고 보니 기쁜 일, 슬픈 일 언제나 곁에 있었고 모두가 의미가 있었다. 다만 내가 깨닫지 못했을 뿐. 일상은 나름대로 자신의 자리에서 은은하게 빛을 비추고 있었다. 이제는 하루 한 편, 하나의 메시지를 전하는 글쓰기를 지속하려고 한다. 따스한 시선으로 나의 일상, 나의 삶, 그리고 사람을 바라보겠다. 단 하루도 허투루 보내고 싶지 않다. 글 쓰는 인생, 이제 시작이다.

기록과 기억의 공유

최주선

개학이다. 한 달 반의 긴 방학이 끝나고 드디어
아이 셋 모두 새 학기를 시작했다.

"엄마, 나도 이제 형아 누나랑 같이 학교 가는 거야? 몇 밤만
자면 돼요?"

존대와 반말을 섞어서 하는 꼬맹이가 이제 일곱 살이 되어 형
누나와 함께 학교에 간다. 작년까지 유치원에 다니던 요엘은
형 누나가 다니는 학교에 가는 게 소원이었다. 유치원 입학 때
부터 기다렸으니 2년이 어서 지나가기를 손꼽아 기다렸다. 막
상 학교에 가려니 설렘과 긴장감이 교차하는지 불안과 기대감
을 오가는 상기된 얼굴이 보였다.

"아, 빨리 날짜가 지나가 버렸으면 좋겠다. 빨리 밤이 되고 아
침이 왔으면 좋겠어!"

아침에 눈 뜨자마자 밤이 되었으면 좋겠다니, 특별한 날이 다 가올수록 요엘은 이런 말을 자주 한다. 밤이 되기를 목 빼고 기다리다 저녁은 언제 먹을 건지 여러 차례 묻는다. 저녁밥을 먹자마자 양치를 하고 이불에 들어가 잘 준비한다. 얼른 자야 다음 날 아침이 온다며 눈을 감는다. 한 번은 낮잠을 자고 일어나 다음 날이 됐냐고 묻는 날도 있었다. 아침, 저녁으로 그날을 애타게 기다리는 아이를 볼 때면 어렸을 때 내 모습이 떠오른다. 특히 소풍 가는 날이나 크리스마스 시즌이면 달력에 X 표시하면서 하루하루 지워나갔다.

"오늘 하루를 잘 살아야 내일이 오는 거야."

고리타분하게 설교하듯 말했지만, 기대감에 찬 아이의 순수함에 미소가 번졌다. 이번 방학 동안에는 근교로 여행을 다녀왔다. 이번 방학은 그동안 못 놀았던 거 다 놀고, 못 만났던 사람들 다 만난 듯하다.

"엄마, 나 오늘 꼭 저녁에 일기 쓸 거예요!"

친구와 생일 파티한 날, 영화관에 다녀온 날, 선물 받은 날 그리고 수영장에서 실컷 수영하고 온 날이면 은별은 꼭 일기를 쓴다고 했다. 가만 생각해 보니 나도 어렸을 때 특별한 날이면 자물쇠 달린 일기장에 정성 들여 일기를 썼다. 그 일기장은 아무도 보면 안 되는 나만의 기록이었다. 가족 중 누군가 몰래 훔쳐봤던 사실을 알게 됐을 땐 분노의 발 구르기를 하며 신경질을 냈던 기억도 난다.

2021년 10월 27일부터 굿 노트 앱에 디지털 일기를 쓰기 시작했다. 알록달록한 색으로 글씨를 쓰고 하이라이터로 강조했다. 스티커를 붙이고 사진도 넣고 그림을 그렸다. 기록하기 위해 일상을 사진으로 찍었다. 놓치고 싶지 않은 순간은 사진으로 남기고, 기억에만 남겨둔 일은 글로 기록하고 그림으로 그려 넣었다. 처음 목표는 3주였다. 목표를 달성하고 50일, 100일 목표를 재설정했다. 계속 기록해 나갔다. 매일 쓰다 보니 어느덧 400일이 넘었다. 이제 안 하면 뭔가 허전하다. 기록할 때는 잘 몰랐는데 다 기록하고 나서 다시 읽어보면 뿌듯함과 특별함이 묻어났다. 외부에 다녀오거나 약속이 있었던 날은 쓸 거리가 많았지만, 집에만 있던 날에는 쓸 거리가 없었다. 지극히 평범한 날일수록 하루의 일과를 더 꼼꼼히 되짚어 보았다. 기록을 통해 잊힌 일도 다시 찾아볼 수 있었다.

작가가 되기로 마음먹고 글공부를 시작한 후로 이틀에 한 번 꼴로 글을 쓴다. 매일 쓰고 싶지만 여의치 않을 때는 메모만 해

둔다. 단독 저서의 초고를 작업할 때는 매일 썼다. 처음 글쓰기 공부할 때는 작은 수첩을 가지고 다니며, 떠오르는 생각이나 소재가 있으면 적었다. 작가는 다 그렇게 한다길래 나도 시작했다. 처음에는 수첩과 볼펜을 꺼냈다. 그러다 휴대전화 메모장이 훨씬 더 빠르고 간편하다고 느낀 후로는 휴대전화를 사용한다. 불현듯 스치는 생각, 눈앞에 보이는 장면, 아이의 말과 행동 그리고 내게 일어나는 모든 일에 좋고 싫은 감정을 짧게 적어 메모했다. 그렇게 반복하다 보니 처음에는 몇 개의 단어나 짧았던 문장이 점점 길게 늘어났다. 저녁에 자리 잡고 앉아 글을 한 편 쓸 때까지 버티기에는, 내 기억력이 얼마나 짧은지 알기에 시작한 기록이었다. 지금은 뭔가 메모하다 줄기가 잡히면 메모장에 반 페이지 혹은 한 편의 글을 쭉 적어 내려가는 날도 있다. 어떻게 하면 경험과 생각에 의미를 담아 볼지 고민한다. 이상하게도 설거지하거나 청소기를 돌릴 때, 빨래를 널 때면 머릿속에 떠오르는 생각이 줄기를 타고 이것저것 꼬리를 단다. 얼른 손을 닦고 휴대전화 메모장이나 노트를 펼쳐서 기록하고 싶지만, 쉽지 않다. 그렇게 생각이 끈을 달고 둥둥 떠서 놓쳐버린 글감이 많다. 다시 기억해보려고 애써 머리를 쥐어짜도 대부분 이미 사라져버린다.

삼 남매가 자러 들어가고 고요한 밤이 되면 나만의 시간을 갖는다. 글을 써 내려간다. 조금 더 정리된 글은 브런치에 올린다. 그럼 몇 분 채 지나지 않아 '좋아요'와 공감 댓글이 달린다. 그 기분이 꽤 괜찮다. 가끔 다음 메인 화면에 노출도 되고, 브런치 메인에 인기 글로 노출이 되기도 한다. 글을 쓰지 않았다면 느껴보지 못할 기분이다. 나 혼자 내 안에 가두어 두었을 때보다 다른 사람이 읽고 공감할 때 더욱 특별한 기록이 되는 듯하다. 아이의 말, 내게 일어난 일, 앞으로의 계획, 눈에 보이는 수많은 일상을 그냥 머릿속으로만 생각하고 눈으로 본채 흘려 버렸다면 어땠을까? 일상을 그냥 지나쳤다면 잊힐 날을 기록했더니 더욱 선명해졌다.

지금까지 살아 보니, 인생에서 의미 없는 날은 없었다. 그날이 특별했기 때문에 기록했던 게 아니다. 기록했던 덕에 특별해지는 거였다. 기록이 가져다준 선명한 기억은 더 오래 남는 법이다. 내 인생의 남은 날들도 이 좋은 '쓰기'를 통해 기록하고 풀어나가고 싶다. 지금, 이 기록 또한 오래오래 남겨질 거다.

내일은 또 어떤 기록을 할까?

"삶이 보여주는 다채로운 색깔,
그만 잊고 살 뻔했습니다"

미선이

부족한 제 글이 책으로 나오게 된다니 영광스러우면서도 부끄러운 마음이 앞섭니다. 한참 모자란 저에게 기회를 주신 스승님, 이은대 작가님께 감사의 말씀을 전합니다. '혼자 가면 빨리 가고, 함께 가면 멀리 간다' 라는 문장을 좋아합니다. 여러 작가님과 함께 글을 쓰면서 함께함의 소중함을 다시 한번 느꼈습니다. 처음으로 겪어보는 마감에 대한 스트레스도 서로 응원을 아끼지 않는 작가님들 덕분에 이겨낼 수 있었습니다. 공동 집필에 참여해주신 9명의 작가님 모두 감사합니다. 지금 이 마음 잊지 않고 열심히 살겠습니다.

백란현

교사들과 공저 출간을 한 적 있습니다. 자이언트 공저의 '다름'을 경험해보고 싶었습니다. 첫 공저와 달리 콘셉트에 맞게 일상에서 글감을 찾기 시작했습니다. 잊고 지낸 '하루'를 책에 담았습니다. 프로젝트 덕분에 가족과 친구, 사랑하는 사람에게 고맙다는 말을 전하고 싶습니다. 저 스스로에게는 엄격했으나 원고 마무리하는 이 순간, 씩씩하게 잘 살아왔다고 저를 인정해주고 싶습니다. 작가로서 마감 시간을 지키고자 글쓰기에 몰입해보는 경험도 소중했습니다. 공저자들과 '글쓰기 정' 계속 이어가고 싶습니다.

송숙현

글쓰기를 통해 나와 마주하는 시간이 좋았습니다. 함께 하는 작가님의 이야기에서 다름을 배웠습니다. 성공이라는 단어에 집착하듯 살아가던 적이 있습니다. 더 나아지고 싶다는 욕심이 앞서서겠지요. 일상을 적으라는 말을 듣고 가볍게 생각했습니다. 전혀 가볍지 않았습니다. 일상이 전부였습니다. 지나쳐버린 일상을 기억하며 기록한다는 것으로 성장과 애씀을 확인했습니다. 함께라서 좋았습니다. 함께였기에 가능했습니다.

작은 하루에 의미를 담아 오늘도 마침표 하나를 찍는 작업으로 소중한 추억이 늘었습니다. 감사합니다.

송진설

마음속에 담아두었던 나의 이야기를 글로 쓴다는 것이 쉽지 않았습니다. 함께였기에 용기 낼 수 있었습니다. 지난 시간은 힘든 시절로만 여겨졌습니다. 되돌아보니 따뜻하고 아름다웠던 순간이 많았다는 걸 알게 되었습니다. 과거로의 시간여행을 통해 새롭게 느끼는 시간을 갖게 되어 감사한 마음이 듭니다. 한편 한 편 글을 쓰며 예전의 감정이 줄줄이 따라 올라와 슬며시 미소 짓기도 하고, 울컥하기도 했습니다. 글쓰기의 의미를 느낄 수 있는 귀한 시간이었습니다. 글을 쓰며 마음에 따뜻한 봄이 오길 바라봅니다. 함께 글 쓰는 이들의 인생에도 따스한 햇살 비추길 기원합니다.

신재환

매일 밤 아홉 시 마감. 마음이 오락가락했습니다. 벼락치기라 생각 들면, '할 수 있을까?' 초조했습니다. 한 문장만 집중하겠다고 마음먹으니, '할 수 있어!' 힘을 냈습니다. 어떻게든 글을 썼고 제출했습니다. 아홉 작가님과 함께여서 가능했습니다. 성장하리라는 믿음도 거들었습니다. 추억에 잠겨 혼자 웃기도 하고 가슴 먹먹하기도 했습니다. 달라지고 있는 자신에게 응원도 보냈습니다. 글쓰기는 자신을 돌아보게 하며 지금을 살게 합니다. 공저하면서 다시금 느꼈습니다. 소중히 간직하겠습니다.

안현진

공저를 시작할 때 내가 잘 할 수 있을까, 폐가 되지 않도록 해야 할 텐데 하는 걱정이 앞섰습니다. 처음 도전해보는 일에 대한 두려움이 있었습니다. 하지만 함께 하는 힘은 컸습니다. 마감의 압박과 퇴고의 중압감은 혼자만 느끼는 게 아니었습니다. 열 명의 작가가 마음을 담아 쓴 글이 하나둘씩 올라올 때 쾌감이 일었습니다. '오늘도 우리는 해냈다!' 나와의 약속, 모두와의 약속을 지켰다는 뿌듯함이 밀려왔습니다. 함께했기에 가능했습니다. 공저 작가님에게 감사하다는 인사를 전하고 싶습니다.

염동식

《오늘도 마침표 하나》를 다섯 꼭지를 쓰면서 어렸을 때, 성장하면서 현재까지 나를 포함 10명의 다른 각도로 보게 되었습다. 이것이 글이 주는 소중함이 아닐까요? 살아온 환경에 대한 불만은 감사함으로 바뀌었습니다. 지금 글쓰기를 할 수 있다는 현실에 감사합니다. 오늘 하루조차 아무것도 아닌 날은 없습니다. 최선을 다하는 모습을 보면서 성장하는 것이 아닐까 생각합니다.

이승한

저는 곧 오십 대가 됩니다. 불안해서 책을 읽었습니다. 책을 보면 볼수록 머릿속에 희미한 형상이 떠오릅니다. 그 모습을 글로 옮겼습니다. 노트북 키보드를 두드릴수록 점점 제 모습이 보이기 시작합니다. 또한 가족들도 노트북 화면 위에 함께 나타납니다. 책을 쓰는 것이란 부모님, 아내, 아이를 찾아가는 여행이었습니다. 이미 잊어버린 오래된 가족에 대한 기억을 하나씩 찾았습니다. 추억을 적을수록 불안해지지 않습니다. 이번 공저를 통해 제 자신감에 +1이 되었습니다.

정선묵

삶이 보여주는 다채로운 색깔, 그만 잊고 살 뻔했습니다. 되돌아보면 삶의 조각, 자그마한 일상 모두 의미가 있었습니다. 과거에 매여 있었습니다. 보이지 않는 내일을 걱정했지요. "와" 하는 감탄사 한 번 내뱉기 힘든 일상입니다. 인생이라는 거대한 백과사전을 열람하는 재미, 이번 책 쓰기를 통해 알게 되었습니다. 이제라도 자주 열어보고 아껴주려고 합니다. 현재가 남기고 간 시간의 향기, 마음껏 음미하겠습니다. 오늘도 부드러운 마침표 하나 그릴 생각에 마음이 두근거립니다. 감사합니다. 나의 하루, 나의 인생.

최주선

삶의 모든 순간을 글로 담아내는 작업이 이토록 매력적인 줄 이전에는 몰랐습니다. 특별한 경험이 있어야만 글감이 된다고 생각했거든요. 순간은 버려두면 그냥 흘러가 버리지만, 글로 담아 두면 기억과 추억으로 공유됩니다. 이번 공저 집필을 하면서 문장 하나하나에 정성을 쏟아 둥글려 세상에 내놓습니다. 혼자가 아닌 10명이 함께 만든 이 책 한 권에 담긴 경험을 통해 삶의 지혜를 얻습니다. 다양한 경험을 가진 사람은 많지만, 그 경험을 글로 담아내는 사람은 많지 않습니다. 기록의 기쁨은 하는 사람만 압니다.